MARIAN DEVON

DIE DAME DES HERZENS

Roman

Deutsche Erstausgabe

WILHELM HEYNE VERLAG
MÜNCHEN

HEYNE ROMANE FÜR ›SIE‹
04/109

Titel der Originalausgabe
M'LADY RIDES FOR A FALL
Aus dem Amerikanischen
von Rosmarie Kahn-Ackermann

Printed in France 1993
Umschlagillustration: Walter Popp, Agentur Luserke
Umschlaggestaltung: Atelier Ingrid Schütz, München
Satz: (1548) IBV Satz- und Datentechnik GmbH, Berlin
Druck und Bindung: Brodard & Taupin

ISBN 3-453-06494-1

1

»Nein! Nein! Nein!« Lord Devenhams Stimme schwoll an, sowohl was Lautstärke als auch Nachdruck betraf. Sein Pferd, das dies irrtümlicherweise als Befehl zum Halten empfand, unterbrach seinen kurzen Galopp, stemmte die vier Hufe in den Boden und kam zu einem so plötzlichen Stillstand, daß jeder andere Reiter über seine zurückgelegten Ohren hinweg zu Boden gegangen wäre. Aber Devenhams weniger fügsame Tochter weigerte sich schlicht, selbst ein dreimaliges ›Nein!‹ als Antwort hinzunehmen. Sie zügelte ihr kastanienfarbenes Pferd neben dem Braunen und bemühte sich, ihr Temperament im Zaum zu halten. »Papa, seien Sie vernünftig«, sagte sie.

»Vernünftig! Du verlangst von mir, daß ich vernünftig bin? Vielleicht kannst du mir dann einmal erklären, Miß, was daran vernünftig sein soll, wenn ein junges, unverheiratetes Mädchen seinen eigenen Hausstand gründen will?«

Lady Cassandra seufzte innerlich. Sie hatte gehofft, ihren Vater in milder Stimmung vorzufinden. Die frühe Morgensonne schien auf das frühlingshafte Hampshire herab; ein Anblick, mit dem verglichen Seiner Lordschaft zufolge der Himmel kaum Besseres zu bieten hatte. Sie waren beide auf ihren Pferden über die weiten, frischgrünen Wiesen gestürmt, etwas, das Seine Lordschaft in Hochstimmung zu versetzen pflegte, obwohl er dabei die Abwesenheit von Fuchs und Hunden bedauerte. Und zu alledem war Lord Devenham auch noch verliebt. Trotzdem, nichts davon schien ihn milde stimmen zu können. Er starrte seine Tochter mit einem Gesichtsausdruck an, den man nur als cholerisch bezeichnen konnte.

Lord Devenham war ziemlich klein von Statur und stämmig dazu. Sein Haar, grau und ausgedünnt, wies deutlich auf seine fünfzig Jahre hin. Auf seinen Körper traf dies allerdings nicht zu, dank seiner Neigung, sich vorwiegend in frischer Luft zu bewegen, was einen gesunden Ausgleich zu seinen Leistungen beim Essen darstellte. Sein Teint tendierte normalerweise ins Rosige. Jetzt allerdings glich er eher dem von Portwein. Lord Devenham liebte es nicht, wenn sich ihm jemand widersetzte.

Seine Tochter, die ihm nur in seiner Willenskraft glich, übrigens ebensowenig. Lady Cassandra war eine Spur größer, als es dem weiblichen Durchschnitt entsprach. Ihre Haare waren rötlichbraun und ihre Augen grau, konnten jedoch, wenn es darauf ankam, leicht ebenso finster blikken wie die blauen ihres Vater. Schnell senkte sie die dichten, dunklen Wimpern, um den verräterischen Ausdruck zu verschleiern. Lautlos zählte sie bis zehn.

»Wenn Sie sich Ihrer Vorurteile ein paar Augenblicke lang entledigen könnten, Papa, und die Sache objektiv betrachten würden, so würden Sie einsehen, daß es sehr sinnvoll wäre, wenn ich mein eigenes Haus hätte.« Sie hob die Hand, um seinen Protest abzuwehren. Ihre Pferde gingen nun in gemächlichem Schritt Seite an Seite. »Erstens einmal scheinen Sie zu vergessen, daß ich kein Schulmädchen mehr bin.«

»Du bist, äh – dreiundzwanzig«, warf er ein.

»Vierundzwanzig. Und unverheiratet. Und geneigt, es dabei zu belassen.«

»Dummes Geschwätz.«

»Nein, Papa. Wir sollten uns nichts vormachen. Schließlich wissen wir beide eines: die Tatsache, daß Ihr einziges Kind eine hoffnungslose alte Jungfer ist, hat eine nicht unbeträchtliche Rolle bei Ihrer Verlobung gespielt.«

»Nein!« donnerte er, was sein Pferd erneut zum Stillstand veranlaßte. »Nun ja, verdammt, in gewisser Weise stimmt das vermutlich«, gab er zu. »Aber nicht so, wie du glaubst. Es ist so...«

Aber Lady Cassandra war nicht bereit, auch nur einen Fußbreit Boden zurückzuweichen. Zu lange hatte sie innerlich ihre Argumente gesammelt. »Ich bin vierundzwanzig, eine alte Jungfer ohne – so würden manche sagen – irgendwelchen Ehrgeiz in Richtung Ehestand. Sie stehen auf dem Höhepunkt Ihres Lebens und sind im Begriff, eine Frau zu heiraten, die jung genug ist, Ihnen noch einen Erben zu schenken...«

»Ist es das, was dich wurmt? Daß ich eine Frau deines eigenen Alters heiraten möchte, ja?«

»So jung ist sie nun auch wieder nicht.« Lady Cassandra ging, wie so oft, wieder einmal die Zunge durch, auch wenn sie es besser hätte wissen müssen. »Ich wollte damit sagen«, fügte sie hastig hinzu, »daß niemand Sie als ›alt‹ bezeichnen würde und daß deshalb irgendein Altersunterschied einfach keine Rolle spielt.« Ihr Vater warf ihr einen mißtrauischen Blick zu, ließ es jedoch dabei bewenden. »Ich wollte darauf hinweisen, daß Ihre Braut, ungeachtet ihres Alters, berechtigt ist, Ihren Haushalt zu führen. Und die Tatsache, daß ich das bisher getan habe, kann nur zu Reibereien führen. Die Bediensteten sind gewohnt, sich nach meinen Anweisungen zu richten, und es wäre nicht einfach, das zu ändern.«

»Du täuschst dich, Cassie.« Lord Devenham glaubte jetzt wieder Boden gut machen zu können. »Gwendolen möchte den Haushalt gar nicht führen. Das würde sie zu Tode langweilen. Jedenfalls hat sie das gesagt:«

»Aber das ist doch lächerlich!« Cassandra konnte ihre Entrüstung nicht verbergen. »Sie wird Lady Devenham, mit allen Privilegien und Verpflichtungen, die das mit sich bringt. Was gedenkt sie denn sonst zu tun – ein bißchen zu sticken und Erdbeeren mit Zucker und Rahm zu futtern?«

»Sei nicht so gehässig, Miß. Gwendolen ist Londonerin und an ein geselliges Leben gewöhnt. Gesellschaften, Theater – solche Dinge. Es wird ihr schon schwer genug fallen, aufs Land zu ziehen, auch ohne mit einem Haufen häuslicher Verpflichtungen belastet zu sein. Nein – sie ist auf dich angewiesen, damit alles so weitergeht wie bisher. Und ich auch.« Er schnalzte mit der Zunge, um sein Pferd anzutreiben, da er das Thema für beendet hielt. Cassandra streckte den Arm aus und packte seine Zügel.

»Aber was wird aus mir, Papa?« fragte sie verzweifelt. »Haben Sie denn an mich überhaupt nicht gedacht?«

Er sah verärgert drein. »Aber natürlich. Das sagte ich doch gerade. Nichts wird sich verändern, abgesehen davon, daß du eine andere Frau im Haus haben wirst, mit der du plappern kannst. Das ist doch eine angenehme Abwechslung.«

Lady Cassandra gab einen Laut von sich, der verdächtig einem Schnauben glich. »Selbst Sie, Papa, können nicht so einfältig sein zu glauben, daß Mrs. Alden und ich miteinander gut auskommen werden. Wir könnten uns beide gar nicht unähnlicher sein.«

»Nein, stimmt. Und das ist gerade der springende Punkt. Deshalb wirst du eben nicht deinen eigenen Hausstand gründen. Und ich war gar nicht so herzlos, wie du anzunehmen scheinst, als ich beschloß, eine weitere junge Frau zu dir ins Haus zu bringen. Tatsache ist, Cassie, daß du Gwendolen ebenso sehr brauchst wie ich. Na ja...«, fügte er dann hinzu, »... jedenfalls beinahe so sehr. Denn du hast den Nagel genau auf den Kopf getroffen, als du sagtest, ihr wärt euch überhaupt nicht ähnlich.« Sein Gesicht bekam einen bis zur Einfalt verklärten Ausdruck. »Gwendolen ist nämlich ein Diamant reinsten Wassers. Unvergleichlich...«

Sofern seine Tochter bei diesem Ausspruch zusammenzuckte, entging das der Aufmerksamkeit ihres Vaters. Er war zu sehr damit beschäftigt, seinen eigenen Gedankengängen zu folgen. »Jeder junge Stutzer in der Stadt war hinter ihr her wie der Teufel hinter der armen Seele, Cassie. Und warum sie diesen allen einen schwerfälligen, verbauerten Kerl, äh, mittleren Alters vorzieht, kann niemand begreifen«, schloß er selbstzufrieden.

Vielleicht weil du so reich wie Krösus bist, dachte seine Tochter zuvorkommend, ohne es zu äußern.

»Wie dem auch sei«, Lord Devenham riß sich aus seinen

selbstgefälligen Träumereien und wandte sich wieder praktischen Erwägungen zu, »Tatsache ist jedenfalls, daß auch du, wie ich eben schon sagte, Gwendolen brauchst. Ich kann dir nur eines versichern, wenn es darauf ankommt, das männliche Geschlecht zu verhexen, so kann ihr niemand das Wasser reichen. Es gibt auf der ganzen weiten Welt keinen Mann, den sie nicht bezaubern kann. Es hat keine zehn Minuten gedauert, bis sie mich in ihren Bann geschlagen hatte. Und um ganz offen zu sein, Cassie, du könntest von ihr lernen, wie man mit Männern umgeht. Du scheinst davon nicht die geringste Ahnung zu haben. Es muß etwas damit zu tun haben, daß du seit deinem dritten Lebensjahr keine Mutter mehr gehabt hast. Ich dachte immer, bei einer Frau würde sich das ganz natürlich entwickeln, aber bei dir habe ich den Eindruck, du würdest das erst lernen müssen. Du schreckst Männer ab, Cassie, daran ist nicht zu rütteln. Du reitest und schießt besser und, was das Schlimmste ist, du bist auch noch intelligenter als sie. Aber das ist noch nicht alles. Wenn du einen Mann kennenlernst, der sich für dich interessieren könnte – und das ist häufig der Fall, denn so übel siehst du gar nicht aus –, dann benimmst du dich nicht so, wie man das von einem weiblichen Wesen erwartet. Du – du ...« Er suchte erfolglos nach Worten. »Na, du weißt schon.«

»Ich kichere nicht ausreichend albern?«

»Nein, verdammt! Na ja, in gewisser Weise schon. Ich meine – du kokettierst nicht richtig mit ihm. Lieber Himmel, Mädchen, du solltest einmal sehen, wie einige weibliche Wesen schon eine Liebeserklärung abgeben, indem sie nur ihre Fächer bewegen!«

»Ich habe es gesehen. Ich war, wie Sie sich vielleicht erinnern, eine Saison lang in London.«

Cassandras Einführung in die Gesellschaft war vor fünf Jahren erfolgt, 1811, also in dem Jahr, in dem der älteste Sohn von George III. zum Prinzregenten ernannt worden war. Ihr Vater empfand nunmehr diese beiden Ereignisse als gleichermaßen ungerechtfertigte Katastrophen.

»Erinnere mich nicht daran, Miß. Es war für dich eine Zeitverschwendung und für mich ein Mißerfolg. Aber ich bin selbst daran schuld. Ich hätte dich nicht einfach deiner Tante Amelia überlassen und sie bitten sollen, sich um alles zu kümmern. Eine dümmere Trine als sie kann man sich nicht vorstellen. Du hättest jemanden gebraucht, der auf dem laufenden ist, der dich führt – basta! Na schön, es ist noch nicht zu spät. Mit vierundzwanzig bist du noch nicht aus dem Rennen und kannst immer noch einen Mann ergattern – und bei Gott, hier kommt Gwendolen ins Spiel. Sie hat sich bereit erklärt, dir dabei zu helfen. Sie freut sich sogar darauf. Sie sagt, das würde ihr Vergnügen machen, wenn sie schon das Leben einer Landfrau führen muß. Ich wollte dir das eigentlich nicht erzählen, aber so ist es nun einmal. Zumindest wirst du jetzt wohl einsehen, warum es unsinnig ist, über so etwas wie einen eigenen Hausstand zu reden.«

Lady Cassandra war eine Spur blaß geworden. Sie hielt ihr Pferd erneut an und starrte zu ihrem Vater hinüber, der mit offensichtlichem Zögern ebenfalls sein Pferd zum Stehen brachte. »Habe ich richtig gehört, Papa? Sie haben tatsächlich Mrs. Alden gebeten, dabei behilflich zu sein, mich unter die Haube zu manövrieren?« Ihre Stimme zitterte vor Entrüstung.

»Unter die Haube manövrieren!« wehrte sich ihr Vater, der sich angesichts des Tränenschimmers in den Augen seiner Tochter weit unbehaglicher fühlte, als er zugeben wollte. »Rede keinen Blödsinn. Da wird nichts manövriert. Alles, was Gwendolen plant, ist, das Haus mit Gästen zu füllen, einschließlich einer Menge ihrer jungen Freunde.«

»Also einen regelrechten Heiratsmarkt?«

»Wenn du so willst. Was ist daran auszusetzen? Schließlich hat London keinen Alleinanspruch auf so etwas. Und wenn Gwenny ihre Bekannten hergelockt hat – schön, das weitere liegt bei dir. Zumindest wird es so sein, nachdem sie dir ein paar Ratschläge gegeben hat. Wie man sich ordentlich anzieht, worüber man redet und so weiter.«

»Unterricht im Männerfang?«

»Sei nicht so vorlaut, Miß. Wenn es sich darum dreht, alles daran zu wenden, daß du versorgt bist, lieber Himmel, dann ist das wohl nicht viel verlangt. Denn es *ist* an der Zeit, daß du heiratest und dir solche Flausen wie einen eigenen Hausstand aus dem Kopf jagst. Und hier in der Umgebung ist einfach kein passender Mann für dich zu finden. Aber Gwendolen kann sie in Scharen herbeischaffen. Angefangen bei unserer Hochzeit. Da werden schon eine Unmenge Leute kommen. Und du wirst für ihre Bekannten als Gastgeberin auftreten.« Devenham trieb sein Pferd mit dem Absatz seines Stiefels an und unterband so wirkungsvoll Cassandras Widerrede.

Während seine Tochter düster auf den Rücken ihres davongaloppierenden Vaters starrte, vernahm lediglich ihr Pferd ihre deutlich geäußerte Ansicht. »Jeder Freund von Gwendolen Alden kann bestenfalls nur ein vertrottelter Geck sein – und schlimmstenfalls ein Schuft und ein Wüstling!«

Mehrere Stunden später und kurz vor der Morgendämmerung rannte in London einer von Mrs. Aldens Freunden um sein Leben – oder zumindest seiner Freiheit zuliebe – die engen Straßen und noch engeren Hintergassen von Covent Garden entlang. Seine Stiefel hallten dumpf auf den Pflastersteinen, glitten plötzlich auf etwas Widerwärtigem und schlecht Riechenden aus, und, um einen Sturz zu vermeiden, stützte er sich mit der behandschuhten Hand gegen die feuchte Steinmauer eines aufgelassenen Schnapsladens. In dieser kurzen Pause, in der er selbst nach Luft schnappte, hörte er das Geräusch dieser anderen Schritte, langsamer, dumpfer als seine eigenen, aber irgendwie unerbittlich. Captain Charles Danforth fluchte, stieß sich von der Hauswand ab und rannte weiter.

Aber, als kampfgewohnter Krieger, der er war, änderte er die Taktik. Er begann sich weniger auf seine Schnelligkeit zu verlassen, um den Mann, der ihm folgte, abzuschütteln, und dafür mehr auf Strategie; er bog plötzlich um eine Ecke, kehrte im Bogen zurück und kletterte über Mauern. Er raste sogar in ein Bordell hinein und zur Hintertür wieder hinaus, wobei er sich angesichts der Madame höflich an den Hut tippte – was jedoch verlorene Liebesmüh war, denn sie war viel zu sehr mit Gin angefüllt, um ihn zu bemerken. Schließlich blieb er in einer Toreinfahrt stehen, um Atem zu schöpfen und zu lauschen. Stille. Der Captain gratulierte sich selbst. Endlich war es ihm doch gelungen, seinen beharrlichen Schatten abzuschütteln.

Er machte sich wieder auf den Weg, diesmal gemächlich und – wie er hoffte – in Richtung Picadilly. Dann hörte er jedoch plötzlich einen schrillen Schmerzensschrei, gefolgt von Rufen und dumpfen Schlägen. Erneut begann der Captain zu laufen – diesmal aber in Richtung des Lärms. Als er näher kam, stoppte er erst einmal, um vorsichtig um die Ecke zu spähen.

Der Mann, der ihm schon den ganzen Abend über gefolgt war, war in eine Sackgasse gedrängt worden. Das erste morgendliche Licht im Osten reichte gerade aus, um Danforth drei Männer erkennen zu lassen, die den Fremden angriffen. Einer von ihnen stand geduckt da und hielt ein Messer in der Hand, während die beiden anderen, mit Stöcken bewaffnet, auf den in die Ecke getriebenen Mann einschlugen, dem es trotz einer blutenden Schnittwunde über dem einen Auge gelang, sich ihrer mit einem Knüttel zu erwehren, den er mit all der Wildheit und Geschicklichkeit schwang, die darauf schließen ließ, daß er gewohnt war, vornehmere Waffen zu handhaben.

Captain Danforth wußte um den Vorteil eines überraschenden Angriffs. Und auch um den noch größeren Vorteil, den er hatte, wenn der Gegner wußte, daß ihm eine Übermacht entgegenstand. »Die Säbel heraus! Angriff!« brüllte er, während er um die Ecke stürmte. »Hierher, Männer! Mir nach! Auf sie, Jungens!« Und mit ein paar weiteren Rufen, teils aus dem Schlachtenleben, teils aus dem Jagdwesen, warf er sich ins Getümmel. »Trödelt nicht, Jungens!

Das wollen wir uns nicht entgehen lassen!« brüllte er, schlug dem ersten Mann mit einem wohlgezielten Tritt seiner Stiefelspitze das Messer aus der Hand, gefolgt von einem ebenso gutsitzenden Kinnhaken. Bevor der Besitzer des Messers sich erholen und es aufheben konnte, bückte er sich blitzschnell und packte es. Es gab jedoch keinen Widerstand. Der andere entfernte sich bereits fluchtartig.

Danach drehte sich Captain Danforth um, um seinem eigenen verbissenen Verfolger Hilfe zu leisten. Aber ihres Schutzes im Hintergrund beraubt, erlahmte der Kampfeseifer der beiden anderen schnell. Es bedurfte lediglich eines weiteren Aufwärtshakens, um den größeren der Männer auf die Knie sacken zu lassen, auf denen er dann den Rückzug antrat – was einigermaßen mühsam zu sein schien. Trotzdem war er wohl ebenso fest entschlossen wie die beiden anderen, sich aus dem Staub zu machen, bevor die Kavallerie eintraf.

Charles verfolgte die drei bis zur Ecke, wobei er seiner Phantomverstärkung aufmunternd zubrüllte, um die Flucht der Gentlemen zu beschleunigen. Dann, überzeugt, daß er den Kampfplatz erobert hatte, wandte er sich dem Opfer des Angriffs zu.

Der riesige, unauffällig gekleidete junge Mann wischte sich die Stirn mit einem bereits blutgetränkten Taschentuch ab. Mit der anderen Hand griff er in die Tiefen seines Rocks und zog eine Pistole heraus. »Der Teufel soll mich holen«, murmelte Captain Danforth, als er die Waffe auf seine Brust gerichtet sah.

»Na, ich muß schon sagen ...« Er gab sich redlich Mühe, jeden Unterton von Betroffenheit in seiner Stimme zu unterdrücken, während er dem verletzten Schnelläufer sein eigenes makelloses und mit Monogramm versehenes Taschentuch reichte. »Sie ziehen Ihre Kanone so verdammt spät. Wo war sie denn, als Sie sie wirklich brauchten? Und ich hielte es für wesentlich zweckmäßiger, wenn Ihr Bow Street-Polizisten paarweise herumstreiften. Das würde euren Opfern eine Menge Unannehmlichkeiten ersparen. Ich meine, es ist naheliegend, daß Ihre Berufssparte nicht allzu beliebt ist, schon gar nicht in dieser Gegend hier.«

»Dem kann ich nicht widersprechen, Sir.« Der Polizeibeamte preßte das frische Leinentuch gegen seine Wunde. »Wenn Sie sich also wieder erholt haben, machen wir uns am besten wieder auf die Socken.«

»Wenn *ich* mich erholt habe! Sie sind doch derjenige, der blutet wie ein angestochenes Ferkel.«

Innerhalb der nächsten paar Minuten unterbrach nichts mehr die Stille außer dem Geräusch ihrer eiligen Schritte. Charles verbrachte die Zeit zudem damit, mit dem Gedanken zu spielen, einfach in eine Seitengasse einzubiegen und zu verschwinden. Aber da er nun schon einmal die Sache sozusagen in die Hand genommen hatte, verbot ihm ein etwas verworrenes Ehrgefühl, den verwundeten Gesetzeshüter in einer solch feindseligen Umgebung einfach zurückzulassen. Dann, bevor er sein Gewissen ausreichend unterdrücken konnte, um doch die Flucht zu ergreifen, erreichten sie beide eine Hauptverkehrsstraße, und die Gelegenheit war verpaßt.

Sie blieben beide stehen und keuchten. Charles sah sich um. »Lieber Himmel, Sie erschweren sich alles also auch wirklich unnötig. Sie sind dort hinten in die falsche Richtung eingebogen. Das hier ist der Strand! Bow Street liegt dort drüben.« Er wies mit dem Daumen über seine Schulter weg in die Richtung, aus der sie gekommen waren. »Eines können Sie mir glauben«, fügte er mit einem kläglichen Blick auf seine beschmutzten Schaftstiefel mit den herabhängenden goldenen Troddeln hinzu, »wenn ich mich das nächstemal mit Ihnen auf eine Hetzjagd einlasse, dann bestimmt nicht in brandneuen Stiefeln. Ich spüre meine Füße kaum mehr.«

Der Polizist betupfte sich erneut die Stirn, während sein Gefährte angesichts des mitgenommenen Leinentaschentuchs zusammenzuckte. »Es sieht besser aus. Ihre Wunde, meine ich, nicht mein Taschentuch. Na schön, machen wir weiter, bevor meine Füße anzuschwellen beginnen.«

»Es ist nur ein Katzensprung von hier bis zum St. James's Square, Sir. Ich denke, Ihre neuen Stiefel werden Sie noch bis dorthin bringen«, sagte der Polizist.

»St. James's? Hören Sie, ich verstehe nicht...«

»Dort wohnt doch Ihr Freund Lord Severn, oder nicht? Ich würde Ihnen dringend abraten, nach Hause an den Grosvenor Square zu gehen. Dort wartet nämlich einer meiner Kollegen auf Sie.«

Charles Gesicht hellte sich auf. »Oh – Sie wollen mich wirklich laufen lassen?«

»Was bleibt mir anderes übrig, Sir?« Der Gesetzeshüter, erschöpft von seinen inneren Gewissenskämpfen fuhr leicht resigniert fort. »Dazu bin ich schließlich meiner Ehre wegen, nachdem Sie zurückgekommen und mich gerettet haben, verpflichtet, oder nicht? Denn Sie hätten ja problemlos ungeschoren davonkommen können.« Es war erkennbar, daß sein professioneller Stolz einen empfindlichen Dämpfer erlitten hatte. »Aber ich muß Sie darauf hinweisen, Sir, daß Sie aller Wahrscheinlichkeit nach auch so nicht weit kommen werden. Denn Sie werden steckbrieflich gesucht, daran ist nicht zu rütteln. Möglicherweise wird sogar das Haus Ihres Freundes beobachtet, obwohl ich es nicht für wahrscheinlich halte. Ich bezweifle, daß jemand auf den Gedanken gekommen ist, es könnte so schwierig sein, Sie zu schnappen.«

»Und warum nicht, bitte?« Der Aristokrat war gekränkt.

Der Polizist ließ sich durch die Frage nicht ablenken. »Wenn Sie also klug sind, Sir, verlassen Sie das Land so schnell wie möglich. Nur möchte ich Sie darüber hinaus noch warnen. Sobald bekannt wird, daß Sie uns entwischt sind, wird in allen Häfen nach Ihnen gefahndet. Offen gestanden, Sir, ich würde keinen Pfifferling für Ihre Chancen geben. Und wenn es dazu kommt, daß Sie geschnappt werden...«, er blickte verlegen drein, »... so wäre ich Ihnen sehr verpflichtet, wenn Sie nichts von unserem Zusammentreffen hier erwähnen würden. Ich habe vor zu berichten, daß Sie mir dort hinten im ›Garden‹ entkommen sind.«

»Oh, Sie können sich darauf verlassen, daß ich Ihre Version bestätigen werde, sofern sich die Notwendigkeit ergeben sollte.«

»Oh, dazu wird es sicher kommen, Sir, glauben Sie mir«, bemerkte der Beamte überzeugt. »Trotzdem, Sir, ich wünsche Ihnen viel Glück.«

Der Honorable Charles Danforth streckte ihm die Hand hin. »Ihnen auch, Mr. – äh...«

»Gifford, Sir. Jeremy Gifford, zu Ihren Diensten.« Der andere ergriff die dargereichte Hand und drückte sie mit solcher Kraft, daß Danforth zusammenzuckte. Dann wandte er Pflicht und Schuldigkeit den Rücken zu und stapfte in Richtung Bow Street davon.

2

Der Viscount Severn schnarchte noch einmal kurz, drehte sich um, hob ein Augenlid und fuhr dann schlagartig in die Höhe. »Mein Gott«, krächzte er und griff nach seiner Nachtmütze. »Ich dachte schon, du wärst ein Alptraum!«

»Guten Morgen, George«, sagte Charles Danforth fröhlich. »Ich dachte schon, du würdest überhaupt nicht mehr aufwachen.«

»Verdammt, Charlie, was hast du zu dieser unchristlichen Zeit in meinem Schlafzimmer zu suchen?«

»Ich trinke Schokolade, knabbere Kekse und warte auf die Beendigung deines Schönheitsschlafs. Obwohl ich dich, wenn ich ehrlich bin, gerade wach rütteln wollte. Hier, George, trinke ein bißchen Schokolade.« Der Captain goß aus einer mit Vergißmeinnicht-Muster verzierten Kanne etwas von der dampfenden Flüssigkeit in eine dazu passende Tasse und trug sie zu Seiner Lordschaft hinüber, der ihn mit unfreundlichem Blick betrachtete.

»Lieber Himmel, Charlie, du siehst aber wirklich wie ein echter Alptraum aus. Was, zum Teufel, hast du getrieben?«

Der Captain nahm wieder seinen Platz neben dem leeren Kamin ein, stützte einen Fuß auf das Gitter und trank bedächtig einen Schluck Schokolade aus seiner Tasse, während Seine Lordschaft aus dem Himmelbett kroch und in einen Morgenrock schlüpfte. Anschließend ergriff er seine Tasse und trug sie hinüber zu seinem Freund, um sich ihm gegenüber niederzulassen. »Heraus damit, Charlie. Ich habe nicht den ganzen Tag Zeit, weißt du. Gegen zehn muß ich aufs Land fahren.«

»Das weiß ich.« Der Captain lächelte verbindlich.

Der Viscount starrte ihn mißtrauisch an. Er hatte inzwischen gelernt, auf der Hut zu sein, wenn der Honorable Charles Danforth seinen Charme einsetzte. Charles' Ruf als gutaussehender Mann war weit verbreitet. Aber der Viscount wußte es besser. Stimmt, sein Freund war groß, breitschultrig, verfügte über schmale Hüften und wohlgeformte Schenkel, die im richtigen Verhältnis zu seiner Größe standen – er machte fürwahr eine gute Figur. Zwar war sein Gesicht nicht dem Lord Byrons vergleichbar, und auch sein dunkles Haar widerstand allen Anstrengungen seines Kammerdieners, es lockig zu gestalten. Nein, zu diesem Schluß war Lord Severn schon vor langer Zeit gekommen, es war Charme und keineswegs Schönheit, worüber Charles reichlich verfügte – mit seinen tiefblauen Augen, die sich über die Welt lustig machten, und dem bestrickenden Lächeln, mit dem er fast alles erreichen konnte. Lord Severn wappnete sich innerlich und beschloß, standhaft zu bleiben, aber seine Hoffnung, daß ihm dies gelingen würde, war von vornherein gering.

»Wohin, sagtest du, würdest du fahren, mein Alter?« erkundigte sich Charlie.

»Nach Hampshire«, erwiderte George kurz. »Zur Hochzeit meines Onkels Devenham. Ich *muß*.«

»Langweilig, was? Nun ja, laß dich aufmuntern, alter Freund. Ich werde mit dir fahren.«

»Den Teufel wirst du tun! Du bist nicht eingeladen.«

»Ach, das spielt keine Rolle.«

»Das glaubst du. Aber es beweist nur, daß du meinen Onkel nicht kennst. Er mag ein kompletter Trottel sein, wenn es sich um Kleidung und dergleichen handelt – meine Güte, ich möchte wissen, wer seine Röcke anfertigt. Wahrscheinlich sein Koch. Aber er ist überpenibel, wenn es sich um Dinge des Anstands handelt. Man kann nicht einfach in Devenham Hall hineinmarschieren, ohne eingeladen zu sein.«

»Da eben täuschst du dich, George. So etwas passiert alle Tage. Du hast nur nicht ausreichend darüber nachgedacht, das ist alles.«

Lord Severn stellte seine Schokoladentasse mit überflüssigem Nachdruck auf dem achteckigen Tisch neben sich ab.

»Charles, es ist verdammt noch mal einfach zu früh am Tag für solch eine Unterhaltung. Wenn du über Nacht einen kleinen Dachschaden erlitten hast, bitte geh und behellige irgend jemand anderen damit.«

»Nein, ich bin völlig klar im Kopf, George, das kann ich dir versichern. Genau genommen funktioniert mein Gehirn im Augenblick sogar besser als gewöhnlich, möchte ich behaupten. Denn mir ist eben ein hervorragender Gedanke gekommen. Gleich nachdem Fox die Schokolade gebracht hatte und ich hiersaß und nichts Besseres zu tun hatte, als auf dein Schnarchen zu lauschen. Übrigens, mein Alter, ich würde es mir an deiner Stelle zweimal überlegen, ob ich heiraten würde. Diese spezielle Sorte von Geräusch schreckt jedes weibliche Wesen ab. Aber, wie gesagt, mir fiel ein Plan ein, der schlicht genial ist. Mr. Gifford schien der Ansicht zu sein, ich sollte nach Frankreich fliehen. Aber so wie ich das sehe, ist der Haken an der Sache der, daß die Franzmänner beharrlich französisch parlieren. Das erschwert eine gute Unterhaltung beträchtlich. Außerdem bin ich ein bißchen knapp an Kleingeld – wodurch wohl klar wird, weshalb ich dauernd auf der Flucht bin. Abgesehen davon hat mich Mr. Gifford darauf hingewiesen, daß man mir höchstwahrscheinlich in Dover ebenfalls auflauert.«

»Charlie«, sagte sein Freund, dem der Geduldsfaden zu reißen drohte, »mein Kopf beginnt zu schmerzen und zwar ausschließlich von der Mühsal, dir zuzuhören. Wer zum Teufel ist Mr. Gifford und wer lauert dir auf und warum ausgerechnet an einem solch absurden Ort wie Dover? Und vor allem – warum siehst du aus wie jemand, den ich lieber nicht beschreiben möchte?« Sein angewiderter Blick streifte über Charlies schmutzige Stiefel, die Lehmspritzer auf seiner Hose und die geplatzten Nähte seines Rocks. »Und nicht genug damit, daß du aussiehst wie Hundefutter, Charlie – du riechst auch so.« Er rümpfte angeekelt die aristokratische Nase.

»Daran zweifle ich nicht. Der Himmel weiß, durch was

ich alles durchgerast bin. Ich bin nämlich die halbe Nacht durch Covent Garden gerannt.«

»Und warum?« Lord Severns Stimme hatte etwas Bedrohliches.

»Dieser Polizist von der Bow Street – Mr. Jeremy Gifford – war hinter mir her. Der beharrlichste Bursche, den ich je erlebt habe. Wie ein Jagdhund, der einen Fuchs wittert, setzte er mir nach. Dann, als ich ihn gerade abgehängt hatte und an ein Frühstück und mein Bett dachte, überfielen ihn diese Banditen und ich mußte zurückkehren, um ihm zu helfen.«

Sein hingerissener Zuhörer, der den Fehler begangen hatte, seine Schokoladetasse wieder an den Mund zu heben, um einen beträchtlichen Schluck zu sich zu nehmen, erstickte beinahe. »Warum war der Polizist denn um Himmels willen überhaupt hinter dir her?« erkundigte er sich, nachdem sein Freund ihm hilfreich auf den Rücken geklopft hatte.

»Der alte Grimes hat ihn auf mich gehetzt.«

»Grimes! Dieser Zehnprozentler! Behaupte bloß nicht, du wärst so blöde, dich in die Klauen eines Geldverleihers begeben zu haben! Und dann auch noch in die dieses Kerls! Charlie, Grimes würde seine eigene Großmutter fressen, wenn sie einen Tag zu spät zurückzahlen würde. Wenn du Geld brauchtest, warum bist du dann nicht zu mir gekommen?«

»Oh, vielen Dank, George.« Captain Danforth schien ehrlich gerührt. »Ich weiß, du meinst es gut, aber es ist nun mal so, daß nichts eine Freundschaft mehr gefährden kann, als sie mit solchen Sachen zu belasten. Trotzdem, ich werde es nicht vergessen, alter Freund. Aber das ist jetzt ohne Belang, denn ich habe mir von Grimes gar kein Geld geliehen. Viel schlimmer – ich habe für Reggie Lewison eine Bürgschaft unterschieben, und nun ist er plötzlich wie vom Erdboden verschwunden. Gerüchteweise verlautet, daß er nach Frankreich geflohen sei.« Das liebenswürdige Gesicht des Captain blickte plötzlich unheildrohend drein.

»Wenn ich es mir recht überlege, sollte ich vielleicht doch auch dorthin reisen. Ich müßte nicht unbedingt französisch sprechen können, um Reggie eine Lektion zu erteilen.«

George starrte ihn ungläubig an. »Soll das heißen, daß du tatsächlich eine Bürgschaft für Reggie Lewison unterschrieben hast? Guter Gott, Charlie, und ich dachte, du wüßtest Bescheid. Reggies Taschen sind chronisch leer. Wie konntest du nur so blöde sein?«

»Ich dachte, er sei ein Gentleman«, erwiderte der andere schlicht. »Einen Blutsauger wie Grimes hereinzulegen ist eine Sache – bei einem Freund ist dies wieder was anderes. Diesen Unterschied werde ich Reggie auch klarmachen, wenn ich ihn zu Gesicht kriege.

Aber einstweilen bin ich hier in London *persona non grata* und bleibe das auch so lange, bis ich tausend Pfund aufgetrieben habe.« Sein Freund gab bei der Erwähnung dieser Summe einen Pfiff von sich und sah elend drein. »Also kam ich vorhin zu dem Schluß, George, das Beste wäre, mit dir nach Hampshire zu fahren.«

Der Viscount zog vor, auf diesen Vorschlag im Augenblick nicht näher einzugehen. »Wie steht es mit deinem Vater? Obwohl ihm das alles sehr gegen den Strich ginge, würde er vermutlich lieber den alten Grimes auszahlen, als mitanzusehen, wie sein Sohn und Erbe aus dem Land verjagt wird.«

»Das alles hat mit meinem Vater nichts zu tun. Ich möchte ihn nicht in die Sache hineinziehen.«

George betrachtete aufmerksam den eigensinnigen Zug im Gesicht des Captain und seufzte dann. »Nun ja, wenn du dir einbildest, daß die Neuigkeit nicht bis nach Gloucester vordringen wird, dann traust du den Klatschbasen zu wenig zu.«

»Damit hast du zweifellos recht. Aber diese Scherereien werden nicht ewig dauern. Ich muß lediglich vierzehn Tage lang darauf achten, der Polizei nicht in die Klauen zu geraten. Dann ist alles wieder in Ordnung.«

»Vierzehn Tage!« Der Viscount hegte erneut den Verdacht, daß sein bester Freund an Gehirnverkalkung litt. »Und was für ein Wunder soll in diesen vierzehn Tagen geschehen? Glaubst du, daß dein Vater plötzlich tot umfällt und du in den Genuß des Erbes kommst? Sehr unwahrscheinlich. Das letzte, was ich über ihn gehört habe, war, daß er quietschvergnügt und kerngesund ist. Und ganz bestimmt bildest du dir nicht ein, daß Lewison zurückkehrt und alles in Ordnung bringt. Ich weiß wirklich nicht, was über dich gekommen ist, das schwöre ich dir, Charlie. Du warst doch früher kein solcher Dummkopf.«

»Du brauchst nicht beleidigend zu werden.«

»Verdammt, man muß dich aufrütteln. Wer außer einem total Geistesgestörten würde für jemanden wie Lewison bürgen?«

»Was sollte ich denn sonst tun? Ich habe ihm bei Quatre Bras das Leben gerettet, weißt du. Wer hätte danach erwartet, daß er mich so im Stich läßt? Damit hätte man sowieso in keinem Fall rechnen können. Du weißt doch – die Ehre des Regiments und so weiter.«

Der Kopf des Viscount begann ernsthaft zu schmerzen. »Höre ich richtig? Du hast die Bürgschaft für Reggie übernommen, weil *du* ihm in der Schlacht das Leben gerettet hast? Kommt dir dabei nicht der Gedanke, daß diese Verpflichtung eigentlich genau umgekehrt besteht? Charlie, du mußt einfach aufhören, immer den verdammten edlen Heros zu spielen. Zuerst Reggie und nun dieser Polizist. Anderer Leute Leben zu retten wird noch einmal deinen eigenen Tod bedeuten.«

»Ich werde daran denken, wenn ich je einmal die Chance bekomme, dich vor durchgehenden Pferden die Straße überqueren zu sehen. Glaube mir, ich habe meine Lektion gelernt. Ich werde von jetzt an einfach vorüberschlendern. Aber um auf das zurückzukommen, weshalb ich gekommen bin...«

»Muß das sein? Ich glaube nicht, daß ich es hören möchte. Du kannst dir gar nicht vorstellen, was für ein normales Leben ich geführt habe, so lange du bei der Armee warst.«

»Nicht normal, George, sondern langweilig. Du warst ohnehin immer ein langweiliger Hund. Ohne mich als besten Freund kann man sich gar nicht vorstellen, was für ein trübseliges Dasein du gehabt hättest. Aber sieh nicht so mißgestimmt drein. Wirklich, das, worum ich dich bitten möchte, ist völlig problemlos für dich. Es handelt sich um einen verteufelt brillanten Plan, wenn ich das so sagen darf. Und wenn du endlich einmal aufhören würdest, mich zu unterbrechen, würde ich ihn dir erklären.

Erstens muß ich mich nur für vierzehn Tage verstecken, weil am fünfzehnten die Steeplechase stattfindet. Ich dachte, selbst ein so unsportlicher Mensch wie du würde wenigstens das wissen. Ich habe für dieses Rennen Trafalgar angemeldet. Er wird mir zwangsläufig einen Batzen Geld einbringen. Vor allem, wenn bekannt wird, daß nicht ich ihn reiten werde. Das wird die Chancen steigern. Im Augenblick bin natürlich ich der Favorit«, fügte Charles bescheiden hinzu.

»Augenblick mal. Du glaubst wirklich, du könntest für zwei Wochen verschwinden und dich anschließend einfach unter die übrigen Reiter in der Steeplechase mischen, ohne daß jemand auch nur mit den Wimpern zuckt? Du bist wirklich nicht mehr bei Trost. Selbst wenn die Sportinteressierten glauben, du seist auf dem Kontinent, und deshalb entsprechend wetten – die Justiz läßt sich nicht so leicht hereinlegen. Ich selbst wette ja nicht, aber ich kann dir so gut wie garantieren, daß die halbe Bow Street dir auflauert.«

»Das ist eben der Grund, weshalb ich dich brauche.«

»O Gott.«

»Siehst du, offiziell bist *du* derjenige, der Trafalgar jetzt reitet.« Charles sprach, ohne auf den Aufschrei des Viscount zu achten, rücksichtslos weiter. »Kein Grund zur Panik, George. Es wird nicht nötig sein, denn in der letzten Minute werde ich wieder für dich einspringen. Ich gebe zu, das ist nicht gerade fair, aber was soll ich tun? Drastische Umstände erfordern drastische Maßnahmen. Und schließlich wird offiziell aufs Pferd gesetzt, nicht auf den Reiter. Im übrigen könntest du sogar gewinnen, was das betrifft.« Seiner Stimme war anzuhören, daß es sich hier eher um eine Schmeichelei handelte als um ehrliche Überzeugung. »Na schön, vielleicht auch nicht.« Er zuckte ob des angewiderten Gesichtsausdrucks seines Freundes die Schultern. »Ach, komm schon, George, es ist die einzige Möglichkeit, aus diesem Schlamassel herauszukommen. Der Himmel weiß, ich habe mir den Kopf zermartert, bis er fast geplatzt ist, und alles läuft auf das eine hinaus: Grimes muß sein Geld bekommen oder ich lande in Newgate. Oder in Frankreich. Man muß nehmen, was sich bietet. Oh, ich weiß, was du denkst. Mein Vater würde nicht zulassen, daß ich eingesperrt werde. Aber offen gestanden, lieber wäre ich im Gefängnis als zu Hause, um mir dort uferlos seine langweiligen Ergüsse darüber anzuhören, wie all dies nicht geschehen wäre, wäre mein älterer Bruder nur am Leben geblieben und sein Erbe geworden.« Charles stand plötzlich auf. »Ach was, wir haben genug Zeit mit Reden vergeudet. Du mußt dich für deine Reise fertig machen. Oh – da ist noch etwas, George. Könntest du zum Grosvenor Place hinüberschlendern, so als ob du mich besuchen wolltest? Es könnte die Polizeifahnder vielleicht von der Spur abbringen, wenn sie daraus schließen würden, daß du keine Ahnung hast, wo ich mich aufhalte. Und das ist nun alles, worum ich dich bitte, mein Alter.«

»Alles!« In der Stimme des Viscount lag zutiefste Verbitterung, als er sich ebenfalls erhob.

»Nun ja, abgesehen von einer weiteren Kleinigkeit. Könntest du von einem deiner Reitknechte Trafalgar im Tattersall abholen lassen und ihn bei deinem Onkel in Hampshire einstellen? Besonders dieser Punkt zeigt vollends, wie genial mein Plan ist. Lord Devenhams Besitz kann nicht mehr als ein Drei- bis Vierstundenritt vom Rennplatz entfernt sein.«

»Verdammt, Charlie, versuche doch, dich von deinen Hirngespinsten zu lösen und vernünftig zu sein. *Wir* fahren überhaupt nicht nach Devenham Hall. Selbst wenn nicht nach dir gefahndet würde und selbst wenn die Polizisten nicht auf den Gedanken kämen, als erstes bei unseren Bekannten Nachforschungen anzustellen – und sie werden mich keineswegs von jedem Verdacht ausschließen, nur weil ich dir einen Besuch abstatten möchte ... Du lieber Himmel – sie können ja jeden Augenblick hier sein?«

»Das glaube ich nicht. Dieser Gifford schien ein anständiger Bursche zu sein. Er wird mir sicher einen ordentlichen Vorsprung lassen.«

»Na gut. Selbst wenn man dich hier nicht erwischt und selbst wenn sie zu blöde sind, um auf die Idee zu kommen, du hättest gemeinsam mit mir die Stadt verlassen – was beides unwahrscheinlich ist –, ich kann dich trotzdem nicht uneingeladen ins Haus meines Onkels bringen. Verdammt, Charlie, das ist einfach unmöglich.«

»Aber natürlich ist es möglich. So was passiert alle Tage. Siehst du, George, ich gehe einfach als dein Kammerdiener mit.«

Lord Severn blickte drein, als sei er vom Blitz getroffen. Aber er faßte sich schnell. »Das ist wirklich der verrückteste, schwachsinnigste, einfach hirnrissigste Vorschlag, den ich je gehört habe. Du kannst doch unmöglich als mein Kammerdiener auftreten.«

»Und warum nicht?« erkundigte sich Charles.

»Weil du nicht wie ein Kammerdiener aussiehst.«

»Warte ab, bis ich mich entsprechend verkleidet habe.«

»Nein, das kommt nicht in Frage. Du hast ja keine Ahnung, wie du aussiehst, Charlie. Wahrscheinlich hast du nie einen Gedanken daran verschwendet. Aber wenn ich aus meinem Bekanntenkreis jemals jemanden aussuchen müßte, der meinen Kammerdiener spielen sollte, so wärst du der letzte, den ich in Betracht ziehen würde. Du – du bist ein richtiggehender Draufgänger, Charlie, und keine Verkleidung der Welt kann das verbergen.«

»Ich sage dir, kein Mensch sieht mich auch nur an.«

»Selbst angenommen, alle diese Schwachpunkte deines Plans würden wider Erwarten funktionieren – mein Gott, Mann, ich selbst würde dich mit Sicherheit verraten!«

»Wirklich?« Charles war zutiefst verletzt. »Das kann ich nicht glauben, George. Ich dachte, du wärst mein Freund.«

»Ich meine doch nicht, daß ich dich absichtlich verraten würde, um Himmels willen. Ich meine nur, daß du doch keinen Schimmer von den Aufgaben eines Kammerdieners hast. Und wenn ich auch kein Beau Brummell bin und auch gar nicht so auftreten will, so bin ich doch stolz darauf, immer gepflegt zu erscheinen.«

»Bist du auch, George. Immer tipptopp. Genau besehen habe ich dich darum oft beneidet.«

Sein Freund sah befriedigt drein. »Danke. Und das ist eben der springende Punkt. Chesney ist hier der beste Kammerdiener, den es gibt. Eine Menge Burschen haben ihn schon abwerben wollen. Und kein Mensch wird glauben, daß ich ihn entlassen und dich angeheuert habe.«

»Du könntest doch sagen, er sei nach Hause gerufen worden – er hat doch wohl irgendwo ein Zuhause? Vielleicht ans Bett der sterbenden Mutter oder so etwas, und daß ich ihn einstweilen verträte. Nur für den Fall, daß jemand das überhaupt merkt, was ich bezweifle.«

»Und ob man das merken wird. Ich meine damit, daß ich auf Chesney angewiesen bin. Hör mal, er ist derjenige, der meinen Krawattenstil erfunden hat. Jenen, den nun jeder Beau in der Stadt kopiert.«

»Dann ist es hohe Zeit, daß du dir einen anderen zulegst, wenn jedermann ihn imitiert. George, wir können wirklich nicht hier herumstehen und uns darüber streiten. Nimmst du mich nun mit oder nicht? Wenn ich nach Frankreich – oder Australien oder sonstwohin – verschwinden muß, dann mache ich mich am besten jetzt gleich auf die Socken.« Er wandte sich der Tür zu, nachdem er seinen besten Freund mit einem ergreifend traurigen Blick gestreift hatte.

»Verdammt noch mal, Charlie, du weißt ganz genau,

daß ich das nicht zulasse, also spare dir deine tragischen Szenen. Du sollst nur nicht von mir verlangen, daß ich Chesney gegen dich eintausche. Eher würde ich die gesamten tausend Pfund bezahlen, die du Grimes schuldest, als mich für zwei Wochen von ihm trennen. Du kannst mitkommen. Aber nicht als mein Kammerdiener.« Sein Gesicht hellte sich plötzlich auf. »Aber natürlich – ich hab's! Es gibt keinen besseren Wagenlenker in London als dich, Charlie. Du kannst meinen Kutscher spielen. Da wärst du absolut überzeugend.«

Captain Danforth warf ihm einen vernichtenden Blick zu. »Denk doch einmal nach, George. Natürlich wirke ich überzeugend. Warum schlägst du mir nicht vor, auf Trafalgar nach Hampshire zu reiten, wenn wir schon davon sprechen? Ganz sicher würde auch das gar kein Aufsehen erregen«, fügte er mit deutlichem Sarkasmus hinzu. »Die Steeplechase findet in zwei Wochen statt, ich würde mit Pferden fortgesetzt im Blickfeld meiner Umgebung stehen. Den Kutscher sieht jeder als ersten. Andererseits wird kein Mensch damit rechnen, daß der Captain Charles Danforth, ehemals bei den Gardetruppen, Kammerdiener geworden ist. Außerdem«, fügte er als letztes entscheidendes Argument hinzu, »schlafen Kammerdiener mit im Haus. Schau, du könntest mich sogar in deinem Ankleidezimmer schlafen lassen, und kein Mensch würde etwas dabei finden. Also, wie steht's, George? Kann ich mitkommen oder nicht?«

Lord Severn stöhnte und kapitulierte dann. »Na gut. Komm mit. Aber mache nicht mich verantwortlich, wenn die Sache schiefgeht. Denn du wirst mit Sicherheit erkannt. Ach du lieber Himmel!« Er schlug sich an die Stirn. »Nein! Laß den Plan fallen, Charlie. Verdammt, das kommt dabei heraus, wenn man Stunden vor seiner gewohnten Zeit geweckt wird und du wie ein Nachtgespenst vor mir hockst und vorschlägst, meinen Kammerdiener zu spielen. Ich habe mich derartig von deinen sensationellen Abenteuern und hirnrissigen Plänen einwickeln lassen, daß ich völlig den Hauptgrund vergessen habe, weshalb du nicht mit nach Devenham Hall kommen kannst.« Er legte eine dramatische Pause ein. »Gwendolen Alden wird dort sein!«

»Gwenny? Gwenny Alden wird dort sein?« Charles schlug seinem Freund herzhaft auf die Schulter. »Zum Kuckuck, George, warum hast du das nicht gleich gesagt? Aber das ist doch die beste Nachricht, die ich gehört habe, seit ich meine Unterschrift auf diese elende Bürgschaftserklärung für Reggie gesetzt habe. Wenn Gwen mit von der Partie ist, gibt das dem ganzen Versteckspiel ein völlig neues Gesicht. Schließlich nennt man sie nicht umsonst die ›Willfährige Witwe‹, wie du weißt. Ach, komm schon, George – es gibt keinen Anlaß, so trübselig dreinzublicken. Was ist schon dabei, wenn ich eine alte, mit liebevollen Erinnerungen gespickte Beziehung wieder auffrische? Wegen Klein Gwenny brauchst du dir keine Gedanken zu machen. Sie würde mich nie verraten. Sieh mal, wenn Hampshire so langweilig ist, wie du sagst, wird sie ebenso froh sein, mich dort vorzufinden, wie umgekehrt ich.« Er lachte verschwörerisch. »Ich möchte annehmen, daß uns beiden schon etwas einfällt, um uns die Zeit zu vertreiben.«

»So, meinst du?« Seine Lordschaft studierte geistesabwesend die gepflegten Fingernägel. »Es trifft mich ins Herz, deinen Enthusiasmus dämpfen zu müssen, Charlie, aber da gibt es eine Kleinigkeit, von der du nichts weißt. ›Klein Gwenny‹ – oder die ›Willfährige Witwe‹, sofern du das vorziehst – wird keineswegs in Jubel ausbrechen, wenn sie dich sieht. Denn zufällig ist sie die zukünftige Frau meines Onkels.«

3

Lady Cassandra hatte den Tag damit zugebracht, sich um die Unterbringung der Hochzeitsgäste zu kümmern. Aber eine Krise in der Küche hatte sie davon abgehalten, den einzigen Festteilnehmer zu begrüßen, an dem ihr wirklich lag. Deshalb ignorierte sie, als der Abend kam, die Mißbilligung ihrer Zofe, beeilte sich mit ihrer Toilette und stürzte dann weg, um noch ein paar Minuten mit ihrem Cousin George allein sein zu können, bevor sie beide zum Dinner hinuntergehen mußten.

Cassandra klopfte kräftig an seine Schlafzimmertür. Ihr wurde geöffnet von einem großen, muskulösen Diener in einer dunklen Jacke, die sich um seine Schultern spannte und einen ungehörige Spanne seiner Handgelenke freiließ. Lady Cassandra nahm wahr, daß sie von zwei lebhaften blauen Augen mit einer Mischung aus Neugier, Kritik und Anerkennung gemustert wurde. Sie überlegte kurz, ob sie sich vielleicht in der Tür geirrt hatte. »Sie sind nicht Chesney«, bemerkte sie scharfsinnig.

»Nein, M'lady.« Den Augen war keine Einzelheit ihres keineswegs kleidsamen Gewands aus Tüll und Satin entgangen, das noch aus Cassandras schon länger zurückliegenden Eintritt in die Londoner Gesellschaft stammte. Aber dann schien sich der Diener seines Standes bewußt zu werden, und die Augen senkten sich angelegentlich auf den Aoubusson-Teppich. »Chesney wurde dringend nach Hause abberufen. Ich habe einstweilen seine Pflichten übernommen.«

»Ah so.« Sie betrachtete ihn von Kopf bis Fuß und fühlte sich durch seine Erscheinung verwirrt, wenn sie auch nicht wußte, weshalb. Sie erklärte es sich schließlich durch das schlechtsitzende Jackett, etwas, dessen Duldung sie bei ihrem penibeln Cousin nie erwartet hätte.

George saß vor dem Toilettentisch und starrte finster in den Spiegel, während er die Haarbürste mit zweifelhaftem Erfolg handhabte. Bei Anblick seiner Cousine sprang er auf und lächelte. »Oh, da bist du ja, Cassandra. Ich habe mich schon gefragt, wo du steckst.«

Der Kammerdiener beobachtete interessiert, wie sich das Gesicht des Mädchens aufhellte, und aus der abgehetzten Gastgeberin plötzlich ein hübsches weibliches Wesen wurde. Sie rannte durchs Zimmer und schlang die Arme um den Hals des Viscount. »Oh, George, ich bin so froh, dich zu sehen.« Sie seufzte.

»Das ist fein, aber bitte zerdrücke meine Hemdrüschen nicht«, tadelte er sie liebevoll. »Bei mir ist alles durcheinander, weißt du. Chesneys Mutter liegt im Sterben oder irgend so was. Er hat seinen – äh – Cousin als Vertretung geschickt.« Er warf einen düsteren Blick zu dem Ersatzmann hinüber, der angelegentlich den Abendrock seines Herrn bürstete, und dessen Gesichtsausdruck verriet, daß er stumm, taub und blind war.

»George, ich muß unbedingt mit dir reden.« Cassandra drehte sich ebenfalls um und warf einen bedeutungsvollen Blick auf den Kammerdiener, der jedoch nicht darauf achtete. »Ich brauche deine Hilfe. Ich wollte dich gleich abfangen, als du eintrafst, aber dann kam eines zum anderen ... Und ich weiß nicht, wann ich wieder Gelegenheit dazu haben werde.«

Der Viscount wurde zunehmend besorgter. Er mochte seine Cousine aufrichtig gern, aber nun war es genug. Einen falschen Kammerdiener bei sich zu haben, dem die Polizei auf den Fersen war, reichte ihm als Krisensituation völlig. »Höre, Cassie, hat das nicht Zeit? Ich bin mit Ankleiden noch nicht annähernd fertig, und du weißt, wie unerbittlich dein Vater ist, wenn es sich um Pünktlichkeit handelt.«

»Nein, es hat keine Zeit, George. Ich brauche dich, damit du mit Papa über mich redest.« Lady Cassandra ignorierte das Zurückzucken ihres Cousins und sprach weiter. »Es dreht sich darum, daß Mrs. Alden morgen erwartet wird. Und dann – na ja, danach gibt es keine Hoffnung mehr, daß du Papas Aufmerksamkeit auf dich lenken kannst.«

»Es besteht ohnehin keine Hoffnung, daß mir das zu irgendeinem Zeitpunkt gelingt. Wenn du erwartest, daß ich auf deinen Vater irgendeinen Einfluß ausüben kann, bist du nicht mehr ganz bei Trost. Er kann mich nicht ausstehen, daran ist nicht zu rütteln.«

»Das stimmt nicht«, sagte Cassandra in herzlichem Ton und machte dann einen kleinen Rückzieher. »Nun ja, vielleicht hat Papa deinen Lebensstil nicht gerade immer gebilligt, George. Er hält die elegante Welt insgesamt für zu frivol. Aber er scheint seine Ansicht darüber bereits zu ändern. Mrs. Alden, so hat man mir zu verstehen gegeben, ist sehr gesellschaftlich eingestellt.« Sie machte eine Pause, um einen flüchtigen Blick auf den Kammerdiener zu werfen, der bestrebt war, seine Heiterkeit mit einem Hustenanfall zu kaschieren. »Und so wird sich nun, obwohl Papa allen gesellschaftlichen Verpflichtungen bisher immer peinlich aus dem Weg gegangen ist, wohl alles ändern. Mrs. Alden gedenkt ihn zum Salonlöwen zu machen. Schon aus diesem Grund wollte er dich hierhaben. Du führst praktisch die Gästeliste an, George. Er hat vor, dich zu konsultieren, wenn es darum geht, eine gute Figur zu machen, sein Haar im richtigen Stil zu frisieren, den passenden Schneider zu finden, die angemessenen Kutschen zu fahren – und so weiter.«

Falls Lady Cassandra gehofft hatte, Seiner Lordschaft zu schmeicheln, so täuschte sie sich da. George unterdrückte im Gegenteil einen Schauder. Er empfand sich allmählich als allzu beansprucht. So ließ er sich wieder vor dem Spiegel nieder und begann erneut ohne sichtlichen Erfolg sein Haar zu bürsten. Ihre Ladyschaft war vorübergehend abgelenkt. »Findest du nicht, du solltest – äh – ihn...« Sie warf einen erneuten Blick auf den Kammerdiener, der nach wie vor an dem Rock herumbürstete, und senkte dann die Stimme. »Wie heißt er denn, George?«

»Wie er heißt? Oh, äh, Cha...«

»Godfrey, M'lord.«

»Ach ja, natürlich. Godfrey. Ich habe es für einen Augenblick vergessen. Wie dumm von mir.«

»Godfrey«, befahl Lady Cassandra, »würden Sie bitte damit aufhören, endlos diesen Rock zu bürsten, bis er sich noch völlig auflöst, und sich statt dessen um die Frisur Seiner Lordschaft kümmern?«

»Sehr wohl, Ma'am.« Der Diener näherte sich dem Toilettentisch, während sein Herr ihn mißtrauisch beäugte.

Lady Cassandra kam wieder auf ihr ursprüngliches Problem zurück. »Es ist eine ganz einfache Sache, bei der ich deine Hilfe brauche, George. Es handelt sich um eine gewisse Beeinflussung. Ich hätte gern, daß du Papa erklärst, du hieltest es für eine gute Idee, wenn ich für mich allein leben könnte.«

Lord Severn starrte über den Spiegel auf seine Cousine, während sein Kammerdiener die Locken auf seinem Kopf einmal hierhin, einmal dorthin zupfte. »Warum um alles auf der Welt sollte ich etwas so Absurdes behaupten? Denn ich halte das keineswegs für eine gute Idee, so viel ist sicher.«

»Hör mal, du kannst doch überhaupt noch nicht darüber nachgedacht haben.«

»Das stimmt in der Tat, denn du hast mir das ja eben erst eröffnet. Aber ich habe das deutliche Gefühl, daß ich, auch wenn ich Stunden darüber nachdächte, zum gleichen Ergebnis käme. Junge, unverheiratete Mädchen können nicht in ihrem eigenen Haus wohnen, und damit hat es sich.«

Cassandra seufzte verzweifelt. »George, du bist ebenso schlimm wie Papa. Ich muß dich aber wohl nicht darauf hinweisen, daß ich nicht mehr im zartesten Blütenalter bin. Schließlich sind wir beide doch miteinander aufgewachsen.«

»Du bist also jetzt dreiundzwanzig, ja?«

»Vierundzwanzig. Seit letzter Woche.«

»Ach, wirklich? Daran hätte ich mich erinnern sollen. Glückwunsch und alles Gute nachträglich zum Geburtstag.«

»Vielen Dank.«

»Aber mit vierundzwanzig bist du noch nicht gerade eine Matrone.«

»Aber auch kein Schulmädchen mehr. Ich bin, weiß der Himmel, alt genug, um unabhängig zu leben.«

»Nein, bist du nicht. Und wenn du Bedenken wegen der Heirat deines Vaters hast, nun ja, so wäre der richtige Ausweg, dir selbst einen Ehemann zu suchen.«

Lady Cassandra war nahe daran, mit dem Fuß aufzustampfen. »Um Himmels willen, George. Von dir habe ich das nicht auch noch erwartet.«

»Warum denn nicht? Jeder Mensch mit gesundem Menschenverstand würde das sagen. Ich weiß überhaupt nicht, weshalb du das nicht längst getan hast. Vermutlich hattest du die drollige Idee, für deinen Vater sorgen zu müssen. Aber dafür besteht nun keine Notwendigkeit mehr. All das kannst du getrost Gwenny – ich meine Mrs. Alden – überlassen.«

Cassandra war erneut abgelenkt. »George«, begann sie, warf dann einen Blick auf den Kammerdiener und zögerte. Trotzdem, es würde sich keine weitere Gelegenheit mehr ergeben, mit George allein zu reden, und die Dienerschaft wußte ohnehin immer über alles Bescheid. »Erzähle mir von ›Gwenny‹.«

»Was denn?« Er sah unbehaglich drein.

»Ach, du weißt schon. Wie sie ist – und so.«

»Soll das heißen, daß du sie nie kennengelernt hast?«

»Nur ganz kurz. Sie kam einmal zum Tee hierher. Das einzige, was ich dabei mit Sicherheit feststellen konnte, war, daß sie sehr hübsch ist – auf eine sehr angemalte Art.« Der Kammerdiener-Friseur bekam einen zweiten Hustenanfall, was unglücklicherweise Cassandras Aufmerksamkeit auf ihn lenkte. »Um Himmels willen, George – was stellt er bloß mit deinem Haar an?«

»O Gott!« Seine Lordschaft starrte entgeistert in den Spiegel.

»Ich nenne das den ›Gladiatorenstil‹«, erklärte Charles bereitwillig.

»Gladiator!« Lady Cassandra schnaubte leicht durch die Nase. »Wenn Sie mich fragen, hat Cäsar gerade mit dem Daumen nach unten gewiesen. George, willst du wirklich so zum Essen gehen? Na, schon gut. Wir haben nicht mehr viel Zeit. Weiter. Erzähle mir von Mrs. Alden. Sie ist bankrott, nicht wahr, und heiratet Vater seines Geldes wegen, ja?«

George sah mit glasigem Blick zu, wie sein Ersatzkammerdiener eine gestärkte Halsbinde nahm und sie um seinen Hals zu winden begann. »Ich weiß nicht, ob sie ›bankrott‹ ist. Aber man kann es ihr nicht verdenken, daß sie sich einen wohlhabenden Ehemann ausgesucht hat. Das ist nur vernünftig. Du wolltest das auch tun.«

»Oh, ich weiß. Ich hätte das nicht sagen sollen. Du brauchst mich nicht zu belehren. Es ist nur – nun ja, die beiden scheinen so gar nicht zusammenzupassen.«

»Das stimmt. Aber das kann man schließlich von beinahe jedem Ehepaar sagen, das ich kenne.«

»Aber da ist noch mehr. Die – die Leute machen da solche Andeutungen. Es wird behauptet, daß, na ja, Mrs. Aldens Charakter nicht so ist, wie er sein sollte. Ach, was – rundherausgesagt, ich habe gehört, daß sie mehr Liebhaber hatte als ein Hund Flöhe.«

Der Viscount schluckte krampfhaft. »Passen Sie doch auf, was Sie da tun, Cha – Godfrey! Sie hätten mir mit der verdammten Halsbinde fast die Gurgel abgedrückt!«

»Bitte um Verzeihung, Sir.«

Der Viscount riß sich die zerknitterte Binde vom Hals und warf sie auf den Boden. Der Kammerdiener nahm eine neue von einem Stapel gestärkter Halsbinden und versuchte erneut sein Glück.

»Du solltest die Braut deines Papas nicht für etwas wie eine Kurtisane halten, Cassie.« George wandte seine Aufmerksamkeit wieder seiner Cousine zu. »Das stimmt in gar keiner Weise. Gwenny – ich meine Mrs. Alden – ist eine heitere, lebenslustige Person, die natürlich ihre Verehrer hat. Aber was Liebhaber betrifft, nun ja ...«, er blickte äußerst tugendhaft drein, »... so habe ich da keine Möglichkeit zu einer Beurteilung, aber ich vermute, daß es sich da mehr um Klatsch als um Tatsachen handelt. Ich würde an deiner Stelle nicht allzu viel darauf geben.«

»Tue ich auch nicht. Nur möchte ich nicht, daß Papa von all dem Tratsch erfährt. Denn ich bin sicher, er ist davon überzeugt, daß er Gwendolens einzige und alleinige Liebe ist, abgesehen von dem verstorbenen Mr. Alden natürlich.« Sie brach plötzlich ab und rief dann: »Und wie nennt man *das*?« Ihr Blick ruhte auf der Halsbinde ihres Cousins. »Vielleicht den ›Henkerstrick‹?«

»Nein, M'lady.« Die Stimme des Kammerdieners klang eine winzige Spur gekränkt. »Es heißt ›Trône d'Amour‹. Ich kann Ihrer Ladyschaft versichern, daß es in London als der letzte Schrei gilt.«

»Hm. Da würde ich noch eher an Mrs. Aldens Keuschheit glauben. Also, George, wie stehst? Du bist mein einziger männlicher Verwandter und meine letzte Hoffnung. Wirst du mit Papa sprechen?«

»Über Mrs. Aldens Ruf? Mein Gott, wofür hältst du mich? Für einen Selbstmörder?«

»Sei nicht albern. Um so etwas würde ich dich nie bitten. Ich möchte lediglich, daß du versuchst, Papa zu überreden, mich allein und selbständig leben zu lassen. Bitte, George.«

Seine Lordschaft öffnete den Mund, um zu protestieren, wurde jedoch vom Schlagen der Uhr auf dem Korridor draußen abgelenkt. »Zeit fürs Dinner«, sagte er und starrte entsetzt auf sein Spiegelbild. »Diese verdammten Essenszeiten auf dem Land. Ich hasse es, mich in rasender Eile umziehen zu müssen.«

»Ach du lieber Himmel. Du hast recht. Papa wird es übel aufnehmen, wenn wir zu spät kommen. Wir müssen einfach noch irgendwann Zeit finden, unsere Unterhaltung fortzuführen.« Sie seufzte ob der nun entgangenen Gelegenheit. »Nun komm schon, George. Es muß eben so gehen, wie du nun aussiehst.« Aber sie betrachtete ihren Cousin mit einiger Verblüffung von oben bis unten. »Wirklich, ich muß schon sagen, wenn man dich *noch* immer für den *arbiter elegantiarum* Londons hält, so hat sich die Herrenmode in den fünf Jahren – seit ich in die Gesellschaft eingeführt wurde – erstaunlich verändert. Wenn ich nicht wüßte, daß du als modische Erscheinung für unübertroffen giltst, würde ich behaupten, du siehst verheerend aus, George.«

Cassandra bückte sich, um über die Schulter ihres Cousins hinweg ihre eigene, äußerst strenge und straffe Frisur im Spiegel zu überprüfen. Sie begegnete dabei einem leicht pikierten Blick aus den blauen Augen des Kammerdieners Seiner Lordschaft.

»Ich frage mich, ob Ihre Ladyschaft je erwogen hat, ein paar Locken aus Ihrer Frisur zu lösen und rund ums Gesicht zu arrangieren? Das würde Ihre Gesichtszüge mildern und Ihre Ladyschaft weniger wie eine Gouvernante aussehen lassen, wenn ich so sagen darf.«

Lady Cassandra schnappte nach Luft, öffnete den Mund, um ihm eine vernichtende Entgegnung zuzuschleudern, fand jedoch keine, die eindrucksvoll genug gewesen wäre, und schloß den Mund wieder hörbar.

»Oh, ich würde sagen, wir beeilen uns jetzt.« Lord Severn sprang in die Bresche, bevor seine Cousine sich wieder fassen konnte. Gleichzeitig warf er hinter ihrem Rükken seinem mit ausdruckslosem Gesicht dastehenden Kammerdiener einen finsteren Blick zu. »Wir wollen Onkel nicht aufregen.« Er bot Cassandra den Arm, während Charles sich beeilte, die Schlafzimmertür zu öffnen.

Erst als sie sich hinter ihnen geschlossen hatte und die beiden ein gutes Stück weit den Korridor entlanggegangen waren, fand Lady Cassandra ihre Sprache wieder. »George, dieser – dieser Godfrey ist ganz ohne Zweifel die –

die absurdeste Ausgabe eines Kammerdieners, die ich je erlebt habe!«

»Oh – findest du? Ich mag ihn ganz gern«, erwiderte ihre Cousine in herzlichem Ton.

Aber irgendwie strafte der gepeinigte Ausdruck auf dem Gesicht des einstmaligen Beaus der Bond Street seine Worte Lügen.

4

Die einzige Möglichkeit, mit einem Tag zurechtzukommen, an dem unter anderem das Eintreffen von Lord Devenhams Braut bevorstand, war, sich am frühen Morgen allem zu entziehen und mit Hilfe von frischer Luft und körperlicher Betätigung das innere Gleichgewicht so gut wie möglich herzustellen. Aus diesem Grund ritt Lady Cassandra kurz nach Sonnenaufgang eben im Galopp über eine Wiese, als sie das andere Pferd erspähte.

Es war groß. Und weiß. Es bewegte sich mit unglaublicher Schnelligkeit. Und es hatte einen unvergleichlichen Reiter. Der Mann war völlig mit sich und dem Pferd beschäftigt. Als er schließlich Cassandras Kastanienbraunen bemerkte, lenkte er sein Pferd schnell in eine andere Richtung. Aber Ihre Ladyschaft wollte keineswegs, daß man ihr aus dem Weg ging. Sie trieb ihr Pferd an.

Der Reiter tat so, als merke er nichts von der Verfolgung. Er trieb nun seinerseits sein Pferd an. Lady Cassandra behielt ein Tempo bei, welches ihr erlaubte, den Abstand so zu halten, daß sich ihr die Möglichkeit bot, den großen weißen Hengst genau zu beobachten.

Er war prachtvoll. Seine mächtigen Flanken bewegten sich voller Kraft und zugleich nie mühelos. Seine Hufe berührten die Wiese so leicht, daß er über das taunasse Gras förmlich wegzugleiten schien. Sein Fell glänzte, sein Hals war stolz gebogen. Alles in allem, entschied Cassandra, war dieser Hengst das herrlichste Tier, das sie je gesehen hatte – mit einer Ausnahme. Sie wölbte die Hände um den Mund und schrie: »He, Sie da! Warten Sie!«

Sie kam auf gleiche Höhe mit dem anderen Reiter und wies mit der Peitsche auf ein kleines Gehölz in einiger Entfernung. »Wir machen ein Rennen. Bis zu den Bäumen dort.«

Der Reiter blickte überrascht drein, zuckte dann die Schultern und grinste. »Sagen Sie, wann es losgehen soll.«

»Los!« rief Lady Cassandra und drückte ihrem Pferd die Absätze in die Flanken. Pegasus reagierte, und sie beugte sich tief über seinen Hals. Der Hut flog ihr vom Kopf, der Wind fuhr ihr durchs Haar. Sie ritt auf dem Original-Pegasus. Sie flog... Sie war unbesiegbar.

Aber der große weiße Hengst hielt mit ihr Schritt. Sie waren nur noch wenige Meter von dem Pappelwäldchen entfernt, als Cassandra »Jetzt!« schrie und ihrem Pferd mit der Reitgerte die leichteste Andeutung eines Schlags versetzte. Es stob davon. Lady Cassandra traf eine volle Länge vor dem schneeweißen Hengst an dem Wäldchen ein. Mit geröteten Wangen und triumphierend drehte sie sich zu dem Mann um, den sie soeben besiegt hatte.

»Ich wußte doch, daß Sie weit besser aussehen, wenn Ihr Haar lose um Ihr Gesicht hängt«, sagte der Kammerdiener ihres Cousins.

»Seien Sie nicht unverschämt!«

»Verzeihung, Ma'am. Ich fürchte, das allzu schnelle Urteil über die äußere Erscheinung des Adels gehört zu meinen Berufsrisiken.« Charles' Gesicht war angemessen unbewegt, aber seine Augen zwinkerten respektlos. »Ich dachte nur, Sie würden diese Anregung vielleicht zur späteren Verwendung im Gedächtnis behalten.«

Lady Cassandra verdammte sich innerlich, weil sie einen Bediensteten mit ihrer Herausforderung zum Rennen zu solchen Vertraulichkeiten herausgefordert hatte. Um ihm, der offenbar seinen Platz nicht kannte, einen Denkzettel zu verpassen, ließ sie ihm einen eisigen Blick zukommen. »Als ich Sie reiten sah, Godfrey, nahm ich an, Sie seien Lord Severn.«

»Aha. Nun ja, wir werden öfters miteinander verwechselt, M'lady.«

Die Absurdität dieser Behauptung, die von einem schwarzhaarigen Mann kam, der ihren Cousin um Kopfeshöhe überragte, der zudem keinen Rock, dafür aber schwarze Kniehosen trug, was einen derartigen Verstoß gegen jede Mode bedeutete, der beim Viscount unvorstellbar gewesen wäre, brachte Lady Cassandra noch mehr aus der Fassung. »Was ich damit meine, ist, daß ich lediglich auf das Pferd geblickt habe.«

»Er ist wunderbar, nicht?« Der Kammerdiener tätschelte Trafalgars Hals.

»Ja, das stimmt. Fast so wunderbar wie meines hier.« Auch Ihre Ladyschaft tätschelte ihrem Pferd den Hals.

In den blauen Augen des Mannes blitzte flüchtig etwas wie ein Funke auf, aber sein »Oh, vielen Dank, M'lady« klang nur allzu unterwürfig.

»Ich muß sagen, George hat bei seiner Beurteilung von Pferden deutlich zugelernt.« Cassandra schnalzte mit der Zunge und wendete ihr Pferd in Richtung des Schlosses. Der Kammerdiener holte sie ein.

»Verzeihen Sie, Ma'am, aber Lord Severn hat dieses Pferd nicht ausgesucht.«

»Das hätte ich gleich wissen können. Wer denn dann?«

»Ich, M'lady.«

»Sie? Wie seltsam. Vielleicht sollte ihm dann sein Kutscher beim Ankleiden helfen.«

Der Kammerdiener grinste. »Genau genommen spielte die Angelegenheit für Seine Lordschaft keine Rolle, Ma'am. Trafalgar hier gehört mir.«

»Ihnen? Das ist doch unmöglich!«

»Wie Sie meinen, Ma'am. Oh, übrigens, Sie haben Ihren Hut verloren. Soll ich zurückreiten, um ihn zu holen?«

»Nein, nein, ich werde das selbst tun.« Als der Kammerdiener sein Pferd wendete, um ihr zu folgen, fügte sie im Ton einer Entlassung hinzu: »Sie haben doch sicher in der Hall Ihre Pflichten zu erfüllen. Ich bezweifle, daß Seine Lordschaft ohne Sie mit seinem ›Trône d'Amour‹ zurechtkommen. Weiß er übrigens, daß Sie hier irgend jemandens Pferd reiten?«

»Nun, eigentlich nicht, Euer Ladyschaft. Ich wollte ihn nicht eigens aufwecken, um es ihm mitzuteilen.«

Sie starrte ihn mißtrauisch an. Alles in ihr bestätigte sie darin, daß er sich über sie lustig machte, aber sein Gesicht blieb auf eindrucksvolle Weise ausdruckslos. »Ich muß schon sagen«, bemerkte sie schließlich, als sie Seite an Seite dahinritten, »für einen Kammerdiener sind Sie ein überraschend hervorragender Reiter.«

»Vielen Dank, M'lady.«

»Genaugenommen habe ich, wenn ich es mir recht überlege, noch nie einen Kammerdiener reiten sehen.«

»Bitte vielmals um Verzeihung, Ma'am, aber würden Sie bitte vor Trafalgar hier das Wort K-a-m-m-e-r-d-i-e-n-e-r nicht mehr aussprechen? Sehen Sie, ich habe ihm nie erzählt, auf welche Weise ich mein Geld verdiene. Es würde ihn möglicherweise aus der Fassung bringen. Trafalgar ist ein sehr aristokratisches Pferd, Euer Ladyschaft. Genau besehen sogar so etwas wie ein Snob. Ich bin überzeugt, daß er der Meinung ist, ich sei von vornehmem Geblüt.«

»Sie veralbern mich, ja?« bemerkte Cassandra gelassen. »Nun ja, ich würde gern fragen, wie ein Kammerdiener dazu kommt, so fantastisch zu reiten, aber vermutlich würde ich dann doch nur noch einen Bären aufgebunden bekommen.« Sie betrachtete ihn eingehend, während er abstieg, um ihren Hut aufzuheben. »Aber eines ist sicher – Sie sind im Sattel entschieden versierter als in Ihrer Tätigkeit als Kammerdiener. Überhaupt habe ich den Eindruck, daß Ihnen alles andere geläufiger ist als das. Hören Sie – hat mein Cousin vielleicht irgendwo eine Wette verloren? Das ist der einzige Grund, den ich mir vorstellen könnte, weswegen er Chesney durch Sie hätte ersetzen sollen.«

Charles entstaubte ihren Hut, indem er ihn an seinen Kniehosen abstreifte. »Wenn Sie meine beruflichen Fähigkeiten auf diese Weise herabsetzen, Ma'am, so muß ich sagen, daß mich dies tief trifft, denn ich war soeben im Begriff, mich bei Ihnen um den Posten Ihres Majordomus zu bewerben.«

»Meines was? Sie machen doch wohl schon wieder Spaß.«

»O nein, Euer Ladyschaft. Das ist mein völliger Ernst.«

»Nun, dann bin ich gezwungen, Ihnen mitzuteilen, daß wir in keiner Weise die Absicht hegen, Parker zu ersetzen, der seit Urzeiten bei uns ist.«

»Oh, aber ich habe damit ja nicht die Hall gemeint, Ma'am. Ich dachte an Ihren neuen eigenen Hausstand.«

Lady Cassandra warf ihm einen harten Blick zu. »Wie jeder *gute* Bedienstete weiß, Godfrey, wird von ihm erwartet, daß er, sofern er ein privates Gespräch mit angehört hat, dies sofort wieder vergißt.«

Er seufzte tief. »Soll das heißen, Ma'am, daß ich nicht ausreichend qualifiziert bin, den Posten eines Butlers einzunehmen?«

»Das ist zu offensichtlich, um noch einer Antwort zu bedürfen. Aber in diesem Fall ist die Frage zudem rein akademisch. Es gibt diesen Posten gar nicht. Und aller Wahrscheinlichkeit nach wird es ihn auch nie geben.«

»Ich bitte Euer Ladyschaft untertänigst um Verzeihung, aber ich wage zu behaupten, daß die zukünftige Lady Devenham Sie binnen kürzester Zeit aus der Hall weghaben will. Gwe... äh, Mrs. Alden ist nicht der Typ, der duldet, daß er von einem anderen attraktiven weiblichen Wesen in den Schatten gestellt wird. Schon gar nicht von einem jüngeren attraktiven Wesen.«

»Woher um alles auf der Welt wollen Sie das wissen?«

»Das habe ich vergessen«, erwiderte er in tugendhaftem Ton.

Cassandra verabsäumte es, an dem Kammerdiener vorbei- oder durch ihn hindurchzusehen, wie sich das gehörte, und wieder einmal fiel ihr auf – sofern man vergaß, daß er ein Bediensteter war –, wie gut Godfrey aussah. Mißtrauen begann in ihr zu keimen. »Sie kennen Mrs. Alden also?«

Er hob die Brauen. »Bitte vielmals um Verzeihung, Ma'am, aber wie sollte das möglich sein? Es ist so, wie Sie vorhin selbst erwähnt haben. Eine Menge Dinge werden vor Bediensteten erwähnt, die zu einem Ohr hinein- und zum anderen hinausgehen. Und irgendwie ist bei mir der Eindruck haften geblieben, daß Mrs. Alden keinen Wert auf die Gesellschaft einer attraktiven Frau legt.«

»Falls Sie aus irgendeinem seltsamen Grund heraus bemüht sind, Godfrey, mich dazu zu bewegen, Sie anzustellen, indem Sie mir schmeicheln, bemühen Sie sich nicht. Es klappt nicht. Mir ist völlig bewußt, daß ich keine Schönheit bin, und ich hege auch gar nicht den Wunsch, das zu sein.«

»Damit haben Sie den Nagel auf den Kopf getroffen, Ma'am. Es ist sonnenklar, daß Sie nicht den geringsten Wunsch hegen, für attraktiv gehalten zu werden. Während die meisten Frauen, die zu beobachten ich Gelegenheit hatte, bestrebt sind, mit allen möglichen Tricks sich als die Schönheiten hinzustellen, die sie gar nicht sind, ist es bei Ihnen genau umgekehrt. Sie bemühen sich geradezu zum Unscheinbarkeit, kümmern sich offenbar überhaupt nicht um das, was Sie tragen, oder etwa um Ihre Frisur. Aber Tatsache ist, wenn Sie dies alles einmal vergessen, wenn Sie zum Beispiel wie vorhin ein Rennen mit mir veranstalten, wenn dabei Ihre Augen funkeln und der Wind Ihr Haar zerzaust – nun ja, M'lady, wenn Sie dann keine Schönheit sind, dann sind Sie jedenfalls verdammt nahe daran, und das ist die reine Wahrheit.«

»Jetzt reichts, Godfrey!« zischte sie. »Ich habe nicht das geringste für Süßholzraspeln übrig.«

»Jawohl, Ma'am.« Er senkte demütig Blick.

Stumm ritten sie eine Weile weiter, wobei Lady Cassandras schweigen etwas Angespanntes hatte. Ihr Gefährte jedoch schien völlig gelassen, pfiff leise vor sich hin und warf ihr gelegentlich aus den Augenwinkeln heraus einen Seitenblick zu. Einmal ertappte sie ihn dabei und platzte heraus: »Sie sind Ire, ja?«

Er lachte laut heraus. »O nein, Euer Ladyschaft. Und was ich gesagt habe, war kein Unsinn, sondern wirklich die Wahrheit. Und bevor Sie wieder in die Wolken entschweben und mich erneut daran erinnern, daß ich die Unterhaltung, die ich mitangehört habe, in Wirklichkeit überhaupt nicht gehört habe, will ich zugeben, daß ich neugierig bin zu erfahren, weshalb Sie eigentlich so strikt gegen eine Ehe sind. Ich meine, daß ist doch die altehrwürdige Methode des Adels, sich aus einer schwierigen Situation herauszuretten. So wie zum Beispiel die, die man Ihrer Ladyschaft an der Nasenspitze ansieht.«

»Es ist die altehrwürdige Methode, aus der Bratpfanne ins Feuer zu springen«, erwiderte Cassandra.

»Nun ja, das ist sicher eine Möglichkeit, die Sache zu betrachten. Sie sind keine ausgesprochene Romantikerin, Ma'am, oder?«

»Ich kann nichts Romantisches darin erkennen, sich auf dem Hochzeitsmarkt feilzubieten. Berechnung wäre dafür wohl der passendere Ausdruck.«

»Oh, schon gut. Ich habe mich getäuscht. Sie sind doch eine Romantikerin. Sie warten also auf den Ritter auf weißem Zelter?« Wie auf ein Stichwort hin wölbte sein Hengst den Nacken und wieherte. Der Kammerdiener grinste verschmitzt.

»Nein, wirklich nicht.« Lady Cassandras eisiger Blick ließ ihn fast auf dem Sattel anfrieren. »Um Ihre unverschämte Neugier zu befriedigen – obwohl ich wesentlich besser daran täte, sie zu ignorieren – sofern ein Mann auf einem Pferd, gleich welcher Farbe, angeritten käme, so gälte mein Interesse ausschließlich dem Tier. Wenn Sie es schon wissen müssen – ich sehne mich danach, ein eigenes Gestüt zu führen.«

»Sie wollen Pferde züchten?« Er sah sie zweifelnd an. »Nun ja, Ma'am, Pferde mögen, auf Dauer gesehen, sich als wesentlich befriedigender erweisen, als Kinder aufzuziehen – aber dennoch, alles in allem erscheint mir das Ganze eher als eine Verschwendung. Und ich kann, weiß der Himmel, verstehen, weshalb Ihr Vater etwas gegen diese Idee hat. Sie müssen zugeben, daß derartiges für eine Frau ziemlich exzentrisch ist. Meinen Sie nicht, Sie könnten möglicherweise beides bewältigen? Pferde und Kinder schließen einander nicht aus, soviel ich gehört habe.«

»Was ich finde, Godfrey, ist, daß diese Unterhaltung jetzt lange genug gedauert hat. Und daß Sie sich mehr um die Angelegenheiten Ihres Arbeitgebers als um meine kümmern sollten. Und wenn wir schon davon reden – ich möchte annehmen, daß sich Lord Severn inzwischen fragt, wo Sie eigentlich stecken.«

»Vielen Dank, Euer Ladyschaft, daß Sie mich daran erinnern.« Der Kammerdiener zupfte an seiner Stirnlocke. »Über dem Vergnügen am Reiten habe ich fast meine Pflichten vergessen. Am besten reite ich Ihnen jetzt voraus. Es wäre unziemlich, wenn wir beide gleichzeitig bei den Ställen einträfen.«

»Warum, bitte?« erkundigte sich Lady Cassandra in äußerst hochnäsigem Ton.

»Nun, Sie wissen doch, wie schnell geklatscht wird.«

»Wenn Sie damit das andeuten wollen, was ich vermute, dann überschätzen Sie sich, Godfrey. Ich kann Ihnen versichern, niemand wird meinet- und eines Dieners wegen anfangen zu tuscheln.«

»Nun, natürlich könnten Sie recht haben, M'lady. Zumindest wissen wir beide, daß es so sein sollte. Aber verzeihen Sie – da ich aus den unteren Klassen stamme, kenne ich die Welt möglicherweise besser als Ihre Ladyschaft. Sie wären erstaunt, wenn Sie wüßten, wie leicht auch der trivialste Anlaß – wie der, daß die Dame des Hauses am frühen Morgen mit dem Kammerdiener ihres Cousins ausreitet – die Zungen in Bewegung setzt. So lange, bis aus dem unschuldigsten Zusammentreffen ein anrüchiges Rendezvous geworden ist.«

»Unsinn. Keiner meiner Bediensteten würde so etwas denken. Dazu kennen sie mich zu gut.«

»Zweifellos haben Sie recht, Ma'am. Trotzdem, ich möchte mein Gewissen nicht damit belasten, Anlaß zu Tratsch geboten zu haben. Die Entscheidung liegt bei Ihnen.« Er drückte seinem Pferd die Absätze in die Flanken, und der Hengst preschte davon.« Holen Sie mich ein, wenn Sie können!« rief er über die Schulter zurück.

Lady Cassandras Ehrgeiz war angestachelt. Der Kastanienbraune schien ebenfalls auf ein weiteres Rennen begierig. Alle beide reagierten also auf die Herausforderung und befanden sich bereits in wilder Verfolgungsjagd, als Ihre Ladyschaft es sich doch anders überlegte und ihr Pferd zu einem schicklichen Trab zügelte. Es lag weniger an der zunehmenden Wahrscheinlichkeit, daß sie den weißen Hengst nicht mehr würde einholen können, was diese Mäßigung bewirkte – obwohl Cassandra mit bewunderndem Blick seinen Galopp beobachtete –, als an dem unbehaglichen Gefühl, daß der unverschämte Kammerdiener ihres Cousins soeben ein paar unangenehme Wahrheiten ausgesprochen hatte. Denn auch wenn ihr eigener Ruf bis dato ohne Tadel war, so verriet ein Instinkt Cassandra, daß jedes weibliche Wesen ungeachtet seines Alters oder Stands, ob Schulmädchen oder alte Frau, Herzogin oder Küchenhilfe, aller Welt zu erhobenen Augenbrauen und Getuschel Anlaß gäbe, würde sie für einige Zeit allein in Gesellschaft dieses speziellen Kammerdieners gesehen. Er hatte nun einmal eine dementsprechende Aura. Genau genommen, so überlegte die Pferdezüchterin in spe, strahlte der Reiter auf noch provozierendere Weise Männlichkeit aus als sein Hengst. Er hatte ihr mehr als irgendein anderer Mann zuvor bewußt gemacht, daß sie eine Frau war.

Nicht daß sie seiner Dreistigkeit übertriebene Bedeutung beigemessen hätte. Sie war intelligent genug, um zu erkennen, daß diese Art neckenden Provozierens in seiner Natur lag. Ihr war ebenso klar, daß Godfrey, hätte sie auch nur einen Fuß breit nachgegeben, keine Grenzen mehr anerkannt hätte. Es war offensichtlich, daß er fähig war, sich ohne mit der Wimper zu zucken über alle Standesbarrieren hinwegzusetzen. Das führte zu der Frage, ob diese Art des Herumtändelns für Godfrey etwas Neues war. Und zur weiteren Frage, wie viel er wohl in Wirklichkeit über Mrs. Alden wußte. Stimmte es, daß er all seine Informationen über die Witwe nur aus zweiter Hand erhalten hatte?

Sie riß sich aus ihren Gedankengängen, indem sie sich innerlich ob solch würdeloser Überlegungen schalt. Ihr Vater hatte recht – sie fing an, gehässig zu werden. Sie, Cassandra, war einfach eifersüchtig auf Mrs. Alden, weil diese ihre eigene Position einnehmen würde – das war alles.

Cassandra lenkte ihr Pferd impulsiv in eine Richtung, die nicht zu den Stallungen führte. Sie wollte noch eine Weile galoppieren und sich damit all diese unbegründeten, unwürdigen, ungerechten Fantasien austreiben, bevor sie ihren Verpflichtungen als Gastgeberin bei der Braut ihres Vaters nachkam.

Und so galten die zusätzlichen Minuten ihres verzögerten Eintreffens bei den Ställen diesem ehrenhaften Beweggrund und hatten überhaupt nichts damit zu tun, daß sie den Wunsch hegte, Zeit zu gewinnen, um innere Distanz zwischen sich und einem gewissen Kammerdiener herzustellen, der keine Ahnung davon hatte, wie man sich in seiner Position zu verhalten hatte.

5

Viscount Severn war ein Mann von Ehre. Ungeachtet dessen, daß er am Abend zuvor nach dem Portwein mehr als nur ein bißchen außer Gefecht gesetzt gewesen war, als er Cassandra versprochen hatte, mit ihrem alten Ekel von Vater zu sprechen, spielte auch sein Verdacht keine Rolle mehr, seine Cousine habe seinen Zustand ausgenützt, um ihm das Versprechen abzunehmen, den alten Löwen in dessen Höhe aufzusuchen. Versprochen war versprochen, und ein Gentleman blieb in jedem Zustand an sein Wort gebunden. Mit einem Gesicht nicht unähnlich dem eines französischen Aristokraten, der im Schinderkarren zum Galgen gefahren wird (wenngleich wesentlich weniger gepflegt als diese Unglücklichen), verließ George zu unchristlicher Morgenzeit sein Zimmer, nachdem die Uhr eben erst zehn geschlagen hatte. Er hegte die Absicht, Lord Devenham aufzusuchen, bevor er den Mut dazu gänzlich verlor und bevor Charles wieder auftauchte, der weiß Gott wohin verschwunden war. Der Blick, den Lord Devenham George zuwarf, als der Viscount schüchtern der barschen Aufforderung zum Eintreten folgte, bestärkte keineswegs dessen Zuversicht, was seine diplomatische Mission betraf. Er war alles andere als warm und herzlich. Im Gegenteil, Devenhams Gesicht drückte ausschließlich Ungeduld aus. Auch er hatte sich dank des Alkohols von Cassandra erweichen lassen, über eine ›wichtige Angelegenheit‹ mit seinem Neffen zu sprechen. Er bereute es bereits.

Es gab andere Dinge, die ihn beschäftigten. Das Wichtigste war natürlich die Ankunft seiner Braut. Aber es gab auch sonst noch unzählige andere Angelegenheiten, die weit dringlicher waren als irgendein Geschwafel dieses jungen Trottels George. Genau genommen war überhaupt alles andere wichtiger.

»Na?« Der Graf wandte sich vom Fenster der Bibliothek ab, von dem aus man einen umfassenden Blick auf die Zufahrt zum Schloß hatte. Er sah seinen Neffen irritiert an. »Cassie sagte, du müßtest mit mir sprechen. Ein verdammt ungünstiger Zeitpunkt, das kann ich dir sagen. Gwenny kann jede Minute eintreffen.« Er machte eine Handbewegung in Richtung eines Sessels und ließ sich dann selbst in einen anderen plumpsen, so daß sie beide einander gegenüber saßen, den Kamin neben sich. »Los, komm zur Sache.«

George schluckte mühsam und sehnte sich nach der Weinkaraffe, die ihm dieses ganze Schlamassel eingetragen hatte. Flüchtig dachte er daran, seinen Onkel zu veranlassen, nach einer entsprechenden Erfrischung zu klingeln, entschied dann jedoch vernünftigerweise, daß dies unklug wäre. Eine andere Umgebung wäre ihm zudem lieber gewesen. Reihen von mit Büchern vollgestopften Regalen wirkten eindeutig entnervend. Und ebenso wenig trugen die dunkle Holztäfelung und die riesigen Proportionen der Bibliothek seines Onkels dazu bei, eine Atmosphäre gemütlicher, intimer Kameraderie zu schaffen.

Aber Lord Devenham scherte sich ohnehin keinen Pfifferling um gemütliche Kameraderie. Er hatte sich nur aus einem einzigen Grund in die Bibliothek zurückgezogen – um nach Gwenny Ausschau zu halten. Und selbst als George sich räusperte, um seine Gedanken sammeln zu können, sprang der Graf von seinem Ledersessel auf und rannte ans Fenster. »Verdammt – ich dachte, ich hörte einen Wagen«, brummelte er, während er einem leeren Karren, der in der Ferne von der Zufahrt abbog und einer Scheune zurollte, mit den Blicken folgte.

»Also, dann heraus mit der Sprache, George.« Er ließ sich erneut in seinen Sessel fallen, um anschließend ungeduldig mit den Fingern auf die Armlehne zu trommeln.

George räusperte sich erneut im Versuch, die richtigen Worte zu finden. »Es handelt sich um Cassandra«, brachte er schließlich heraus. »Ich muß mit Ihnen sprechen, wissen

Sie. Ich meine, ich wollte sagen...« Er begann endlich in Fahrt zu kommen. »Ich hätte gern mit Ihnen über Cassandra gesprochen, Sir.«

»Wirklich? Und wozu, zum Teufel? Ein verdammt großartiges Mädchen, sicher. Aber sie gibt zu keinem Zeitpunkt ein gutes Gepsrächsthema ab. Und jetzt, da Gwenny jeden Augenblick eintreffen kann...«

Allein die Nennung ihres Namens bewog Devenham, erneut aufzuspringen und zum Fenster zu eilen. Es bot eine erfreuliche Aussicht auf einen grünen Rasen, belaubte Bäume, mehrere Pfauen, drei mit ihrer Arbeit beschäftigte Gärtner und, in der Ferne, zwei Rehe – aber nach wie vor keine Kutsche. »Verdammt!« murmelte Devenham mehrfach und kehrte zögernd zum Ledersessel zurück. »Also, mach schon, George. Was hast du über meine Tochter zu sagen?«

»Nun ja, Sie...« Die Halsbinde des Viscount war von Anfang an in unschönem Zustand gewesen. Dank seines nunmehrigen Herumzupfens an ihr erwürgte sie ihn fast. »Cassandra hat darauf bestanden, daß ich mit Ihnen spreche. Ich fand selbst, daß der Zeitpunkt ungünstig ist, jetzt da Sie Gwenny – ich meine Mrs. Alden erwarten.« George war äußerst stolz auf diesen diplomatischen Schachzug und begann sich für seinen Auftrag zu erwärmen. »Aber Sie wissen doch, wie das mit Frauen ist, Sir, wenn sie einmal zu etwas entschlossen sind. Cassie sagte, es hätte keine Zeit mehr. Sie sagte, wenn Gwe... Mrs. Alden einmal eingetroffen sei, so fänden Sie keinen freien Augenblick mehr, um einen Gedanken an sie, Cassie, zu wenden. Damit meine ich Cassies Zukunft. Und das war der Grund, weshalb sie fand, ich müsse sofort mit Ihnen sprechen.« George wischte sich mit einem nicht allzu frischen Taschentuch die feuchte Stirn. Dieser verdammte Charlie. Chesney hätte dafür gesorgt, daß ein blütenweißer Ersatz in seiner Rocktasche streckte. Aber trotzdem, fand er, liefen die Dinge jetzt nicht allzu schlecht. Zumindest hatte er Devenhams Aufmerksamkeit gefesselt.

In der Tat ruhte der Blick seines Onkels sogar mit irritierender Intensität auf ihm. Falls er nebenher noch immer auf das Geräusch einer heranrollenden Kutsche lauschte, verbarg er das gut.

»Du willst mir also mitteilen, George, daß du hier bist, um über die Zukunft meiner Cassie zu sprechen, ja?«

»Ja, Sir.« Zumindest war dieser Punkt nunmehr geklärt. Der Viscount holte tief Atem und bereitete sich darauf vor, vorzupreschen.

»Hm, der Teufel soll mich holen.« Sein Onkel kam ihm zuvor, noch bevor George Zeit gefunden hatte auszuatmen. »Verdammt und zugenäht. Ich hatte keine Ahnung, daß der Wind aus dieser Richtung weht.«

»Nein, Sir?« Der Viscount war verwirrt. Er selbst hatte überhaupt nicht bemerkt, daß der Wind aus irgendeiner Richtung wehte, geschweige denn, daß er wußte, was eine solche Bemerkung über das Wetter mit der Sache zu tun hatte. »Sehen Sie, Sir«, fuhr er fort, bemüht, die Unterhaltung wieder ins richtige Geleis zu lenken, »in Anbetracht Ihrer eigenen bevorstehenden Hochzeit und der Aussicht, daß zwei Frauen im gleichen Haushalt beisammen leben würden, was, wie Sie zugeben müssen, eine Katastrophe wäre – das ist es fast immer, wie Sie wissen –, hält Cassandra es für das Beste, daß sie...«

»Na, dieses gerissene Frauenzimmer!« Lord Devenham schlug sich auf das von Wildleder überzogene Knie. »Dieses ganze Gerede vom eigenen Hausstand. Ich hätte doch gleich wissen müssen, daß sie mich nur weichkriegen möchte. Wahrscheinlich hat sie geglaubt, ich würde aus der Haut fahren. Und ich muß zugeben, daß es mir tatsächlich die Sprache verschlagen hat.«

»Sie können nicht verblüffter gewesen sein als ich, Sir. Zuerst konnte ich es gar nicht glauben. Aber es scheint wirklich das zu sein, was Cassandra wünscht.«

Lord Devenham warf seinem Neffen einen Blick zu, der fast anerkennend war. Jedenfalls *war* er, verglichen mit der Art und Weise, wie er sonst den Sohn seiner älteren Schwester anzusehen pflegte, anerkennend. »Das war ein verdammt gutes Wort, George. Ich bewundere deine Bescheidenheit, Junge. Aber zurück zu Cassie...« Er machte eine Pause und kratzte sich gedankenvoll an der einen Nasenseite. »Wie gesagt, das kommt alles ein bißchen überraschend. Ich will nicht so weit gehen und behaupten, es sei ein richtiger Schock. Natürlich habe ich immer gewußt, daß die Kleine dich gern mag. Aber ich habe nicht damit gerechnet, daß es so weit geht.«

»Ich war selbst ein bißchen überrascht, daß sie darauf beharrte, *ich* sollte mit Ihnen sprechen.«

»Hm...« Devenham runzelte die Stirn. »Wieso nicht? Natürlich bist du derjenige, der das tun sollte. Das ist nur recht und billig.«

»Was Sie nicht sagen! Und ich dachte, das ganze wäre Zeitvergeudung. Ich dachte, Cassandra selbst hätte bei weitem mehr Einfluß als ich. Das sagte ich ihr auch. Aber sie beharrte darauf. Sie hat mich praktisch dazu gezwungen, wenn ich ehrlich bin.«

»Hmmm. Wirklich? Na ja, vermutlich ist die Kleine ein bißchen verzweifelt. Schließlich ist es fünf Jahre her, seit sie in die Gesellschaft eingeführt wurde. Sie finden also nichts dabei, daß sie – na ja, schon ein bißchen – älter ist?«

»Ich? Warum sollte ich daran Anstoß nehmen? Genau besehen ist sie ein halbes Jahr jünger als ich«, erwiderte George.

Zum zweitenmal während der vergangenen fünf Minuten und zudem der gesamten Lebenszeit des Viscount warf Devenham George einen anerkennenden Blick zu. »Sehr wacker, mein Junge. Und bei Gott, wenn Cassie sich das wünscht, ich werde ihr nicht im Weg stehen. Ich will dir nicht schmeicheln und so tun, als wäre es das, was ich mir schon vor fünf Jahren für sie erträumt habe. Aber das heißt nicht, daß es nicht wahrscheinlich das Beste für sie ist. Man darf auch die Tatsache des Titels nicht übersehen. So etwas spricht für sich selbst. Und ein bißchen was hast du auch in der Tasche, George, oder nicht?«

»Nun ja, in gewisser Hinsicht – vermutlich ja.« Falls George die Frage ebenso abwegig wie auch geschmacklos fand, war er doch zu höflich oder auch zu feige, sich dementsprechend zu äußern. »Aber zurück zu Cassandra...«

»Nun, wie du wahrscheinlich bereits weißt, ist das Vermögen, das ihr Großvater ihr hinterlassen hat, nicht übermäßig. Trotzdem bedeutet es wesentlich mehr als nur gerade ein Auskommen. Dir ist doch wohl klar, daß meine eigenen Angelegenheiten nun, nachdem ich wieder heirate, eine Wendung erfahren haben.« Devenham errötete plötzlich. »Ich könnte ja noch immer einen Erben zeugen, weißt du.«

»Ja, Sir. Diese – äh – Möglichkeit ist einer der Gründe, daß Cassie das Gefühl hat...«

»Nun, das ehrt sie.« Lord Devenhams Gedanken kehrten schlagartig zu den Rädern der Kutsche zurück. Er ging erneut zum Fenster und beugte sich hinaus. Die Pfauen hatten inzwischen an Zahl zugenommen. Von den Gärtnern waren nur noch zwei da. Die Rehe waren verschwunden. Im übrigen war die Aussicht unverändert.

»Da ist noch etwas, George, das ich beinahe vergessen hätte.« Lord Devenham nahm seinen Sitz wieder ein. »Ich möchte meiner Tochter keine Scherereien machen, mein Junge, aber diese Hochzeitsgesellschaft hier macht die Sache etwas schwierig. Denn ich habe bereits mit Mrs. Alden über Cassandras Zukunft gesprochen. Der Gedanke, sie könnte die Angelegenheit in die eigene Hand nehmen, ist mir gar nicht gekommen. Ich kann dir nur eines sagen, George, das Seelenleben von Frauen ergründen zu wollen ist reine Zeitvergeudung. Aber da ich mich Gwenny nun mal anvertraut habe und sie bereit ist, Cassie zu helfen... Nun ja, gerade heraus gesagt, George, Gwenny hat vor, ein paar mögliche Freier aus London mitzubringen. Und – na ja, da sie so begierig ist, hilfreich zu sein – weil sie, wie sie sagt, so gerne eine ›richtige Schwiegermutter‹ sein möchte...« Seine Augen wurden feucht. »Na ja, ich habe einfach nicht das Herz, ihr zu sagen, daß ihre Mühe umsonst ist. Wenn du also nichts dagegen hast, George, wollen wir nichts von dieser neuen Entwicklung der Dinge verraten, bevor meine eigene Hochzeit vorüber ist. Es wird ein kleines Geheimnis zwischen uns bleiben, ja?« Er blinzelte seinem Neffen zu.

»Oh, Sie können sich auf mich verlassen, Sir«, antwortete George in herzlichem Ton, enthielt sich aber gerade noch des Zurückblinzelns.

»Außerdem«, fuhr der Graf fort, »wäre es voreilig, etwas Derartiges bekanntzugeben. Wer weiß? Vielleicht verliebt sich Cassandra doch noch Hals über Kopf in einen dieser Burschen, die Mrs. Alden da anschleppt.« Ganz flüchtig erlaubte sich Lord Devenham, einen Hoffnungsschimmer zu hegen. Aber dann tat er eine solche Empfindung schnell ab. Sie schien ihm irgendwie unwürdig. Da gab es offenbar Werte in seinem Neffen, die ihm bisher einfach entgangen waren. Zumindest seine Bescheidenheit stand dem jungen Mann wohl an. »Nein, nein, George – ich mache ja nur Spaß. Wenn Cassie sich zu etwas entschlossen hat, dann kannst du dich darauf verlassen, daß sie dabei bleibt. Das Mädchen ist alles andere als wankelmütig. Oh – jetzt aber!«

Diesmal war das Geräusch von Wagenrädern unverkennbar. Lord Devenham sprang wieder einmal von seinem Sessel auf. In seiner Hast, ans Fenster zu gelangen, kollidierte er mit einem Feuerhakenständer, der quer durch den Raum geschleudert wurde. »Sie ist da!« jauchzte er, während der Viscount sich höflich erhob und zu ihm ans Fenster trat. »Da ist Gwenny, George! Mein Gott, endlich! Meine kleine Gwenny ist da!«

Gwendolen Alden, der ein Dandy mittleren Alters unten aus der Kutsche half, warf einen befriedigten Blick auf das Schloß. Sicher, die ›Hall‹ ließ die Großartigkeit und Altertümlichkeit anderer Adelssitze vermissen. Es gab auch keinen Portikus, der dem Gebäude einen Anstrich von Vornehmheit verlieh oder eine Unterbrechung in der strengen Fassade darstellte. Genau genommen war das Schloß ein monotoner, rechteckiger Klotz. Aber es war von einem

Walmdach gekrönt, aufgelockert durch Dachfenster, durchsetzt von Kaminen und überragt von einer achteckigen Kuppel. Das ergab, wie Mrs. Alden schon bei ihrem Besuch vor einiger Zeit festgestellt hatte, eine beeindrukkende Wirkung und bildete den Höhepunkt nach einer Fahrt, die drei Meilen weit in Windungen durch einen Park geführt hatte. Alles in allem war sie mit ihrer Eroberung äußerst zufrieden.

Denn die Witwe war überreif und wußte das auch. Es bedurfte mehr und mehr der Kunst ihrer Zofe und der Kosmetik, um die winzigen Falten neben den großen blauen Augen zu verdecken und den rosigen Schimmer auf ihre Wangen zu zaubern. Zum Glück hatte das seidige, kornfarbene Haar nichts an Glanz eingebüßt. Aber ihre Figur erforderte all ihre Willenskraft und Lord Byrons aus Wasser und Biskuit bestehende Diät, um sich noch in den Grenzen der Bezeichnung ›üppig‹ zu halten und nicht in Richtung ›fett‹ überzuquellen. Als Realistin wußte Mrs. Alden, daß sie sich Devenham gerade noch rechtzeitig gekapert hatte. Und sie gratulierte sich zu dieser Eroberung. Sicher, er war ein trostloser Langweiler mit seinem Hang zum ländlichen Leben. Aber davon würde sie ihn bald weglocken. Oder, noch besser, nach einer angemessenen Frist konnten sie dann beide getrennte Wege gehen, sie würde in die Stadt zurückkehren und dort ihren neuen Platz als Gräfin in der Gesellschaft einnehmen, er konnte seiner Jagdleidenschaft frönen – oder welcher Art auch immer die Zerstreuungen sein mochten, die die Monotonie des Landlebens unterbrachen.

Nichts an dem fröhlichen Lächeln, mit dem Mrs. Alden auf den Willkommensjauchzer Seiner Lordschaft reagierte, war gekünstelt. Sie mochte Devenham gern. Es war nicht schwer, irgendeinen Mann gern zu haben, der einen anbetete und zugleich über Zehntausend im Jahr verfügte. Deshalb erwiderte sie, als er hinausstürzte, um sie zu begrüßen, seine Bärenumarmung mit Enthusiasmus und stellte ihren Reisegenossen nur fast beiläufig vor.

Lord Devenhams Reaktion auf die Vorstellung war die einer Enttäuschung. Er hatte scharenweise junge Männer erwartet. Statt dessen waren die Bewerber seiner Tochter nur vereinzelt hereingetröpfelt und keineswegs in Bataillonsstärke, und dieser hier war ohnehin nicht sonderlich einnehmend.

Denn wenn man einmal den Anblick der riesigen Knopflöcher, der gewaltigen Rockaufschläge, der betonten Taillenlinie des hellblauen Rocks selbst, des Monokels und all der anderen Kinkerlitzchen, die auf Jugendlichkeit hinwiesen, beiseite ließ, tauchte der Verdacht auf, daß die kunstvoll zurechtgebürstete Brutus-Frisur einen kahlen Fleck auf dem Kopf verdeckte, und man fragte sich, ob die überaus aufrechte Haltung ihre Straffheit nicht einem Korsett verdankte, das sich gelegentlich durch leises Knarren verriet. Devenham kam, als er Mr. Plumb Davies willkommen hieß, zu dem Schluß, daß der Gentleman ihm, was Alter betraf, weit näher stand als Cassandra. Aber wenn er auch normalerweise über den Mangel an Bewerbern um die Hand seiner Tochter einen Strich der Enttäuschung verspürt hatte, so war das nun unerheblich. Nach seinem Gespräch mit George spielte das keine Rolle mehr. Nur eines zählte nun noch: Gwenny war da!

Im Innern des Schlosses hatte Cassandra die Gelegenheit beim Schopf ergriffen – taktvoll dadurch getarnt, daß sie ihrem Vater die Möglichkeit geben wollte, seine Verlobte allein zu begrüßen –, um George aufzusuchen, bevor ihre Verpflichtungen als Gastgeberin ein Wort unter vier Augen verhinderten. Sie fand ihren Cousin noch immer in der Bibliothek vor, und bei seinem Anblick sank ihr das Herz.

Viscount Severn lag schlaff zurückgelehnt noch im gleichen Ohrensessel, den er während seiner Unterhaltung mit Lord Devenham innegehabt hatte. Und er sah aus, als hätte ihm soeben jemand einen Dolch ins Herz gebohrt. Nur daß in seinen Augen, wenngleich glasig, ein ungläubiger Schimmer lag.

Trotz ihrer eigenen Verzweiflung angesichts des offensichtlichen Mißerfolgs der Mission ihres Cousins war Cassandra doch flüchtig gerührt durch Georges Haltung. Eingedenk des Zögerns, mit dem er eingewilligt hatte, sich für sie einzusetzen, hatte Cassandra nicht erwartet, ihn derart niedergeschmettert zu sehen.

»Sieh nicht so trübsinnig drein, George, Lieber«, sagte sie freundlich, während sie in den Sessel ihres Vaters sank. »Ganz sicher hast du dein Bestes versucht. Und ich danke dir dafür. Eigentlich habe ich nie die Hoffnung gehegt, daß du Papa umstimmen könntest. Er ist hoffnungslos altmodisch. Ich glaube, er weiß nicht einmal, daß wir im neunzehnten Jahrhundert leben. Also habe ich gar nicht wirklich damit gerechnet, einen eigenen Hausstand haben zu dürfen. Trotzdem, es war einen Versuch wert. Schließlich bestand eine ganz geringe Möglichkeit, daß er auf dich, einen anderen Mann, hören würde. Was hat er denn im einzelnen gesagt, George?«

George versuchte zu sprechen, brachte aber nur einen würgenden Laut hervor.

»So schlimm war es? Ach du lieber Himmel, ich hätte das wissen müssen. Wirklich, George, ich habe nicht einmal daran gedacht, daß ich dich einer von Papas berühmten Schimpfkanonaden aussetzte. Er war also sackgrob, ja?«

Der Viscount schüttelte heftig den Kopf.

»Oh, du brauchst meinetwegen nichts zu beschönigen, George. Ich weiß nur zu gut, wie Papa ist, wenn ihn etwas aufregt. Mich wundert nur, daß ich das Gebrüll nicht bis unten in die Küche gehört habe. Ich hätte dich niemals einem solch unerfreulichen Gespräch aussetzen dürfen. Wirklich, George, du siehst ganz mitgenommen aus. Er muß dich ja entsetzlich zusammengestaubt haben.«

»Nein, nein!« krächzte der Viscount schließlich. »Das ist ein absolutes Mißverständnis, Cassie. Dein Vater war ein Muster an Liebenswürdigkeit.«

»Papa?«

»O ja. Ich habe ihn doch nie so herzlich erlebt.«

»Papa? Herzlich? George, das ergibt einfach keinen Sinn. Da sitzt du nun, machst ein Gesicht, als stündest du unter dem Galgen, und redest von Papas Liebenswürdigkeit. Was also hat mein Vater nun wirklich gesagt?«

»O mein Gott, Cassie. Du kannst doch nicht erwarten, daß ich mich an alles erinnere. Es war eine Menge Geschwafel darunter über ›Pfunde pro Jahr‹, seine Hoffnungen auf einen Erben und daß alles noch eine Weile vor Gwenny geheimgehalten werden müsse. Aber das Wichtigste war...« Es verschlug ihm erneut die Sprache, und seine Augen traten hervor, als zöge sich tatsächlich eine Schlinge um seinen Hals zu.

»Nun los«, bohrte seine alarmierte Cousine nach, »was war das Wichtigste, George?«

Lord Severns gequälter Blick traf mit voller Wucht das Gesicht Cassandras. »Mein Gott, Cassie«, flüsterte er, »dein Vater hat uns beiden Glück gewünscht.«

6

Herkunft läßt sich nicht verleugnen. Generationen weiblicher Devenhams erinnerten Cassandra – jedenfalls zeitweilig – an ihre Verpflichtungen als Herrin des Hauses. Sie unterdrückte den unwürdigen Impuls, ihren Cousin wegen dessen stümperhafter Erledigung seines Auftrags zu beschimpfen, und tätschelte statt dessen beruhigend seine Schulter. »Mach dir keine Gedanken, George. Wir werden uns etwas einfallen lassen. Ich weigere mich einfach, dich zu heiraten. Obwohl«, fügte sie nachdenklich hinzu, »das vielleicht sogar ein glückliches Mißverständnis ist.« Sie ließ sich einen Augenblick lang Zeit, um diesen seltsamen Gedankengang zu ihrer beider Vorteil zu erörtern, bevor sie George verließ, um die Hintertreppe hinaufzustürmen in der Hoffnung, noch vor den Gästen einzutreffen.

Aber sie wurde durch eine vor ihr mühsam die Stufen erklimmende Prozession aufgehalten – nämlich vier Diener, die unter Anleitung des Butlers keuchend Mrs. Aldens Gepäck schleppten. Es konnte kein Zweifel bestehen, daß die Lady eingetroffen war, um zu bleiben. Cassandra trödelte hinterher.

Und wenn Mrs. Aldens Gepäck schon eine deprimierende Wirkung auf sie hatte, so war das noch nichts verglichen mit der Lady selbst, die nun, besitzergreifend Lord Devenhams Arm umklammernd, Cassandra auf dem Korridor entgegenkam. Das Mädchen hätte es nie für möglich gehalten, daß ihr Vater je so töricht vernarrt hätte dreinblikken können. Trotzdem, das mußte sie zugeben, war alles an der Witwe dafür geschaffen, eben diesen Effekt zu erzielen.

Sie war vollendet nach der neuesten Mode gekleidet. Ihr hellblaues Reisekostüm war von absoluter Einfachheit, jedenfalls bis hinunter zum Saum, der mit Rüschen aus dunklerem und üppigerem Blau geschmückt war. Auf dem kornfarbenen Haar thronte ein Pariser Hut von mäßiger Höhe. Ein blauer Samt-Retikül, mit Seidenbesatz und Troddeln versehen, vervollkommnete den modischen Anblick. Mrs. Alden hätte geradewegs einem entsprechenden Journal entstiegen sein können.

Während die Witwe sie mit affektiertem Entzücken begrüßte, errötete Cassandra ob ihres eigenen altmodischen Reitkostüms und des vom Wind zerzausten Haars. Zornig auf sich selbst hörte sie sich eine Entschuldigung wegen ihres Aussehens murmeln – Aufregung in der Küche hatte sie daran gehindert, sich rechtzeitig umzuziehen –, während Mrs. Alden ihr einen leichten, kühlen Kuß auf die Wange drückte und sich dann umdrehte, um ihren Gast vorzustellen.

Cassandra wurde mit dem Blick eines Connaisseurs gemustert. Sie vermutete, daß Mr. Davies kaum dem Drang widerstehen konnte, sein Monokel einzusetzen, so eindringlich betrachtete er sie. Cassandra empfand sich unter seinem prüfenden Blick linkischer denn je und erinnerte sich plötzlich, daß sie zweifellos nach Pferd roch (ein Duft, den ihr Vater einstmals jedem französischen Parfum vorgezogen hatte), und kam dann zu dem Schluß, daß nun nur noch die zusätzliche Anwesenheit Godfreys gefehlt hatte, um die Peinlichkeit der Situation ins Unermeßliche zu steigern.

Denn der Kammerdiener hatte exakt diesen Augenblick gewählt, um von der Hintertreppe her den Korridor entlanggeschlendert zu kommen, einen Stapel Wäsche seines Herrn in den Armen. Da Mr. Davies noch über Cassandras Hand gebeugt dastand und Lord Devenhams Blick nach wie vor mit absoluter Ergebenheit am Antlitz seiner Geliebten haftete, waren es nur die beiden Damen, die das Herannahen des Dieners beobachteten. Cassandra, die den amüsierten Blick Godfreys ob des verlängerten Handkusses schon empörend fand, wandte sich gerade rechtzeitig Mrs. Alden zu, um zu beobachten, wie sich deren erst desinteressierter Gesichtsausdruck zunächst in den der Ungläubigkeit und dann des Schocks verwandelte.

Auch die Augen des Kammerdiener lösten sich im richtigen Moment von der Handkußszene, um noch die seltsame Reaktion der Witwe wahrzunehmen. Dann verschwand Godfrey so schnell in Lord Severns Zimmer, daß sich Cassandra später fragte, ob sie sich vielleicht seinen ebenso direkten wie warnenden Blick für Mrs. Alden lediglich eingebildet hatte, ebenso wie sein kaum merkliches Kopfschütteln. Und Mrs. Aldens Gesicht gab ab sofort keinerlei Hinweis mehr auf den kurzen Zwischenfall – sofern er überhaupt stattgefunden hatte. Sie erging sich nun in Ausrufen über die Ausstattung ihres Zimmers, während Lord Devenham, gefolgt von seiner Tochter, sie hineingeleitete. Cassandra kam wohl oder übel zu dem Schluß, daß sie dank ihres überreizten Zustands einer Halluzination zum Opfer gefallen war. Es *konnten* keine bedeutungsvollen Blicke zwischen der Verlobten ihres Vaters und dem Kammerdiener ihres Cousins gewechselt worden sein. Der Gedanke war einfach absurd.

»Verdammt, das wäre fast schiefgegangen!« Charles schloß die Tür hinter sich und lehnte sich erschöpft dagegen. Es hätte ihm als Hinweis auf den Gemütszustand seines Freundes dienen können, daß dieser in keiner Weise reagierte. Außerdem erhob der Viscount keinerlei Protest, als sein Kammerdiener eine oben auf dem Wäschestapel liegende Halsbinde ergriff, um sich damit die Stirn abzuwischen. »Weißt du, auf wen ich draußen auf dem Korridor gestoßen bin, George?« Die Frage war zum Glück rein rhetorisch. »Auf Gwenny Alden! Um Himmelswillen, einen Augenblick lang habe ich befürchtet, sie würde die Katze aus dem Sack lassen. Ich will damit sagen, daß ihr die Augen aus dem Kopf traten und ihr Unterkiefer bei meinem Anblick praktisch herabsank. Ich kann dir nur sagen, es hätte mich nicht im geringsten überrascht, wenn sie mit einem ›Charles Danforth, was, zum Teufel, hast du hier zu suchen?‹ herausgeplatzt wäre. Ich konnte sie nur im letzten Augenblick mit einer Kopfbewegung davon abhalten. Aber ich war mir eigentlich sicher, daß Gwenny viel zu gerissen ist, um so zu reagieren.«

»Was du in Wirklichkeit angenommen hast«, erklärte George trübe, »war, daß niemand dir auch nur einen Blick zuwerfen würde.« George hatte Raum und Sessel gewechselt, aber an seiner Haltung und Gemütsverfassung hatte sich seit der Episode in der Bibliothek nichts verändert. Er sah nach wie vor aus, als hätte man ihn aufgespießt. »Ich sagte dir doch gleich, daß dein Vorschlag Unsinn sei.«

»Na schön, du hattest recht, mein Alter.« Charles legte den Wäschestapel auf einem muschelförmigen Sofa ab und ließ sich dann geistesabwesend genau darauf nieder. »Ich muß von jetzt an vorsichtiger sein. Mit Gwenny wird dann alles in Ordnung gehen, wenn ich nur einmal Gelegenheit gehabt habe, unter vier Augen mit ihr zu reden, davon bin ich überzeugt. Sie ist ein guter Kumpel und wird mich nicht verraten. Aber weißt du, wen sie mitgebracht hat?« Diesmal wartete der Captain auf eine Antwort. Als jedoch keine kam, gab er sie selbst. »Plumb Davies!«

»Plumb Davies?« Endlich war es ihm gelungen, die Aufmerksamkeit seines Freundes zu wecken. »Plumb Davies!« wiederholte George. »Plumb ist hier mit Gwenny?« Ein Hoffnungsschimmer flackerte in den trüben Augen des Viscounts auf. »Waren noch andere Bekannte dabei?«

»Ich habe jedenfalls keine gesehen. Aber Plumb ist schon mehr als genug. Er kennt mich seit Urzeiten. Und mehr noch, ich weiß genau, daß er eine gehörige Summe auf sein Pferd für die Steeplechase gesetzt hat. Und daß er bis zum Hals in Schulden steckt. Himmel, wenn er könnte, würde er mich mit Wonne reinlegen.«

»Verdammt, Charles!« Zorn überwog nun die Verzweiflung des Viscount. Er setzte sich kerzengerade aufrecht. »Kannst du doch vielleicht mal für eine Minute von deinen eigenen blöden Affären lösen? Sag mir lieber, wie hoch du Plumbs Chancen einschätzt.«

»Wenn *ich* Trafalgar reite? Praktisch gleich null, möchte ich behaupten. Wo bleibt deine Loyalität, mein Alter? Du hast doch wohl nicht vor, auf ihn zu wetten?«

»Ich rede nicht von seinen Chancen bei der Steeplechase, du Trottel. Seine Chancen bei Cassandra! Deshalb ist er doch hier.«

»Plumb Davies und Cassandra? Du bist wohl nicht bei Trost, George.«

»Ja, das stimmt.« Sein Ton war bitter. »Aber nicht in dem Sinn, wie du es meinst. Plumb ist tatsächlich Cassies wegen hier. Gwenny und Onkel Devenham haben das gemeinsam ausgekocht. Er hat mir aber zu verstehen gegeben, daß Gwenny vorhabe, einen ganzen Trupp von Freiern mitzubringen. Bist du ganz sicher, daß sie das nicht getan hat?«

»Ich habe nur Plumb gesehen.«

Lord Severn stöhnte. »Sei mal ehrlich, Charlie, und versuche nicht, mich zu schonen. Glaubst du, daß er die geringste Chance hat, die Sache durchzuziehen?«

Charles dachte gründlich nach. »Nun ja, er ist natürlich Jahre älter als Lady Cassandra.«

»Stimmt.« George stöhnte erneut.

»Aber schließlich bevorzugen manche Frauen ältere Männer. Das verschafft ihnen bessere Aussichten auf eine Witwenschaft. Sieh dir nur Gwenny an.«

Georges Gesicht hellte sich auf. »Und er *hat* einen Ruf als Frauenheld.«

Charles grinste boshaft. »Und ist dir schon aufgefallen, daß er sich nur verliebt, wenn seine Taschen leer sind? Vor zwei Jahren war er mit Iris Randall praktisch verlobt. Dann hat er beim Pharo einen gehörigen Batzen gewonnen, und die Romanze kühlte sich umgehend ab.«

George war wieder in Düsterkeit versunken. »Stimmt. Und Tatsache ist – so wohlhabend ist Cassie gar nicht. Jedenfalls nicht zu vergleichen mit Lady Iris. Also bin ich gar nicht sicher, daß Plumb sich so unmäßig anstrengt. Es hängt vermutlich davon ab, wie tief Plumb in der Kreide steht.«

Charles betrachtete seinen Freund mit einigem Erstaunen. »Hör mal, George, du kannst doch wohl nicht im Ernst hoffen, daß Plumb Davies deine Cousine Cassandra heiraten wird?«

»Und ob ich das hoffe!«

Charles war schockiert. »Aber George, der Mann ist ein Luftikus. Keine Substanz. War in Eton auf Grund eines königlichen Stipendiums. Lebt von seiner eigenen Gerissenheit. Das kann ich ihm zwar nicht verdenken, und in Wirklichkeit ist er ein verdammt guter Spieler, aber trotzdem eben ein Spieler. Jedenfalls nicht der Mann, mit dem man seine Cousine verheiratet sehen möchte.«

»Unter normalen Umständen vielleicht nicht. Aber in der Not frißt der Teufel Fliegen, wie man so schön sagt.«

»Was soll das in diesem Fall heißen?«

»Daß es hier lediglich zwei Möglichkeiten gibt. Entweder heiratet Cassandra Plumb Davies oder sie heiratet mich. Wenn es da also keinen Ausweg gibt, ziehe ich vor, daß Plumb sie nimmt.«

»Das ist nicht gerade eine edle Empfindung, George, alter Freund, aber vermutlich verständlich. Was ich aber nicht begreife, ist, weshalb Lady Cassandra sich wie Buridans Esel zwischen zwei Heuhaufen entscheiden soll. Meiner Ansicht nach möchte sie keinen von euch beiden ehelichen. Genau besehen scheint sie überhaupt nicht besonders begierig auf eine Heirat zu sein. Sie hat ihr Herz an den Gedanken gehängt, Pferde zu züchten.«

»Das weiß ich alles.« George strich sich mit gespreizten Fingern durchs Haar, etwas, das er unter normalen Umständen niemals getan hätte. Die Verwüstung hielt sich jedoch in Grenzen, da sich seine Frisur à la Titus bereits allzu weit von der klassischen Linie entfernt hatte. »Aber es spielt nicht die allergeringste Rolle, was Cassandra wünscht. Auf das, was ihr alter Tyrann von Vater haben will, kommt es an. Und er hat sich nun mal in den Kopf gesetzt, daß sie jemand heiraten muß. Und...«, er stöhnte mitleiderregend und griff sich erneut in das mißhandelte

Haar, »... er bildet sich ein, ich hätte um ihre Hand angehalten.«

Charles begann sich ernstlich Sorgen um seinen Freund zu machen. Es war ihm klar, daß Chesneys Abwesenheit für Georges penible Natur eine harte Prüfung bedeutete, aber er hatte nicht damit gerechnet, daß er derartig aus den Fugen geraten würde. »Nun komm schon, George, das ist doch absurd. Warum um alles auf der Welt sollte Lord Devenham so etwas glauben?«

»Verdammt, wenn ich das weiß. Ich dachte, ich hätte mich völlig klar ausgedrückt. Aber Tatsache ist, daß der alte Knacker überhaupt nicht richtig zuhörte. Das tut er übrigens nie, auch wenn es sich um ganz gewöhnliche Dinge handelt. Und diesmal hatte er nichts anderes im Kopf als Gwenny. Dauernd raste er zum Fenster, um nachzusehen, ob sie nicht endlich käme. Kein Wunder, daß er mich völlig durcheinandergebracht hat. Ich hatte mir das, was ich ihm mitteilen wollte, vorher hundertmal aufgesagt. Schon unter den günstigsten Umständen ist es verteufelt knifflig, einen Mann dazu zu überreden, seine unverheiratete Tochter für sich allein leben zu lassen. Aber nachdem er nun auch noch wie ein Hampelmann die ganze Zeit herumhüpfte, ist es kein Wunder, daß ich das Ganze verpfuscht habe. Und dann, als der alte Trottel endlich doch zuhörte, bekam er mein ganzes Gerede über Cassies Zukunft in die falsche Kehle. Er dachte, ich wollte sie heiraten.«

Stille trat ein. Captain Danforths Gesicht waren widersprüchliche Empfindungen anzusehen. Als eben eine von ihnen die Überhand zu bekommen schien, fuhr der Viscount hastig fort.

»Ich warne dich, Charlie, wenn du jetzt lachst – nein, wenn du dieses Grinsen nicht sofort von deinem Gesicht verbannst, dann ist es mit deiner Maskerade aus. Ich werde schnurstracks Plumb Davies aufsuchen und ihm verraten, daß du hier bist. Dann liegt es bei ihm, ob er sich mit der Bow Street in Verbindung setzt oder nicht. Und ich werde Chesney herkommen lassen.«

»Das wirst du niemals tun, und das weißt du auch, George. Dazu bist du ein viel zu guter Freund. Außerdem werde ich aufhören zu lachen. Aber wirklich, mein Alter, machst du da nicht aus einer Mücke einen Elefanten? Du brauchst doch nur Seiner Lordschaft zu sagen, daß er dich mißverstanden hat.«

»Das soll alles sein? Alles?« Die Stimme des Viscount klang hohl. »Hast du jemals einen Wutausbruch meines Onkels erlebt? Er wird mit Sicherheit glauben, daß ich mich jetzt nur aus der Angelegenheit herauswinden möchte. Wenn er nicht mit der Reitgerte auf mich losgeht, sollte mich das wundern.«

»Na schön, dann soll doch Lady Cassandra mit ihm sprechen.«

»Meinst, daran hätte ich nicht auch schon gedacht?« Der Viscount warf seinem Freund einen ersterbenden Blick zu. »Die Sache ist nur die, daß sie das gar nicht will.«

»Mein Gott, du willst doch nicht behaupten, daß Sie dich bei der Stange halten möchte? Ich hätte nie gedacht, daß sie der Typ ist, der einen Menschen ausnützt, der ihr nur einen Gefallen tun wollte.«

»Nein, so ist es auch wieder nicht. Sie möchte mich ebensowenig heiraten wie ich sie. Der Kern der Sache ist, daß sie mit Gwennys Kuppeleiversuchen überhaupt nichts zu tun haben will. Sie argumentiert damit, daß ihr Vater, so lange er der Meinung ist, sie sei mit mir verlobt, sie weder Davies noch sonst einem anderen Bewerber zum Fraß vorwerfen wird.«

»Nun ja, das ergibt einen gewissen Sinn.«

»Natürlich. Aber ich bin dabei der Leidtragende.«

»Das ist zwar nicht gerade eine galante Bemerkung, aber ich verstehe, was du meinst, George. Und wie lange soll dieses kleine Theater nun weitergehen?«

»Cassandra findet, bis zur Hochzeit ihres Vaters. Sie behauptet, Onkel Devenham würde ohnehin keinen Gedanken an uns verschwenden. Dann, wenn er von seiner Hochzeitsreise zurückkommt, wird sie ihm die Nachricht unterbreiten, daß alles nur ein gewaltiges Mißverständnis gewesen sei.«

»Das klingt eigentlich ganz vernünftig. Und ganz gewiß gestaltet das alles deinen Aufenthalt hier wesentlich erfreulicher.«

»Vernünftig? Ich kann dir nur eines sagen, Charlie, benutze das Wort ›vernünftig‹ nie in einem Atemzug mit meinem Onkel Devenham. Je länger ich darüber nachdenke, desto mehr bin ich davon überzeugt, daß Cassie den Kopf voller Flausen hat. Du ahnst nicht, wie verzweifelt mein Onkel sich wünscht, daß sie weggeheiratet wird. Es ist je ganz gut und schön zu sagen, er sei von Gwenny so hingerissen, daß er an nichts anderes denkt. Aber wie lange braucht es, um eine Anzeige an die ›Gazette‹ zu schikken?«

»Glaubst du, daß er das tun wird?«

»In Windeseile. Das einzige, was ihn im Augenblick noch davon abhält ist, daß er Gwenny damit betraut hat, noch nach anderen Bewerbern Ausschau zu halten, und daß er ihr nicht den Eindruck vermitteln möchte, sie habe damit ihre Zeit vergeudet. Aber du lieber Himmel, wenn das einzige, was sie beibringt, dieser Plumb Davies ist – dann wird Onkel Devenham finden, ich sei immer noch ein besserer Heiratskandidat als so jemand.«

»Ich fürchte, damit hast du recht, George.«

»Andererseits natürlich ...«, das Gesicht des widerwillig Verlobten hellte sich eine Spur auf, »... falls Cassandra sich wirklich in Plumb verliebt, glaube ich nicht, daß mein Onkel ihr irgendwelche Steine in den Weg legen wird. So sehr schätzt er mich nun auch wieder nicht.«

»Hältst du es für möglich, daß so etwas geschehen könnte?« Die Stimme des Captain klang zweifelnd.

Aber George war inzwischen zum Ertrinkenden geworden, der die Haltbarkeit seines letzten Strohhalms überschätzte. »Na ja, bei weiblichen Wesen weiß man so was nie. Sie verlieben sich in die merkwürdigsten Burschen. Je unpassender desto eher.«

»Das stimmt.« Der herzhafte Ton der Stimme des Captain ermangelte weitgehend der Überzeugungskraft. »Aber nur für den Fall des Falles – wäre es wirklich so schlimm? Ich meine – Lady Cassandra zu nehmen? Irgendwann mußt du ja doch jemanden heiraten. Und mir scheint sie eine ganz gutartige Person zu sein. Ein bißchen anmaßend vielleicht. Aber hast du sie einmal reiten sehen?«

Der Viscount starrte ihn finster an. »Wenn ich einmal heirate, Charlie, dann möchte ich das freiwillig und nicht aus Zwang tun. Und wenn ich mir eine Braut aussuche, dann nicht auf der Basis ihrer reiterischen Fähigkeiten.«

»Schön, wie du meinst. Es scheint mir kein schlechterer Gesichtspunkt zu sein als irgendein anderer. Aber was willst du nun in der Zwischenzeit unternehmen?«

»Das weiß ich eben nicht.« Seine Lordschaft ließ sich in seinen Sessel zurücksinken, ein Bild totaler Verzweiflung. Sein Freund betrachtete ihn eine Weile lang mitfühlend, dann erhob er sich von seinem Wäschestapel, den er anschließend zu einer Kommode beförderte.

»Eureka!« Der Ausruf des Viscount war Anlaß dafür, daß Charles sich die Finger in der Schublade einklemmte. »Wir machen uns einfach heimlich aus dem Staub. Ja, das ist die Lösung. Wir werden das tun, was dein Polizist dir geraten hat. Wir fahren nach Frankreich. Heute nacht noch. Du bist mein Gast, Charlie.«

Charles Danforth warf einen bekümmerten Blick auf seinen Freund, während er an seinem verletzten Zeigefinger sog. »Das geht nicht, George. Erinnere dich – das Rennen! Ich muß da mitmachen. Es ist die einzige Möglichkeit, meine Schulden loszuwerden. Wenn du nach Frankreich reist, bleibe ich hier. Aber das ist schon gut so, George.« Vielleicht lag ein Hauch von Machiavellismus in seinem Gesichtsausdruck und in dem Unterton von duldender Resignation in seiner Stimme. »Du brauchst dir meinetwegen keine Sorgen zu machen. Ich finde schon ein Versteck. Irgendwo hier in der Umgebung muß es doch eine leere Scheune oder so was geben. Und ganz sicher kann ich mir in Gemüsegärten so viel zusammenstehlen, um davon leben zu können. Da ist freilich noch das Problem Trafalgar…«

»Ach, der Teufel soll dich holen, Charlie.«

»Wie du meinst, George.«

»Na gut. Um deinetwillen stehe ich das Ganze hier durch. Aber wenigstens zweierlei könntest du für mich tun, zum Kuckuck.«

»Alles, was du willst, George, mein Alter. Nur heraus damit«, erwiderte der Captain.

»Erstens mußt du alles in deiner Macht Stehende tun, um dafür zu sorgen, daß Plumb Davies sich erfolgreich um Cassandras Hand bewirbt.«

»Wie, zum Teufel, soll ich das – na ja, schon gut. Klar. Wie du willst, George. Und was ist das zweite?«

»Ich will, daß du dir den Arm brichst, Charlie. Und zwar umgehend.«

7

Eine Armschlinge kann ganz entschieden zu einem Handicap werden – sofern ein Mann zwei Stockwerke hoch auf einem schmalen, der Hausmauer entlang verlaufenden Sims sitzt. Charles Danforth zog den linken Arm aus dem schwarzen Seidentuch und rutschte etwas näher an das offene Fenster heran. Bei seinem überstürzten Verschwinden aus Gwendolen Aldens Zimmer war er etwas zu weit auf dem steinernen Vorsprung entlanggeklettert. Nun mußte er sich wieder in Hörweite begeben, um herauszubekommen, wann die Luft rein war.

Charles war froh über die Dunkelheit, während er mit dem Wunsch spielte, sich in eine menschliche Fliege verwandeln zu können. Er wollte gar nicht daran denken, wie hoch der Abstand bis zur Erde wäre, geschweige denn, das auch noch sehen. Es war kurz nach Mitternacht. Nicht nur war Gwenny erst unerträglich spät in ihr Zimmer zurückgekehrt, wo er auf sie gewartet hatte, um ein Wort unter vier Augen mit ihr sprechen zu können – nein, kaum hatte er begonnen, ihr zu erklären, daß er hier den Kammerdiener spielte und sie um Diskretion bitten wollte, als die Tür zu ihrem Schlafzimmer zu knarren begann. Die dumme Person hatte vergessen, sie zu verriegeln! Der warnende Laut hatte Charles eben noch ausreichend Zeit gelassen, um aus dem offenen Fenster zu klettern, bevor ein mit Nachthemd bekleideter Lord Devenham ins Boudoir seiner Verlobten geschlichen kam.

Als der Captain näherrutschte, hätten die aus dem Zimmer dringenden Laute ausgereicht, um einen weniger weltgewandten Gentleman als ihn erröten zu lassen. Charles unterdrückte einen Fluch und begann zu überlegen.

Ganz offensichtlich würde Lord Devenhams Besuch von

einiger Dauer sein. Wahrscheinlich war er für die gesamte Nacht geplant. Und es gab eine zeitliche Begrenzung für die Möglichkeit sich an eine Hausmauer zu klammern. Charles unterdrückte einen Seufzer und kroch seitlich weg. Er dankte seinem Glücksstern und der Vorsehung für die englische Liebe für frische Luft. Das nächste Fenster stand ebenfalls offen. Er hielt inne und lauschte. Innen war alles still. Er riskierte einen Blick ins Innere des Zimmers. Dort brannte keine Kerze. Vielleicht konnte er ungestört eindringen.

Der Schlaf hatte Cassandra Devenham gemieden. In früheren, ruhigeren Zeiten hatte ihre einzige Vorbereitung auf ihn darin bestanden, der Kopf aufs Kissen zu legen. Nun bedurfte es dank des Durcheinanders in ihrem Dasein anderer Maßnahmen. Gerade hatte sie damit begonnen, im Geist Schafe zu zählen, als sie darin durch schwache, scharrende Laute, die durch das Fenster hereindrangen, gestört wurde. Angestrengt lauschte sie, doch das Geräusch hatte sich wiederholt. Den Gedanken an ein von Schlaflosigkeit geplagtes Eichhörnchen ließ sie fallen, kroch aus dem Bett und zum Fenster, um nachzusehen. Nun stand sie da, den Wasserkrug hoch erhoben, während Charles Danforth über das Fenstersims weg hereingeklettert kam.

Irgendein angeborener Instinkt, vielleicht aber auch erst bei Waterloo erworben, bewog den Kavallerie-Captain, sich schlagartig nach vorne fallen zu lassen. Der Krug sauste in harmlosem Bogen über seinen Kopf weg, aber der Inhalt ergoß sich dennoch in Kaskaden über ihn. »Kreuzdonnerwetter noch mal!« fluchte Charles Danforth. »Wozu denn das? Ich kann mir ja den Tod holen!«

»Unsinn. Sind Sie das, Godfrey?«

Cassandra war damit beschäftigt, den Krug gegen einen Feuerhaken einzutauschen, den sie anschließend auf die Schulter des Eindringlings preßte, so als schlüge sie ihn zum Ritter. »Erklären Sie mir mal das ganze – sofern Sie können«, befahl sie im Flüsterton.

»Nun ja... Das wird nicht so einfach sein«, flüsterte er zurück. »Und es wäre sehr hilfreich, wenn Sie diesen Feuerhaken nicht so kräftig gegen meine Schulter drücken würden. Ein echter Spartaner erwähnt so etwas gar nicht, aber es handelt sich darum, daß ich meinen Arm gebrochen habe.«

»Sie haben – was?«

»Ich habe einen gebrochenen Arm. Normalerweise stört mich das nicht so sehr, aber ein Feuerhaken ist trotzdem nicht ganz das Richtige.«

Cassandra befand sich in einem Dilemma. Von Natur aus gutartig, wollte sie niemandem Schmerzen bereiten. Aber andererseits traute sie diesem schlüpfrigen Kammerdiener nicht über den Weg. Sie behalf sich mit einem Trick. »Na gut. Ich werde den Haken wegnehmen. Aber vergessen Sie nicht, Godfrey, ich habe meine Pistole auf Sie gerichtet.«

»Sehr wohl, M'lady«, murmelte Charles ermattet und ließ den Arm wieder in die Schlinge gleiten, während er aufstand. »Haben Sie etwas dagegen, wenn ich mich einmal kurz hinsetze?« Er ertastete sich seinen Weg in Richtung der Umrisse eines massiven Möbelstücks.

»Nicht auf mein Bett!«

»Warum nicht?«

»Nun, erstens einmal sind Sie naß.«

»Das ist schwerlich meine Schuld. Aber wie Sie meinen, Miß. Ich kann auch hier auf dem Boden zusammenbrechen.« Und mit einem mitleiderregenden Stöhnen plumpste er auf die Dielen.

»Kreuzdonnerwetter noch mal«, rief Lady Cassandra zum ersten- und letztenmal in ihrem Leben. Sie stieg über seinen Körper weg und ging zum Bett hinüber, zündete eine Kerze an und hielt sie mit zitternder Hand in die Höhe. Der matte Schein spiegelte sich in den weißen Zähnen des grinsenden Kammerdieners.

»Hereingefallen, M'lady«, sagte er.

»Das ist gar nicht komisch, Godfrey. Und Sie werden die

Situation auch weit weniger amüsant finden, wenn ich die Tür aufmache und um Hilfe rufe.«

»Oh, ich finde, das sollten Sie wirklich nicht tun, Lady Cassandra.«

»Und warum nicht? Ich habe Sie dabei ertappt, wie Sie in mein Zimmer hereingekrochen kamen. Natürlich habe ich die Absicht, Sie in Gewahrsam nehmen zu lassen.«

»Nun, es steht mir natürlich nicht zu, der Herrschaft vorzuschreiben, was sie tun soll.« Er hielt seinen Arm auf bemitleidenswerte Weise mit der anderen Hand fest, während er aufstand. »Aber auf eines muß ich hinweisen. Es wird keinen guten Eindruck machen.«

»Das versteht sich von selbst, Godfrey. Mit Einbruch verbinden die meisten Leute unangenehme Vorstellungen.«

»Einbruch!« Seine Stimme wurde laut vor Entsetzen. Er senkte den Ton schnell wieder. »Sie können doch wohl nicht im Ernst annehmen, daß ich hereingeklettert bin, um Sie zu berauben! Und das auch noch mit diesem Arm! Ich sage Ihnen eines, Miß, so tollkühn bin ich nicht.«

Cassandra war vorübergehend abgelenkt. »Wie um Himmels willen haben Sie denn den Arm gebrochen?«

»Ich bin vom Pferd gefallen.«

Sie schnaubte verächtlich durch die Nase. »Es hat den Anschein als hätte ich sowohl Ihre reiterischen Fähigkeiten als auch Ihre Ehrlichkeit überschätzt. Ich muß schon sagen, Sie sind rundum eine Enttäuschung für mich, Godfrey.«

»Ja, das kann ich sogar verstehen. Und es tut mir sehr leid. Aber wenn Sie mir jetzt erlaubten würden, mich davonzumachen – und es ist doch offensichtlich, daß ich dank Ihrer schnellen Reaktion nichts habe mitlaufen lassen können –, so kämen wir vielleicht darum herum, irgendwelchen mißtrauischen Typen, die uns zusammen reiten sahen und sich fragen würden, ob ich wirklich nur hierhergekommen bin, um Ihren Schmuck zu stehlen – oder aus einem anderen Grund, Erklärungen abzugeben.«

Zum erstenmal wurde sich Cassandra ihrer dürftigen Bekleidung bewußt, die Charles schon die ganze Zeit über wahrgenommen hatte. Obwohl er ihr undurchsichtiges Nachtgewand enttäuschend fand, mußte er andererseits zugeben, daß ihre Ladyschaft mit den nackten Füßen und dem schief auf den zerzausten Locken sitzenden Nachthäubchen sehr reizvoll wirkte.

Das Ziel seines intensiven Blicks errötete. »Niemand hat uns heute früh zusammen reiten sehen. Außerdem kann nur eine schmutzige Fantasie zu solchen Schlüssen kommen, wie Sie sie da angedeutet haben.«

»Oh, da kann ich Ihnen beipflichten, M'lady. Nur – ich bitte um Verzeihung – Sie wären überrascht, wie viele solcher Fantasievorstellungen hier herumschwirren.«

Cassandra dachte fieberhaft nach. Dann gab sie ihren Gedankengängen mit ärgerlichem Geflüster Ausdruck. »Na gut. Ich sehe ein, daß es unsinnig wäre, das ganze Haus zu alarmieren. Wie Sie selbst sagten, hatten Sie keine Gelegenheit, etwas zu stehlen. Und es ist auch mit Sicherheit anzunehmen, daß Sie nun, nachdem ich Sie ertappt habe, noch jemand anderen ausrauben werden. Ich sage Ihnen aber eines, Godfrey, falls einem meiner Gäste auch nur eine Schnupftabaksdose abhanden kommt, bedeutet das das Gefängnis für Sie, mein Lieber. Aber so, wie die Dinge nun stehen, werden ich lediglich morgen früh meinem Cousin davon Mitteilung machen und dafür sorgen, daß Sie umgehend nach London zurückgeschickt werden. Nun gehen Sie, bevor ich meine Meinung ändere und Sie unten im Keller einsperren lasse.« Cassandra wies mit dramatischer Geste zur Tür.

»Vielen Dank, M'lady«, murmelte Charles demütig und verbeugte sich. Auf Zehenspitzen schlich er zur Tür, öffnete sie vorsichtig einen Spalt breit, schloß sie dann schnell wieder und lehnte sich dagegen.

»Sie sollen gehen, habe ich gesagt!« zischte Cassandra.

»Ich kann nicht. Draußen im Korridor sitzt ein Diener und starrt in diese Richtung.«

»Ach du meine Güte, das habe ich ja ganz vergessen! Lord Morice!«

»Entschuldigung?«

»Lord Morice. Er hat das Zimmer auf der anderen Seite des Korridors, und er ist berüchtigt wegen seines leichtfertigen Umgangs mit Kerzen. Er löscht sie, indem er sie unter sein Kopfkissen steckt. Oder er wirft sie einfach auf den Boden. Deshalb postieren wir immer, wenn er da ist, einen Diener neben seine Tür, damit er aufpaßt, ob es nicht brennt.«

»Sehr vernünftig, finde ich. Wie lange wird er dort draußen bleiben?«

»Keine Ahnung. Sie werden auf dem gleichen Weg verschwinden müssen, auf dem Sie gekommen sind.«

Charles erbleichte leicht. »Ich glaube nicht, daß ich das noch einmal machen kann, M'lady. Wirklich – wenn ich Zeit gehabt hätte, vorher darüber nachzudenken, hätte ich es überhaupt nicht getan.«

»Ach du lieber Himmel! Sie sind wirklich der Richtige, um ein Dasein als Verbrecher zu führen. Erzählen Sie mir bloß nicht, daß Sie wie ein Kätzchen, das sich im Baum verstiegen hat, zwar eine Leiter heraufkönnen, aber ich nicht hinunter zu klettern trauen!«

»Was für eine Leiter, Miß?«

»Nun, die, über die Sie hier heraufgestiegen sind.«

»Leider gibt es da keine Leiter.«

»Seien Sie nicht albern.« Cassandra wanderte mit der Kerze zum Fenster und hielt sie hoch, während sie sich gefährlich weit hinausbeugte. Ihre Augen weiteten sich, während sie sich wieder dem Kammerdiener zuwandte, der ihr gefolgt war. »Wie um alles auf der Welt haben Sie es geschafft, hier hereinzukommen?«

Charles empfand ein leichtes Schwindelgefühl als er an das schmale Sims dachte, auf dem er gesessen hatte. »Ich kann es nicht ertragen, auch nur daran zu denken, M'lady.«

Aber Cassandra dachte durchaus dran. Sie streckte die Kerze ins Dunkel zum Fenster hinaus und blickte auf den schmalen Steinvorsprung hinab, der aufs dekorativste die

Stockwerke voneinander trennte. Ihr Schlafraum war ein Eckzimmer – und daneben...« Sie wandte sich aufgebracht dem Eindringling zu. »Sie kamen aus Mrs. Aldens Zimmer!« zischte sie.

Der Kammerdiener bestritt diese Anschuldigung weder, noch bestätigte er sie, es sei denn, man betrachtete eine leichte Röte im Gesicht als Geständnis. »Und mehr noch«, fuhr Ihre Ladyschaft fort, »ich gehe jede Wette ein, daß Sie dort nicht eingedrungen sind, um etwas zu stehlen.«

»Ich sagte Ihnen doch schon, daß ich kein Dieb bin.«

»Um das zu benennen, was Sie sind, Godfrey, bin ich zu sehr Dame.«

»Sehen Sie – selbst Sie tun nichts anderes«, sagte Charles.

»Was tue ich?«

»Sie kommen zu voreiligen verleumderischen Schlüssen. Und Sie behaupten, keiner würde so etwas tun, wenn er mich aus *Ihrem* Zimmer kommen sähe.«

»Ich kann Ihnen versichern, Godfrey, die beiden Situationen sind nicht zu vergleichen. Zufällig sah ich Mrs. Aldens Reaktion, als sie Sie heute morgen erblickte. Sie ging fast die Wände hoch vor Schreck.«

»Ach das! Nun ja, vermutlich habe ich sie an jemanden erinnert. Ich sehe aus wie viele andere Männer.«

Cassandra gab einen verächtlichen Laut von sich. »Quatsch. Sie sehen niemandem auch nur im geringsten ähnlich, den ich kenne.«

»Aber Euer Ladyschaft haben nicht so viele Bekannte wie Mrs. Alden.«

Die Unterhaltung schien vom Kern des Problems abzuschweifen. Cassandra kam unerbittlich auf das ursprüngliche Thema zurück. »Ich möchte, daß Sie aus meinem Zimmer verschwinden, Godfrey. Sie können den gleichen Weg benutzen, auf dem Sie gekommen sind.«

»Das kann ich leider nicht, M'lady.«

»Wieso?« sagte sie verächtlich. »Wenn Sie es zuvor geschafft haben, können Sie es doch wieder tun.«

»Nun, wenn man einmal den Aspekt meiner Courage beiseite läßt und selbst wenn ich mich nicht zu Tode stürze...«

»Der Sturz würde Sie vermutlich nicht umbringen.«

»Und wie steht es mit weiteren gebrochenen Knochen? Sie sind sehr hart, M'lady«, beschwerte sich Charles. »Aber haben Sie daran gedacht, daß Ihr Feuerschutzmann draußen, selbst wenn ich in Mrs. Aldens Zimmer zurückkäme, eine ebenso gute Aussicht auf jene Zimmertür hätte wie auf diese hier?«

»Na ja, da würde ihr mit dem Verlust ihres guten Rufes wenigstens ein bißchen Gerechtigkeit widerfahren.«

»Das war Euer Ladyschaft unwürdig.«

Cassandra empfand in der Tat Beschämung ob ihrer Bemerkung, ließ sich dies jedoch nicht anmerken. »Schön, da Sie so besorgt um Mrs. Aldens Ruf sind, können Sie sich ja in *ihrem* Zimmer aufhalten, bis der Diener weggeht oder sich schlafen legt. Jedenfalls will ich Sie von hier weg haben. Gehen Sie jetzt!« Mit derselben dramatischen Geste wie zuvor wies sie nunmehr aufs Fenster.

Der Kammerdiener seufzte. »So gern ich den Wünschen Ihrer Ladyschaft nachkommen würde, es geht nicht.« Sie wollte widersprechen, aber er hinderte sie daran, indem er die Hand hob. »Sie nehmen doch wohl nicht im Ernst an, daß ich freiwillig zu einer menschlichen Fliege geworden bin. Tatsache ist, M'lady, Mrs. Alden ist nicht allein.«

»Sie meinen...«

Der Kammerdiener nickte. Und in dem bestürzten Schweigen, das nun eintrat, konnte man die unverkennbaren Laute eines knarzenden Bettes hören, die von der nächtlichen Brise durchs Fenster hereingetragen wurden.

»Noch bevor die Hochzeit stattgefunden hat! Aber das – das ist ja unerhört!«

»Oh, so weit würde ich nicht gehen, M'lady. Was ist schon dabei, wenn die menschliche Natur dem geistlichen Segen ein bißchen vorauseilt? Es ist doch die gute Absicht, die zählt, würde ich sagen.«

Für diese philosophischen Äußerungen wurde ihm ein vernichtender Blick zuteil. »So – und was tun wir jetzt?« murmelte Cassandra vor sich hin.

»Dürfte ich Ihnen einen Vorschlag machen, M'lady?«

»Ja?«

»Sie könnten in Ihr Bett zurückkehren und schlafen. Ich werde mich hier auf diesem Sofa ausstrecken...«, Charles warf einen zweifelnden Blick auf das unbehaglich wirkende, mit goldenen Löwenköpfen verzierte Möbelstück, »... und sehe immer wieder einmal auf dem Korridor nach, ob Ihr Diener weg und die Luft rein ist. Und wenn Sie morgen früh erwachen, bin ich verschwunden.«

»Ich denke nicht daran.«

»Nun, dann haben Sie sicher nichts dagegen, wenn ich mich aufs Sofa setze, während Sie mit dem Feuerhaken in der Hand vor mir stehen bleiben?« fragte er. »Es war ein langer und anstrengender Abend – ganz abgesehen von meinem Arm.«

»Na schön. Setzen Sie sich.« Cassandra schlich auf Zehenspitzen zur Tür und öffnete sie einen Spalt breit. Der gewissenhafte Diener war mit übereinandergeschlagenen Armen und weit geöffneten Augen auf seinem Posten. Sie schloß die Tür wieder. »Ach, ist das ärgerlich.«

Sie ging durchs Zimmer, ließ sich dem Kammerdiener gegenüber auf einem Stuhl nieder und stellte die Kerze auf den Tisch, der zwischen ihnen stand. Die würdevolle Stille, die sie beizubehalten trachtete, wurde gestört durch die zunehmend deutlicheren amourösen Geräusche aus dem Zimmer nebenan. Um sie zu kaschieren, erkundigte sich Cassandra: »Wie gut kennen Sie Mrs. Alden?« Sie bereute die Frage sofort.

Dies war unnötig. »Sie mögen die Dame nicht besonders, oder?« war die ausweichende Gegenfrage.

»Ich kenne sie nicht sonderlich gut. Aber nein, ich glaube nicht, daß wir sehr gut miteinander auskommen werden.«

»Möglicherweise könnten Sie da eine angenehme Überraschung erleben. Sie ist eigentlich ganz gutartig. Zumindest hat man mir das erzählt.« Hier gab es die ideale Gelegenheit, seinem besten Freund einen Dienst zu erweisen. »Sie müssen zugeben, M'lady, daß es freundlich von Mrs. Alden war, Mr. Davies mit hierherzubringen, damit er Sie kennenlernt.«

»Ich werde nichts dergleichen zugeben. Mr. Davies ist als Freund Mrs. Aldens hier. Mit mir hat das nichts zu tun.«

»Wenn Sie das sagen, Miß...«

»Und warum sollte ich dankbar dafür sein, wenn ich mit einem alten Roué verkuppelt werden soll?«

»So alt ist er gar nicht. Um die fünfzig herum, würde ich schätzen. Was das andere Wort betrifft, so bin ich mir nicht sicher, was Sie damit ausdrücken wollen.«

»Na schön, dann ein alter Schürzenjäger.«

»Nun, das stimmt vermutlich. Aber ich dachte immer, Ladies hätten eine Vorliebe für Männer, die sich auskennen.«

»Natürlich denken Sie das. Aber abgesehen davon glaube ich, daß Mr. Davies' Interesse ausschließlich Mrs. Alden gilt.«

»Plumb und Gwenny? Entschuldigung, ich wollte nicht respektlos sein, ich meine Mr. Davies und Mrs. Alden«, fügte Charlies hastig hinzu. »Sicher, sie sind eng befreundet. Das waren sie von jeher. Aber das ist alles. Hören Sie, Miß, Sie sind, wenn ich das sagen darf, zu hart gegen Mrs. Alden. Ihr Papa hätte es schlimmer treffen können. Ich glaube, daß sie ihm eine großartige Frau sein wird. Und wenn wir schon so offen miteinander reden – ich finde, Sie sollten nicht gegen jeden Mann, dem Sie begegnen, so voreingenommen sein. Zum Beispiel könnte sich Mr. Davies als hervorragender Bursche herausstellen. Zumindest ist der alte Plumb reif für die Ehe.«

»In Wirklichkeit sind Sie lediglich bemüht, Ihren Herrn und Meister von der Angel zu lösen, ja?« Während der Kammerdiener ob der scharfsinnigen Frage betreten dreinblickte, fuhr Cassandra fort: »Weshalb sich George entschlossen hat, sich Ihnen anzuvertrauen, ist mir unverständlich, aber Sie brauchen keine Sorge zu haben. Ich hege nicht die Absicht, meinen Cousin in meine Ehenetze zu ziehen.«

»Das weiß er, M'lady. Trotzdem, Sie müssen zugeben, es würde eine Menge Probleme lösen, wenn Sie alles klarstellen und Mr. Davies akzeptieren würden. Ich glaube, Ihr Vater wäre sehr erfreut.«

»Na, wenn Papa Mr. Davies George vorzieht, dann ist er einfältiger, als ich gedacht habe. Und was das andere betrifft, so würde ich meinem Vater weiß der Himmel gern Freude machen. Nichts wäre mir lieber. Aber ich habe es mein ganzes Leben lang nicht getan und werde wahrscheinlich auch jetzt nicht damit anfangen.«

Der Kammerdiener zog eine Grimasse. »Ah, so ist das, ja? Da haben Sie mein Mitgefühl. Mir ist es auch nie gelungen, meinem Vater Freude zu bereiten.«

»Bei mir begann das bei der Geburt. Ich hatte das falsche Geschlecht, wissen Sie«, erklärte Cassandra.

»Das Geschlecht war bei mir nicht das Problem. Es war der falsche Zeitpunkt meiner Geburt. Ich war der zweite Sohn. Mein Bruder war ein Musterknabe. Er konnte einfach nichts falsch machen.«

»Und Sie waren eifersüchtig?«

»Ob Sie es glauben oder nicht, ich war nicht eifersüchtig. Erleichtert wäre zutreffender. Da ich nicht hoffen konnte, ihn an Perfektion einzuholen, eröffnete dies für mich einige wesentlich interessantere Möglichkeiten.« Charles lachte spöttisch. »Probleme tauchten erst auf, als Winfield starb und Papa von mir erwartete, ich würde ebenso werden wie er. Eine solche Metamorphose war natürlich nicht möglich.«

»Ebenso unmöglich wie für mich, ein Mann zu werden.«

»Oh, viel schlimmer. Ich habe Sie reiten sehen.« Er grinste.

»Übrigens, Godfrey, war Winfield ein Butler?«

Er sah verblüfft drein. »Wieso fragen Sie das? Ich meine, wie kommen Sie auf die Idee?«

»Nun, es ist die einzige logische Erklärung.« Ihre Augen funkelten vergnügt ob ihres eigenen Scharfsinns. »Ich meine, es wäre die einzige vernünftige Erklärung dafür, weshalb Sie beruflich so fehl am Platz sind. Und nun wollen Sie auch noch ausgerechnet Butler werden. Sie versuchen wie Ihr Bruder zu werden, um Ihren Vater zufriedenzustellen.«

»Respekt!« Er sah sie bewundernd an.

»Tun Sie's nicht, Godfrey.«

»Entschuldigung...«

»Es wird nicht funktionieren. Ich meine damit, wenn Sie versuchen, etwas zu sein, das Sie nicht sind. Sie müssen sich selbst gegenüber aufrichtig sein, ganz gleich was passiert.«

»Ja, M'lady.«

»Sie können sich nicht selbst für das Unglück eines anderen verantwortlich fühlen. Damit würden nur zwei unglücklich werden. Sie sollten gar nicht erst versuchen, ein Hausdiener zu sein. Sie sollten mit Pferden arbeiten.«

»Sie würden mich also einstellen, wenn Sie einmal Ihre Pferdezucht etabliert haben sollten?«

Fortgerissen von missionarischem Eifer, wollte Cassandra soeben zustimmen, als in ihrem Innern ein plötzliches Warnsignal ertönte. Godfrey anstellen? Das kam überhaupt nicht in Betracht. »Nun ja, da kann ich mich noch nicht festlegen«, antwortete sie zurückhaltend. »Aber ich will Ihnen sagen, was ich tun werde«, fügte sie aus einer Inspiration heraus hinzu, »natürlich immer vorausgesetzt, ich bekomme jemals mein eigenes Gestüt. Ich werde mir Trafalgar von Ihnen als Deckhengst ausleihen und Sie gut dafür bezahlen.«

»Nun ja«, bemerkte der Kammerdiener mit einem Seufzer. »Ich freue mich, daß wenigstens einer von uns beiden seine Chance hat. Schade, daß es das Pferd sein muß. Wenn Sie wirklich Ihr Gestüt einrichten können, werde ich mir das überlegen. Aber je mehr ich darüber nachdenke, desto zweifelhafter scheint mir, daß es so weit kommt. Ich bin der Ansicht, daß Mr. Davies oder irgendwann sonst jemand hinter Ihre steifleinene Fassade blicken und durch Ihre altjüngferliche Frisur und Kleidung hindurchschauen wird und die eigentliche Frau entdeckt, die ich im Augenblick vor mir sehe. Dann werden Sie vor dem Altar stehen, bevor Sie noch ›papp‹ sagen können, und Trafalgar und ich werden vergessen sein.«

Ein beunruhigender Schimmer in den Augen des Kammerdieners brachte Cassandra unsanft ihre derzeitige Situation ins Bewußtsein. Da saß sie, Lady Cassandra Devenham, im Nachtgewand in ihrem eigenen Schlafzimmer in traulichem tête-a-tête mit einem Diener, der zudem hinter den Weibern her war, und das in den frühen Morgenstunden! Sie schauderte bei dem Gedanken an den Skandal, den das hervorrufen würde, wenn es bekannt würde. Keiner würde glauben, daß diese kleine Unterhaltung in der Manier eines unverbindlichen Salongeplauders geführt worden war. Sofern man überhaupt Bedienstete im Salon empfing. Ihre Wangen brannten vor Beschämung. Warum nur brachte dieses spezielle Mitglied der unteren Klassen sie fortwährend aus dem Gleichgewicht? Als ob ihr Dasein derzeit nicht ohnehin schon chaotisch genug wäre – auch ohne diesen unverschämten Eindringling!

Der Kammerdiener schien ihre Gedanken zu erraten. »Vielleicht sehe ich am besten einmal nach, ob die Luft jetzt rein ist.«

»Nein, lassen Sie mich nachsehen. Jules könnte Sie dabei erspähen.« Sie öffnete die Tür nur einen winzigen Spalt breit, während Charles dahinter stehenblieb. »Alles in Ordnung«, flüsterte sie und wandte sich dem Kammerdiener zu. »Sie können jetzt gehen.«

Später, im Ankleideraum des Viscount, kam Charles zu dem Schluß, daß es sich bei seinem Verhalten zu diesem Zeitpunkt um eine reine Reflexhandlung gehandelt hatte. Auch gute Manieren hatten dabei eine Rolle gespielt. Auf welche Weise verließ man sonst das Boudoir einer Lady nach einem mitternächtlichen Rendezvous? Aber was auch immer der Grund sein mochte, beim Abschied hatte er, ohne nachzudenken, Lady Cassandra in die Arme genommen, hatte die weichen Rundungen ihres Körpers – nur allzu deutlich spürbar unter dem losen Baumwollnachtgewand – an sich gepreßt, und das auf eine Art und Weise, die sein Herz veranlaßte, wie rasend zu klopfen, während ihm das Blut in den Ohren rauschte. Und damit noch nicht genug, er hatte seinen Mund gierig auf ihre Lippen gepreßt.

Aber nun, da er behaglich auf seinem Feldbett lag und auf das Schnarchen des Viscount nebenan lauschte, fern dem geschmeidigen Körper und den verführerischen, zarten Lippen der Lady, beschimpfte sich Charles als impulsiven Trottel. War sein Leben auch ohne weitere Komplikationen nicht schon ungeordnet genug?

Charles Danforths innere Beunruhigung war jedoch verglichen mit dem Gemütszustand, in dem sich Cassandra Devenham befand, kaum erwähnenswert. Auf sie hatte der Kuß eine schlicht verheerende Wirkung gehabt. Sie war sich selbst gegenüber viel zu ehrlich, um sich vorzumachen, daß das Gefühl von Godfreys Lippen auf den ihren sie nicht erregt hatte. Und, du meine Güte, hatte sie wirklich und wahrhaftig einen Kammerdiener ihrerseits wiedergeküßt? Ihre Wangen brannten in einem Gefühl der Demütigung und dann noch aus einem Empfinden heraus, das sie sich nicht recht erklären konnte. Es war einfach unerhört! Es war erniedrigend! Daß ein Kammerdiener – allein die Berufsbezeichnung machte sie schaudern – solche Empfindungen in ihr auslösen konnte! Der Gedanke war unerträglich. Sie *wollte* nicht mehr daran denken. Und morgen würde sie George veranlassen, den unverschämten Burschen wegzuschicken.

Cassandra warf sich hin und her und kochte innerlich. Erst gegen Morgen, kurz vor dem Einschlafen, überkam sie plötzlich die Erkenntnis. Sie setzte sich kerzengerade aufrecht. »Der Schuft hat beide Arme benutzt!« sagte sie laut.

8

Viscount Severn drehte sich langsam vor dem Spiegel nach rechts und links: genau besehen stellte er sich vor sich selbst zur Schau. Denn George hatte einen sicheren Blick für Perfektion. Seine pomadisierten Locken, zurechtgezupft und exakt gerollt, übertrafen, was dessen Frisur anbelangte, Titus selbst. Die hohen Spitzen seines schneeweißen Kragens waren so steif, daß sie ihm die Ohren abzuschneiden drohten. Kein Fussel verunzierte den makellosen flaschengrünen Rock. Seine Stiefel waren glänzend poliert. Eine weitere Drehung vor dem Spiegel verschaffte George eine umfassende Aussicht auf seine Vorderseite. Er seufzte zutiefst befriedigt. Der Kammerdiener hinter ihm jedoch runzelte die Stirn.

»Entschuldigen Sie, Sir. Die Halsbinde. Sie sitzt nicht ganz richtig. Bitte vielmals um Verzeihung. Wenn wir es noch einmal versuchen würden...«

»Nein?« George spähte in den Spiegel. Weiß der Himmel, der Mann hatte recht. Daß ihm, George, ein solches Detail entgangen war! Das zeigte, wie weit er in den vergangenen wenigen Tagen heruntergekommen war. Gefügig ließ er sich wieder vor dem Toilettentisch nieder und beobachtete befriedigt, wie der Diener die unbotmäßige Halsbinde löste und sich darauf vorbereitete, erneut sein Heil zu versuchen.

Lord Severns Gemütsstimmung war im Ansteigen begriffen. Es lag nicht in seiner Natur, sich allzu lange in den Niederungen verzagter Befindlichkeiten aufzuhalten. Heute früh, während die Sonne schien und die Düsternis der Nacht ein Phantom der Vergangenheit zu sein schien, fiel es ihm leicht zu glauben, daß seine Cousine Cassandra es niemals zulassen würde, daß sie – und er – an den Altar gezwungen werden würden. Und er konnte nicht umhin, sich dazu zu gratulieren, daß er sich nun auch einem weit schlimmeren Schicksal entwunden hatte – nämlich Charles Danforth als seinen Kammerdiener agieren zu lassen.

Charlie dazu zu bekommen, so zu tun, als hätte er einen gebrochenen Arm, war ein genialer Einfall gewesen, das mußte er sich in aller Bescheidenheit sagen. Denn in seinem kammerdienerlosen Zustand, was hatte da näher gelegen als Plumb Davies um Hilfe zu bitten? Nächst seinem Chesney war Davies' Mann der beste, der zu bekommen war. Und da Plumbs Taschen leer waren, hatte er, George, gleich gewußt, daß Davies die Anspielung verstehen und ihm die Dienste seines Kammerdieners anbieten würde. Gegen Honorar, versteht sich.

Allerdings gab es da noch eine Sache. George runzelte die Stirn und sein Spiegelbild ebenfalls. (Standen, der Kammerdiener deutete das falsch und murmelte: »So, glaube ich, Sir«, und zupfte kaum merklich am einen Ende der Halsbinde.) Der Honorarpreis, den Plumb genannt hatte, war horrend. Davies hatte das selbst zugegeben. »Mir ist klar, daß du verzweifelt bist, lieber Freund. Trotzdem, ich möchte nicht, daß du glaubst, ich zöge aus deiner modischen Notlage irgendwelche Vorteile. Siehst du, abgesehen von Standens Diensten bekommst du noch einen Bonus. Ich trage Scheuklappen und sehe nichts, was ich nicht geradewegs anschaue.«

Dieser verflixte Kerl. George konnte Burschen nicht ausstehen, die so geheimnisvoll taten. Aber als er Plumb erwiderte, daß er nicht die geringste Ahnung habe, wovon sein Gegenüber spräche, hatte der Ältere gelacht und gesagt, nun, dann habe er ebenfalls keine Ahnung, aber wenn George nichts dagegen habe, so wollten sie es doch bei der Summe, die für Standens Dienste entrichtet würden, belassen. »Nur für den Fall, daß mein Erinnerungsvermögen wieder einsetzt.« Er betonte dann erneut, es sei ihm zuwider, das Unglück eines anderen auszunützen, aber Tatsache war, daß er seinen Wetteinsatz für das Geländerennen erhöhen müsse. »Nun, da dein Freund Danforth in Frankreich ist...«, er blinzelte vielsagend, »... ist mein Pferd Favorit, weißt du. Du solltest selbst eine Kleinigkeit auf Thunderer setzen, George.«

Dieser Abschluß der Unterhaltung hatte Georges ursprünglichen Verdacht zerstreut, Davies wisse von Charles' Aufenthalt im Schloß. Zudem war Charles selbst davon überzeugt gewesen, daß Plumb ihn nicht gesehen habe. »Immerhin, Gwenny könnte ihm möglicherweise erzählt haben, da ich hier bin«, hatte er dann nachdenklich hinzugefügt. »So bald ich Gelegenheit dazu habe, werde ich sie danach fragen.«

Der Viscount schüttelte seine Besorgnisse ab und warf noch einen letzten, langen und befriedigten Blick in den Spiegel. Nun ja, selbst wenn Davies über Charles Bescheid wußte, er war dafür bezahlt worden, den Mund zu halten. Und im übrigen war kein Preis zu hoch dafür, daß er nun wieder wie ein Gentleman aussah. George bedankte sich bei Standen mit gedämpfter Aufrichtigkeit und ging zum Frühstück hinunter.

Nicht nur die Gemütsstimmung des Viscount war im Aufwind begriffen. Schon seit langem hatte sich Plumb Davies nicht mehr so im Einklang mit der Welt gefühlt wie jetzt. Nur die Verzweiflung hatte ihn dazu bewogen, Gwenny nachzugeben und sie nach Hampshire zu begleiten. Das Landleben war nicht nach seinem Geschmack. Und ebensowenig war er begierig darauf, sich um Devenhams altjüngferliche Tochter zu bemühen.

Aber die Glückssträhne, die ihm mit Hilfe der Talente seines Kammerdieners die Taschen gefüllt hatte, schien anzuhalten. Lady Cassandra gewann bei näherer Bekanntschaft. Vom Pferdegeruch befreit, eröffneten sich bei ihr gewisse Möglichkeiten. Natürlich war ihr Geschmack, was Kleidung betraf, beklagenswert, aber dem konnte abgeholfen werden. Mit Hilfe kleiner stilistischer Verbesserungen konnte sie recht attraktiv aussehen. Allerdings war der Gedanke, den langweiligen alten Devenham als Schwiegervater zu bekommen, kaum erträglich. Trotzdem – und er lachte vor sich hin – wurde das mehr als wettgemacht dadurch, daß Gwenny seine Schwiegermama sein würde. Ein Jammer nur, daß die Mitgift des Mädchens nicht größer war. Aber sicher konnte er immer auf Gwenny zählen, sie würde ihm schon unter die Arme greifen, wenn Not an Mann war.

Da er ein Mann von schnellen Entschlüssen war, sorgte Mr. Davies dafür, daß er Lady Cassandra zum Dinner führen konnte, wobei er dann die Gelegenheit wahrnahm, sie zu bitten, ihm nach der Mahlzeit den Rosengarten zu zeigen. Er sah, daß sie zögerte, und hätte schwören mögen, daß sie im Begriff war abzulehnen, als ihr Cousin, der sie beide auf Kosten seiner eigenen Tischdame während des gesamten Essens scharf im Auge behalten hatte, ihr einen finsteren Blick zuwarf, der Cassandra bewog, die Einladung höflich, wenngleich ohne sonderliche Begeisterung anzunehmen.

Als sie eine Dreiviertelstunde später ins Freie traten, wurde Cassandra schnell klar, daß Mr. Davies nicht halb so interessiert an Rosen war, wie er vorgegeben hatte. Genau genommen schien er, als sie die mit Steinplatten belegten Wege entlangschlenderten, die sich wie riesige Bänder um ebenso riesige Blumensträuße rings um die Beete wanden, ob ihrer gartenkünstlerischen Erklärungen eher amüsiert. Es war wieder wie damals bei ihrer Saison in London, dachte Cassandra verdrossen, so wie immer, wenn die Erinnerung daran zurückkehrte. Sie hatte eben keine Ahnung, wie man sich mit Gentlemen unterhielt. »Ich langweile Sie, nicht wahr?« platzte sie heraus.

»Aber ganz im Gegenteil, Lady Cassandra«, versicherte er feierlich. Aber selbst in der beginnenden Dämmerung konnte sie unschwer das Blinzeln in seinen Augen erkennen. Eigentlich sah er recht gut aus, dachte sie, wenn auch auf eine ältliche und geckenhafte Art. Und sie hätte die Aufmerksamkeit, die er auf sie verwandte, genießen müssen, das wußte sie.

»Ich bin im Verlauf einer Unterhaltung mit einer Dame noch nie so gut instruiert worden«, fuhr er fort. »Überhaupt hatte ich keine Ahnung, daß man über Rosen so viel in Erfahrung bringen kann. Ich fürchte, ich habe sie bisher immer einfach so hingenommen. Aber nun werde ich nie wieder eine weinrote Rose im Knopfloch tragen oder einer Dame eine blaßrote Blüte überreichen können, ohne an das Wunder zu denken, das diesen Blumen ermöglicht, trotz widrigen Klimas und Myriaden von Ungeziefer zu überleben. Und welchen Dünger, sagten Sie, benutzen Ihre Gärtner? Ich erinnere mich, Sie haben Schafdünger erwähnt.«

»Nun machen Sie sich über mich lustig, Mr. Davies.«

»So etwas käme mir nie in den Sinn, liebe Lady. Aber ich gebe zu, daß ich Sie weit faszinierender – und, unnötig zu sagen, auch schöner – als Ihren Garten finde.« Unter dem Vorwand, ihr über eine kleine Holzbrücke helfen zu wollen, die über einen durch den kürzlichen Regen angeschwollenen Bach führte, ergriff er ihre Hand. Die schwüle Luft war von schwerem Blumenduft erfüllt, Bäume und Sträucher von frischem Grün. Die Szenerie war wie geschaffen für eine Romanze. Cassandra wünschte sich, sie wäre im Haus geblieben. Nachdem er sie sicher durch die Gefahren der Holzkonstruktion geleitet hatte, war Mr. Davies nicht gewillt, ihre Hand loszulassen. »Achten Sie auf die Steine, meine Liebe. Sie sind schlüpfrig.«

»Das stimmt. Vielleicht sollten wir ins Haus zurückkehren. Ich würde ungern ausrutschen.«

Sein Lachen war leise und vertraulich. »Oh, ich glaube, da haben Sie nichts zu fürchten, schöne Lady. Ich bin derjenige, der gefährdet ist. Und ich denke dabei nicht an die Steinplatten. Ich fürchte, wenn ich ausrutsche, wird das eine andere Ursache haben.«

Quatsch! Cassandra enthielt sich gerade noch, das Wort laut zu sagen. Sie wünschte inständig, dieser alternde Beau würde seine hohlen Schmeicheleien nicht an sie verschwenden. Nun führte er sie in Richtung einer Bank, die vor einer großen, tropfnassen Hecke stand.

»Könnten wir uns nicht für einen Augenblick setzen und unsere Bekanntschaft vertiefen?«

»Es ist zu naß.« Cassandras Ton war mindestens so entmutigend wie der Gedanke an eine feuchte Bank.

»Nun ja, vielleicht haben Sie recht. Schade. Trotzdem, es ist auch im Stehen möglich, besser miteinander bekannt zu werden.«

Ach, Mist! dachte Cassandra, als ihr eine heftige Umarmung zuteil wurde. Jetzt reichte es aber wirklich!

Ihr Ärger galt jedoch im wesentlichen ihr selbst, weniger Mr. Davies. Denn nach den Erfahrungen in der vergangenen Nacht hätte sie auf so etwas gefaßt sein müssen. Sie war doch sonst nicht so wenig lernfähig. Aber ›gebranntes Kind scheut das Feuer‹ schien bei ihr keine Anwendung zu finden.

Eines jedoch war sonnenklar. Sie empfand keinerlei Genuß bei diesen Liebkosungen. Aber als sie versuchte, dies Mr. Davies mitzuteilen, wurde der Druck seiner Lippen und seiner Arme nur noch intensiver. Cassandras Bemühungen, sich zu wehren, schienen seine Leidenschaft nur noch anzufachen. Vergeblich versuchte sie sich loszureißen. Obwohl kaum größer als sie selbst und eher schmächtig, entwickelte Mr. Davies erstaunliche Kräfte. In der Erkenntnis, daß sie ihm körperlich doch nicht gewachsen sei, suchte Cassandra Zuflucht bei ihrem Verstand. Sie reagierte plötzlich positiv. In ihrer Glut beugte sie ihren Freier nach hinten. Dann, nachdem sie einen Satinschuh hinter seine eine Ferse geschoben hatte, gelang es ihr, beide Hände gegen Mr. Davies Brustkasten zu stemmen und ihm einen plötzlichen Stoß zu versetzen. Es klappte vorzüglich, zumindest teilweise. Er stürzte nach hinten und landete inmitten des Rosenbeets, das sich am Weg entlangzog. Das Problem war nur, daß er Cassandra mit sich nahm.

»Uff!« Der Aufprall benahm ihm den Atem. Sein Griff lockerte sich und Cassandra raffte sich mühsam auf. Ihr erster Impuls war, den Weg entlang davonzurennen, aber sie unterdrückte ihn. Erstens war das wenig würdevoll – und zimperlich dazu. Und zweitens war sie Mr. Davies' Leidenschaft wegen nicht mehr besorgt. Jetzt war es ihr um seine Gesundheit zu tun. Sein Atem schien wieder zu funktionieren, denn er fluchte, stand jedoch nicht auf.

»Ist mit Ihnen alles in Ordnung, Sir?« erkundigte sie sich höflich.

»Natürlich ist nichts in Ordnung...« Er konnte gerade noch vermeiden, ›Sie dumme Gans‹ hinzuzufügen. »Wirklich, Lady Cassandra, mußten Sie unbedingt so heftig reagieren? Ganz sicher sind Sie doch schon auch früher einmal geküßt worden.«

Das stimmte. Gestern nacht zum Beispiel. Aber sie war nicht bereit, die Angelegenheit mit diesem Gentleman zu diskutieren. »Kommen Sie, lassen Sie mich Ihnen aufhelfen, Sir«, erbot sie sich freundlich. Mr. Davies war schließlich nicht mehr jung.

»Das ist unnötig«, erwiderte er mürrisch und traf Anstalten, sich zu erheben. »Autsch! Verdammt! Autsch!«

»Um Himmels willen, was ist denn los?« Sie fürchtete das Schlimmste. Vielleicht eine gebrochene Hüfte. Und wie sollte sie das dann erklären? Erleichterung veranlaßte sie zu lachen, als er rief: »Ich hake an diesen elenden Dornen fest!«

Das Geräusch zerreißenden Stoffs war zu hören, als er sich zu befreien suchte. »Das ist gar nicht komisch, kann ich Ihnen versichern.« Er stand langsam auf, und betrachtete über die Schulter weg seine ruinierte Kniehose. Der weiße Satin war von den Dornen an einigen Stellen zerrissen und mit Schmutzstreifen versehen. Ein schwacher Geruch nach dem vor kurzen von beiden erwähnten Dünger stieg ihnen in die Nase. Der Gentleman fluchte erneut, und zwar sehr geläufig.

Lady Cassandra, heftig bemüht, ihre Gesichtszüge zu beherrschen, zupfte besorgt einen verbliebenen Dorn heraus. Mr. Davies unterdrückte ohne große Mühe seine Dankbarkeit für diese Hilfsbereitschaft. »Wenn Ihre Ladyschaft mich entschuldigen wollen...«, er verbeugte sich steif, »... dann ziehe ich mich jetzt wohl am besten zurück, um mich umzuziehen.« Ohne jedoch auf ihre Zustimmung zu warten, machte er sich eilends den Weg entlang davon.

Cassandra beobachtete seinen wutentbrannten Rückzug, bis eine Wegbiegung ihn ihren Blicken entzog. Dann, ohne auf die Feuchtigkeit der Bank zu achten, brach sie auf ihr zusammen und gab sich hemmungslos dem Lachkrampf hin, den sie so lange unterdrückt hatte. »Ach du meine Güte«, murmelte sie, als sie sich schließlich wieder unter Kontrolle hatte, und wischte sich die Augen. Und dann schnupperte sie in die Luft, erst einmal, dann nochmals. Tabakrauch! Jemand rauchte hier in der Umgebung. Sie drehte sich um und starrte mißtrauisch auf die Hecke hinter der Bank. Und tatsächlich drang da bläulicher Rauch durch die Blätter. Sie sprang auf und ging um die Hecke herum.

»Godfrey!«

Der Kammerdiener saß auf einer Bank, einer Zwillingsschwester jener, die Cassandra soeben verlassen hatte, und deren Rücklehne ebenfalls an die Hecke angrenzte. Er paffte gedankenvoll an einer riesigen Zigarre. Beim Klang ihrer Stimme schob er seine Armschlinge zurecht und stand respektvoll auf. Der Blick jedoch, den er ihr zukommen ließ, war voller Vorwurf. »Euer Ladyschaft haben gerade eben alles ganz schön verpfuscht, wenn ich so sagen darf.«

»Sie dürfen nicht.«

»Sehr wohl, Ma'am.«

»Und Sie sollten sich schämen, den Lauscher zu spielen.«

»Das ist aber ein bißchen unfair, M'lady. Ich saß schon lange hier, bevor Sie beide kamen, und konnte gar nicht umhin, alles mitanzuhören, oder? Aber ich habe erst durch die Hecke hindurchgespäht, als ich den Aufprall hörte und Mr. Davies zu fluchen begann. Dann dachte ich, jemand könnte vielleicht Hilfe brauchen. Ich hätte mir gleich denken können, daß nicht Sie das sein würden.« Seine Lippen zuckten plötzlich. »Sie haben ihm wohl eine verpaßt, ja?«

»Nichts dergleichen. Ich habe ihm lediglich einen Schubs gegeben, das war alles.«

Sein Gesicht wurde wieder ernst. »Mir ist klar, M'lady, daß Sie nur getan haben, was Sie Ihrem Gefühl nach tun mußten, aber haben Sie an die Konsequenzen gedacht?«

»Natürlich. Meine Reaktion beendete eine Szene, die ich nur als widerwärtig bezeichnen kann.«

»Widerwärtig, M'lady? Sprechen Sie von dieser speziellen Szene, oder war das ganz allgemein gedacht? Aber das ist jetzt unerheblich. Zurück zu der Situation, die ich gerade beobachtete habe – ich fühle mich verpflichtet, darauf hinzuweisen, daß Sie besser daran getan hätten, Ihr Ziel, Mr. Davies' Kuß zu beenden, zu erreichen, ohne ihn dabei so sehr in seiner Würde zu verletzen. Ein Mann hat wesentlich weniger dagegen einzuwenden, als Lüstling dazustehen denn als Trottel.«

»Zweifellos. Aber bitte, *wie* – um nicht zu fragen, warum – hätte ich Mr. Davies' Würde erhalten sollen, ohne mich vergewaltigen zu lassen? Oder spielt das keine Rolle?«

»Ach, kommen Sie schon. Selbst Pl..., äh, Mr. Davies würde niemals so weit gehen«, protestierte Charles.

»Nein? Aber Sie haben schließlich nicht so wie ich wahrgenommen, wohin seine Hände sich verirrten.«

»Der alte Lustmolch.«

»Nun, es freut mich, daß Ihnen dieser Typ geläufig ist.« Lady Cassandra ließ dem Kammerdiener einen vielsagenden Blick zukommen. Er hatte den Anstand, verlegen dreinzublicken.

»Äh, was die vergangene Nacht betrifft, Euer Ladyschaft«, begann er zögernd, »da möchte ich mich entschuldigen. Ich weiß nicht, was über mich gekommen ist.«

»Das gleiche wie über Mr. Davies, vermute ich.«

»Nun ja, Sie scheinen uns schwache Geschöpfe vom anderen Geschlecht dazu zu bringen, den Kopf zu verlieren – und das ist eine Tatsache, M'lady.«

»Das ist Unsinn, und Sie wissen es auch, Godfrey. Gewisse männliche Typen fühlen sich einfach verpflichtet, sich in Gegenwart von Frauen wie ein Hofhahn aufzuführen. Sie und Mr. Davies gehören zufällig zum gleichen Typ. Mit mir hat das herzlich wenig zu tun.«

Der Kammerdiener rieb sich das Kinn. »Der Kuckuck soll mich holen, wenn ich weiß, wen von uns dreien Sie nun am meisten beleidigt haben. Aber spontan würde ich sagen, sich selbst, M'lady. Sie sollten wirklich aufhören, so gering von sich zu denken. Ihr Verhalten geht bei weitem über Bescheidenheit hinaus. Sie erniedrigen sich selbst.«

»Erteilen Sie mir keine Lektionen, Godfrey!« Lady Cassandras Stimme klang scharf. »Reden wir zur Abwechslung einmal über Sie. Würden Sie mir bitte erklären, wieso Sie noch immer in Devenham Hall sind?«

»Ich verstehe Sie nicht ganz, M'lady. Lord Severn beabsichtigt natürlich, während der Hochzeit hierzubleiben.«

»Das weiß ich. Aber der einzige Grund, weshalb ich ihn nicht gebeten habe, Sie wegzuschicken, ist der, daß ich das für unnötig hielt. Da Sie für ihn mit Ihrem gebrochenen Arm ohne Nutzen sind – falls Sie das überhaupt je waren –, hätte ich angenommen, daß er Sie nach London zurückschickt, ohne daß ich ihn darum ersuchen muß. Aber falls Sie jetzt nicht Ihre eigene Abreise in die Wege leiten, muß ich wohl doch noch mit meinem Cousin sprechen.«

»Aber warum, M'lady?«

»Warum? Sie sehen doch wohl selbst ein, daß Ihre – plumpe Vertraulichkeit«, ihre Wangen röteten sich, »unerträglich ist. Ich will Sie nicht hier in der Hall haben. Ich bin nicht nur um meinen eigenen Ruf besorgt – ich fürchte ebenso sehr um den Mrs. Aldens.«

»Ich glaube, Ihre Ladyschaft überschätzen mich.« Charles grinste unvermittelt.

»Die Situation ist in keiner Weise belustigend. Ich schaudere bei dem Gedanken, was geschieht, wenn mein Vater von einer Ihrer Unternehmungen gestern nacht erfährt.«

Der Kammerdiener schauderte ebenfalls. »Ich verstehe,

was Sie meinen, M'lady. Aber wenn ich verspreche, in Zukunft ein Muster an Schicklichkeit zu sein, könnte ich dann hierbleiben? Sehen Sie, es gibt einige sehr dringende Gründe, weshalb Lord Severn mich hier braucht.«

»Nennen Sie einen davon.«

»Ich bitte Euer Ladyschaft um Verzeihung, aber darüber darf ich mich nicht äußern. Ich versichere Ihnen aber, Sie werden gar nicht merken, daß ich mich hier aufhalte. Darauf gebe ich Ihnen mein Wort.« Cassandra schien zu schwanken, und Charles nahm seinen Vorteil wahr. »Wirklich, M'lady, wenn Sie Lord Severn bitten, mich nach London zurückzuschicken, so wird er zwangsläufig fragen, warum. Und auch wenn Sie möglicherweise nichts dagegen haben, es ihm mitzuteilen, könnten Sie es andererseits doch als eine Spur peinlich empfinden. Und was Seine Lordschaft betrifft – nun ja, er wird sich mit Sicherheit aufregen und, offen gestanden, M'lady, angesichts seiner, äh, Verlobung, weiß ich nicht, wieviel seelische Anspannung der arme Gentleman noch ertragen kann. Aller Wahrscheinlichkeit nach wird er sich drücken und darauf bestehen, daß ich ihn in die Hauptstadt zurückbegleite. Dann würden Sie ohne jede Unterstützung zurückbleiben.«

»Hmm.«

»Außerdem«, er gewann sichtlich an Boden, »verspreche ich Ihnen, daß es bei dem Vorfall in der vergangenen Nacht bleibt und es keine Widerholung geben wird. Was also kann es Ihnen ausmachen, wenn ich weiterhin in Devenham Hall bleibe?«

Auf Anhieb wären Cassandra hier mehrere Antworten eingefallen, die sie jedoch den Kammerdiener ihres Cousins nicht eröffnen wollte. Aber bevor ihr etwas Akzeptables in den Sinn kam, hörten sie beide das Geplauder einiger sich nähernder Gäste, die offensichtlich beschlossen hatten, ihrerseits die Abendluft zu genießen.

»Ich gehe wohl besser, M'lady.« Der Kammerdiener verbeugte sich. »Und vielen Dank, daß Sie mir noch eine

Chance geben.« Er zwängte sich mitten durch die Hecke hindurch, bevor die Spaziergänger um die Ecke biegen konnten. »Es wird Ihnen nicht leid tun, M'lady!« drang es noch im Flüsterton durch das Blattwerk durch.

Es war ein Glück, daß Cassandra nunmehr beobachtenden Blicken ausgesetzt war und somit nicht reagieren konnte. Denn alles, was ihr an Vernunft gegeben war, schrie laut und deutlich, daß sie es aller Wahrscheinlichkeit nach noch schwer zu büßen haben würde, wenn Godfrey nicht jetzt und für alle Zeiten aus ihrem Gesichtskreis verschwände.

9

Da Cassandra ohne Begleitung in den Salon zurückkehrte, wurde Mrs. Alden von heftiger Neugier geplagt. Es drängte sie heftig zu erfahren, was aus Mr. Davies geworden war. Schon seit längerer Zeit sehnte sie sich danach, entfliehen zu können. Der Abend hatte sich zu einer musikalischen Dauerfolter entwickelt. Sie hatte drei gesangliche Darbietungen einer entfernten Devenhamschen Verwandten über sich ergehen lassen müssen, deren Unfähigkeit, die Melodie richtig zu halten, nur noch davon übertroffen wurde, sich dabei selbst auf dem Pianoforte zu begleiten. Und nun malträtierte eine junge Lady auf Drängen ihrer übermächtigen Mutter die Saiten einer Harfe. Mein Gott – nahm das denn überhaupt kein Ende?

Mrs. Alden warf einen Blick auf Lord Devenham, der auf dem vergoldeten Stuhl nächst dem ihren saß. Seit geraumer Zeit war er schon eingenickt, nicht einmal der steife Kragen konnte seinen Kopf noch aufrechthalten. Seine Augen waren geschlossen. Die Zeit war reif, sich aus dem Staub zu machen. Mit auf den Mund gepreßter Hand, so als müsse sie einen drohenden Hustenanfall unterdrücken, entschwand Mrs. Alden aus dem Salon.

Nach einer schnellen und vergeblichen Suche im Rosengarten entdeckte sie Mr. Davies schließlich in seinem Zimmer. Er stand mit Rücksicht auf die Stühle seines Gastgebers in seinen schmutzigen Kniehosen am Fenster, während er zwei hastig hinuntergegossene Gläser Portwein mit einem dritten, langsamer genossenen wachspülte.

»Plumb! Was um Himmels willen...«, fragte Mrs. Alden, während sie die Tür hinter sich schloß.

Er wandte sich zu ihr um und sah sie verbittert an. »Wenn du glaubst, ich würde deine morbide Neugier befriedigen, Gwendolen, dann bist du auf dem Holzweg. Es genügt die Feststellung, daß ich völlig verrückt gewesen sein muß, als ich mich von dir hierherschleppen ließ. Und was meine Werbung um diese – diese neuzeitliche Amazone betrifft, so kann ich Ihnen geradeheraus sagen, Mrs. Alden, das Schuldgefängnis scheint dagegen eine durchaus annehmbare Alternative.«

Lord Devenhams Verlobte legte tröstend die Arme um Mr. Davies' Hals, wobei sie sorgsam drauf achtete, daß die Schmutzstellen an seiner Kleidung nicht mit ihren fliederfarbenen Spitzenrüschen in Kontakt kamen. »Na, na, na«, gurrte sie. »Erzähl mir alles. Ist die kleine Cassandra garstig zu Mamas Plumbylein gewesen? Und was hat Klein Plumby gemacht, daß die böse Cassandra ihn überall mit Dreck beschmiert hat?«

»Das hier.« Er senkte den Kopf und küßte sie, womit er seinen Zorn in die wesentlich befriedigenderen Gefilde der Leidenschaft lenkte. Als sich ihre Lippen endlich voneinander lösten, fragte er: »Würde auf der ganzen Welt eine vernünftige Frau deswegen einem Mann ein Bein stellen?«

»Nur, wenn sie die Absicht hätte, mit ihm zusammen zu Fall zu kommen«, erwiderte sie mit leicht heiserer Stimme.

»Oh, das tat sie auch. Sie hat mich genaugenommen fast plattgedrückt. Aber sie war mit der Schnelligkeit einer Katze wieder auf den Beinen und ebenso bereit, mir die Augen auszukratzen. Ich kann dir nur eines sagen, Gwenny, ich will von diesem zänkischen Teufel nichts mehr wissen.«

»Aber du darfst nicht so schnell aufgeben, mein Pfläumchen«, sagte sie einschmeichelndem Ton. »Cassandra ist nicht an Männer gewöhnt, das ist alles. Devenham hat das arme Mädchen komplett für sein Wohlergehen eingespannt, und sie hat nie Gelegenheit gehabt, sich ein bißchen Schliff anzueignen. Wenn du nun ein Pferd wärst...«, sie kicherte und er grinste zurück, »...dann würdest du prächtig mit ihr auskommen.« Sie berührte zärtlich seinen Mund mit ihrem Zeigefinger. »Aber allen Ernstes, ich glaube, ich könnte es nicht ertragen, wenn du das Mädchen allzu gern hättest. Ich möchte, daß du sie heiratest, Plumb, nicht, daß du dich in sie verliebst. O ja, ich habe mich fest entschlossen. Lady Cassandra ist die ideale Frau für dich.«

Seine gute Laune begann rasch wiederzukehren. »Sei dir deiner nicht allzu sicher, Gwenny. Die Kleine sieht nicht schlecht aus, wie du vielleicht selbst bemerkt hast. Zumindest würde sie es tun, wenn sie ein bißchen besser wüßte, wie man sich zurechtmacht. Und das könnte ich ihr beibringen. Mehr noch, sie ist noch ziemlich jung«, neckte er sie. »Und Jugend ist bei einer Frau bekanntlich ein eindeutiger Aktivposten.« Er wich spielerisch aus, als Mrs. Alden ihm deutlich die Krallen zeigte. »Wer sagt also, ich könnte mich nicht in sie verlieben, wenn ich sie einmal von ihrem Wildfanggehabe kuriert habe?«

»*Ich* sage das, ich.« Sie preßte das Gesicht gegen seine Schulter, ohne diesmal auf den Schmutz zu achten. »Ich könnte es nicht ertragen.« Ihre Stimme klang halb erstickt. »Und noch weniger könnte ich ertragen, hier zu leben, ohne dich an meiner Seite zu wissen. Du bist mein einziger Freund, Plumb.«

»Vergißt du da nicht Devenham?«

»Er wird mein Ehemann. Das ist nicht dasselbe.«

»Nein, Gott sei Dank.« Er vergrub das Gesicht liebevoll in ihr Haar und schob sie dann zögernd auf Armeslänge von sich weg. »Aber wenn wir schon von Devenham reden, er wird sich fragen, wohin du verschwunden ist. Und es wird ihn nicht besonders erheitern, dich hier vorzufinden. Er ist bereits auf mich eifersüchtig, sofern du das noch nicht bemerkt haben solltest.«

»Unsinn. Zumindest nicht mehr als auf sonst irgend jemanden, der meine Zeit in Anspruch nimmt.«

»In diesem Fall ist er ein um so größerer Trottel.« Mr. Davies küßte Mrs. Alden erneut und zwar mit weniger Zurückhaltung als zuvor. »Geh jetzt, damit ich mich umziehen kann.« Er schob sie auf die Tür zu. »O mein Gott ...« Er schlug sich auf die Stirn. »Das habe ich fast vergessen.

Wenn man bedenkt, daß du nach all diesen Jahren diese Wirkung auf mich hast... Hast du schon mit Charlie gesprochen?«

»Nun ja...«, sie lächelte zu ihm empor und zeigte ihre Grübchen, »...er kam gestern nacht in mein Zimmer.«

»Der Teufel soll ihn holen.« Mr. Davies runzelte die Stirn. »Also heraus damit, was hatte er für ein Anliegen – abgesehen vom Nächstliegenden?«

»Das weiß ich nicht. Es blieb nur wenig Zeit für eine Unterhaltung.«

»Ach nein, wirklich?« Seine Brauen hoben sich.

»Oh, denk doch einmal wenigstens für eine Minute nur nicht dauernd ans Bett, Plumb. Ich wollte damit lediglich sagen, daß Charlie in mein Zimmer geschlichen kam und mich bat, so zu tun, als kenne ich ihn nicht. Aber bis ich mich erkundigen konnte, was für ein Spiel er hier treibt, kam uns Devenham dazwischen.«

»Ach ja?« Er blickte finster drein. »Der Weg in dein Schlafzimmer ist ja inzwischen die reinste Via Appia geworden. Ich werde mich hüten, dich zu besuchen.«

»Keine Sorge.« Sie warf den Kopf zurück. »Ich kann schließlich auch zu dir kommen.«

»Aber klopfe bitte zuerst. Wer weiß, ich habe vielleicht gerade selbst Besuch. Was dem einen recht ist – und so weiter. Aber – verzeih meine vulgäre Neugierde – wie hast du eigentlich Danforths Anwesenheit deinem auf seinen Besitz so bedachten Verlobten erklärt?«

»Gott sei Dank war das nicht nötig. Charlie verschwand durchs Fenster.«

»Du liebe Güte – dann hat er also wirklich einen gebrochenen Arm.«

»Oh, den hatte er schon vorher. Aber – mein Gott! Wenn ich es mir recht überlege, habe ich ihn seither nicht mehr gesehen. Kann er sich den Hals gebrochen haben, Plumb? Du sagtest doch, George Severn habe deinen Kammerdiener angeheuert.«

»Oh, um Charlie würde ich mir keine Gedanken machen, Liebste. Vermutlich hat er mehr Leben als eine Katze. Nein, ich bin sicher, er treibt sich noch hier irgendwo herum. Was ich wissen muß ist, weshalb er das tut.«

»Nun, du hast mir doch selbst erzählt, daß die Polizei hinter ihm her ist. Ich finde, sich als Kammerdiener auszugeben ist eine ausgezeichnete Idee.«

»In einem Haus, in dem er damit rechnen muß, daß eine ganze Reihe Leute ihn kennen? Sei nicht albern. Was ich aber weit mehr als einen Zufall betrachte, ist die Tatsache, daß wir nur vierzig Meilen vom Lower Wallop entfernt sind, wo die Steeplechase stattfindet. Wenn er nicht vorhat, dabei mitzureiten – na, dann bin ich ein Franzose. Und sein Trafalgar ist weit und breit das einzige Pferd, das meinen Thunderer möglicherweise schlagen kann. Also finde heraus, was er im Schild führt, Gwenny, mein Liebes. Wenn er tatsächlich plant, sich mit Trafalgar am Rennen zu beteiligen, dann muß ich möglicherweise meine Strategie ändern.«

»Na schön, ich kann ja fragen. Aber wieso glaubst du, daß er es mir sagen wird?« erkundigte sie sich.

»Ich nehme nicht an, daß Samson vorhatte, Delilah das mitzuteilen, was sie wissen wollte, aber getan hat er es dann doch. Wenn es dir nicht gelingt, dem guten Captain diese kleine Information zu entlocken, nun, dann bist du nicht die Frau, für die ich dich halte. Also sprich noch heute abend mit ihm, Liebste, und finde so viel wie möglich heraus.«

»Ja, schon gut, wenn du darauf beharrst. Delilah geht also zu ihrem Samson, ja? Soll ich vielleicht eine Schere mitnehmen? Ich werde unter Umständen gezwungen sein, ihm das Haar abzuschneiden.«

»Tu, was du für das Beste hältst, Liebste. Aber ich hoffe, es kommt nicht so weit. Du solltest mir nicht den Wind aus den Segeln nehmen. Schon seit einiger Zeit sehne ich mich danach, dem Captain Charles Danforth die Prügel zu verpassen, die er verdient.«

Nach einem mitternächtlichen Supper hatten sich die Hausgäste zurückgezogen, abgesehen von den Gentlemen, die sich an dem Pharospiel beteiligten, das Mr. Davies vorgeschlagen hatte und das Lord Davenham mit wesentlich weniger Begeisterung arrangiert hatte. Und abgesehen von den Bediensteten, die aufbleiben mußten, um für das Wohl der Spieler zu sorgen und ihnen hinterher beim Zubettgehen behilflich zu sein.

Charles Danforth war keineswegs glücklich, unter denjenigen zu sein, die sich der Nachtruhe hingeben konnten. Obwohl er Georges Abwesenheit dazu benutzt hatte, das Feldbett im Ankleideraum gegen den Luxus eines Himmelbetts einzutauschen, obwohl er Georges rotbraunen Brokatmorgenrock übergezogen hatte und sich zudem an die Zigarren und den Portwein seines Freundes hielt, wäre er fast überall lieber gewesen als da, wo er war.

Er hätte zum Beispiel gern mit den Gentlemen Karten gespielt oder an dem teilgenommen, was sich im Aufenthaltsraum der Bediensteten an Zerstreuung bot. Letztere Möglichkeit hatte er sehr ernsthaft erwogen, sie dann jedoch zögernd aufgegeben. Er hatte hier bereits zu viel Verdacht erregt.

Er wäre auch gern mit Lady Cassandra durch den Park geschlendert. Charles fluchte unterdrückt ob dieses unwillkommenen Gedankens und drückte wütend den Zigarrenstummel im Kerzenhalter aus. Das war der Ärger mit erzwungener Einsamkeit. Man hatte nur allzu viel Zeit zum Nachdenken. Und das schwächte die Widerstandskraft. Im Park mit Lady Cassandra umherschlendern – einfach absurd! Lord Devenhams Tochter verkörperte genau das, was er mit allen Mitteln zu vermeiden suchte: ein Ende seiner Freiheit.

Charles hielt sein Glas gegen das Kerzenlicht und bewunderte das funkelnde Kristall und das üppige Rot des Weins. Das Problem war – wie er seinem Vater zu erklären versucht hatte –, daß er nicht zu jenem Pflichtbewußtsein erzogen worden war wie Win. Sein Bruder hatte sich in seinen Verantwortlichkeiten so wohl gefühlt wie eine Ente im Wasser, während Charles in seiner Rolle als zweiter Sohn förmlich zu schwelgen verstand. Sie hatte es ihm ermöglicht, nach seinen Neigungen zu leben. Und selbst als diese Neigungen letzten Endes dazu führten, daß er aus Oxford relegiert wurde, hatte ihm zwar sein puritanischer Vater nach Strich und Faden die Leviten gelesen, so wie der Sohn es auch verdient hatte, aber eigentlich war der alte Herr nicht allzu aufgebracht gewesen, denn er hatte ja Winfield, auf den sich sein Stolz konzentrierte. Und nach einigen Wochen erzwungenen gemeinsamen Landlebens war Lord Meredith nur allzu glücklich gewesen, seinem jüngeren Sohn ein Patent in der Armee zu kaufen und ihn auf die Iberische Halbinsel zu schicken.

Charles hatte sich in der Armee in seinem Element gefühlt. Sie befriedigte zwei maßgebliche Bedürfnisse in ihm: sie bot Abenteuer und Kameradschaft. Was das dritte Bedürfnis betraf, so hatte er von Vitoria bis Brüssel ungezählte Herzen gebrochen. Ganz bestimmt hätte er auch Napoleons Niederlage überlebt, dachte er. Eigentlich hatte er sich darauf gefreut, wieder nach England zurückbeordert zu werden. Was er jedoch nicht überleben zu können glaubte, war Winfields Tod und die daraus resultierenden Verpflichtungen, die ihm nun aufgeladen wurden.

Als der alte Gentleman ihn freigekauft hatte, war Charles pflichtschuldigst nach Gloucester heimgekehrt, wo er eine Zeitlang versucht hatte, die Rolle des Erben zu übernehmen. Aber nachdem es ihm mißlungen war, den Ansprüchen als Sohn zu genügen – zumindest in den Augen des trauernden Vaters mit seinen verklärten Erinnerungen –, gab er den Versuch auf. »Es wird nichts dadurch gewonnen, daß wir uns konstant in den Haaren liegen, Sir«, hatte er erklärt. »Wenn ich einmal Lord Meredith werden soll, dann gut. Aber bis dahin kommen Sie prächtig allein zurecht, und ich brauche Ihnen nicht zur Last zu fallen. Ich gehe nach London.«

»Was du tun solltest, ist heiraten und einen Hausstand

gründen!« hatte sein Altvorderer gebrüllt, während sie einander über den Bibliothekstisch weg finster angestarrt hatten.

»Nun ja, die Hauptstadt ist kein schlechter Ort, um eine Braut zu finden.«

»Aber nicht da, wo du nachzusehen pflegst.«

»Nun schön, Sir, um der Fortsetzung der Danforthschen Linie willen werde ich mich hin und wieder nach der neuesten Ausbeute an standesgemäßen heiratsfähigen weiblichen Wesen erkundigen. Und in der Zwischenzeit, um Ihre Enttäuschung über mich zu mildern, tröstet Sie vielleicht die Tatsache, daß niemand Ihnen ein längeres Leben und eine bessere Gesundheit wünscht als ich.«

»Ich kann keinen Trost in der Tatsache finden, das dein Hauptziel im Dasein darin besteht, dich jeglicher Verantwortung zu entziehen«, hatte sein Vater erwidert.

Und obwohl mehrere hochrangige Offiziere Seiner Majestät, einschließlich des großen Wellington selbst, hier nachdrückliche Einwände vorgebracht hätten, konnte deren Ansicht über ihn Charles Danforth kaum ermuntern.

Denn in Wahrheit – obwohl sich Charles nur selten erlaubte, dies zuzugeben – bedrückte es ihn, eine Enttäuschung für seinen Vater zu sein. Und die Tatsache, daß er mit seinem Erzeuger keine vierundzwanzig Stunden hintereinander auskommen konnte, vermochte seine Hochachtung vor dem mürrischen alten Herrn nicht zu beeinträchtigen.

Charles seufzte schwer bei dem Gedanken, was sein letzter Streich seinem Vater nun wieder an Kummer zufügen würde. Er hoffte inständig, daß Seiner Lordschaft nichts zu Ohren kommen würde, bevor das Rennen vorüber und alles wieder in Ordnung sein würde. Aber angesichts der Klatschtanten beiderlei Geschlechts und ihrer Umtriebe würde Lord Meredith wahrscheinlich bereits wissen, daß sein Sohn polizeilich gesucht wurde. Die Nachricht konnte ihn leicht umbringen. Er war ungewöhnlich stolz.

Der Portwein machte Charles rührselig. Er ertappte sich

dabei, wie er bedauerte, daß er sich nicht mehr bemüht hatte, seinen Vater zufriedenzustellen. Vielleicht, wenn er sein Versprechen gehalten hätte und hin und wieder bei gesellschaftlichen Treffpunkten wie ›Almack's‹ aufgetaucht wäre, so hätte er ja möglicherweise sein Herz an irgendeine respektable Erbin verloren, die über einen Stammbaum verfügte, der ebenso alt war wie sein eigener, und die das Entzücken seines Vaters erregt hätte. Er hing noch seinen verträumten Gedanken über diese mehr als unwahrscheinliche Fantasievorstellung nach, als sich der Knauf an der Tür zu drehen begann. Endlich George! Gott sei Dank. Er, Charles, bedurfte eines Ansprechpartners, der ihm die Flausen aus dem Kopf jagte.

Es war jedoch keineswegs Lord Severn, der hereingeschlüpft kam und lautlos die Tür hinter sich schloß. Das Wesen lächelte verführerisch und trug einen dunkelroten, seidenen Morgenrock und – wie Charles vermutete – darunter so gut wie nichts.

»Oh, hallo, Mrs. Alden.« Captain Danforth stopfte ein verirrtes Ende seines geborgten Schals in den Kragen von Georges Morgenrock. »Ich muß sagen, Ihr Anblick ist Medizin für trübe Augen.« Sein Lächeln war mehr als nur herzlich. »Genau besehen der lebensrettende Trank gegen einen fast tödlichen Anfall von Melancholie. Gwenny, Schatz, komm herein.«

10

Lady Cassandra hatte ebenfalls Schwierigkeiten mit dem Einschlafen. Schließlich hatte sie den Versuch aufgegeben, ihre Kerze wieder angezündet und sich eine Ausgabe von ›Stolz und Vorurteil‹ vorgenommen, ein Werk der unbekannten Autorin von ›Vernunft und Empfindsamkeit‹, das Cassandra neben dem Bett liegen hatte. Sie hatte den Roman bereits dreimal gelesen, was vielleicht erklärte, weshalb er diesmal ihre Aufmerksamkeit nicht mehr zu fesseln vermochte. Immerhin hatte die wiederholte Lektüre früher ihre Freude daran nur gesteigert. Vielleicht ließen ihre eigenen kürzlichen Liebesabenteuer Elisabeth Bennets Unternehmungen in etwas zahmerem Licht erscheinen. Jedenfalls war sie keineswegs irritiert, als an ihre Tür geklopft wurde. Sie rief »Herein!«, als Nan, eines der Zimmermädchen, bereits eintrat.

Die Sechzehnjährige, ohnehin nicht für ihren kühlen Kopf bekannt, schien aufgeregter denn je, als sie so in ihrem Nachthemd dastand, den einen nackten Fuß auf dem anderen. »Oh, Eure Ladyschaft«, jammerte sie, »ich weiß wirklich nicht, was ich tun soll, deshalb bin ich hier heruntergerannt, um's Ihnen zu erzählen. Das wird einen furchtbaren Krach geben!«

»Du meine Güte! Beruhige dich, Nan. Hole erstmal tief Luft. Und dann erzähle.«

Das Mädchen schnappte gehorsam nach Luft. »Es ist Mr. Parker, M'lady. Er sah, wie eine Frau ins Zimmer dieses hochnäsigen Kammerdieners geschlichen ist. Den von Lord Severn, meine ich. Der, der statt Mr. Chesney da ist.«

Es war dem Mädchen gelungen, sich Cassandras volle Aufmerksamkeit zu sichern. Sie griff nach dem Morgenrock am Fuß ihres Bettes, während Nan hastig in ihrem

Bericht fortfuhr. »Katie und ich haben gemeinsam ein Zimmer, das wissen Sie doch, Ma'am.« Sie machte eine Pause.

»Natürlich weiß ich das. Rede weiter.«

»Na ja, Mr. Parker findet, Katie sei viel zu – freundlich gegenüber den Gentlemen, die als Gäste hier sind, wenn Sie verstehen, was ich damit meine.« Ihre roten Backen wurden noch röter. »Und als Lord Devenham das letztemal Gäste hatte, na ja, da hat Mr. Parker Katie beschuldigt, sie hätte einen davon auf seinem Zimmer besucht. Sie bestritt es natürlich.« Nan schnaufte bedeutungsvoll. »Aber Mr. Parker sagte zu ihr, wenn er sie jemals erwischen würde, dann würde sie rausgeschmissen. Und deshalb, M'lady, als er diese Person in ihren Nachtgewändern in Lord Severns Zimmer schleichen sah, wo dieser neue Kammerdiener schläft, na ja, da hat er zwei und zwei zusammengezählt und ist auf Katie verfallen. Es war ja dunkel und so, und Mr. Parker kann ohne seine Brille schon am Tag nicht gut sehen, und er ist zu eitel, um sie im Dienst zu tragen. Na, jedenfalls kam er geradewegs in unser Zimmer herauf, um nachzusehen, ob Katie in ihrem Bett läge, und natürlich war sie da nicht.«

»Willst du vielleicht behaupten, Nan, daß Katie, äh, Lord Severns Godfrey besucht?«

»Nein, eben nicht, M'lady. Sie ist weggeschlichen, um sich mit einem der Gärtner zu treffen. Aber das konnte ich Mr. Parker doch nicht erzählen. Katie würde mich umbringen.« Sie brach in Tränen aus.

Einen demütigenden Augenblick lang empfand Cassandra lediglich überwältigende Erleichterung darüber, daß die stämmige Katie mit ihrer laxen Moral kein Rendezvous mit Godfrey hatte. Aber ihre Aufmerksamkeit wurde erneut gefesselt, als Nan weiterplapperte.

»Ich hätte aber Katie vielleicht doch verraten sollen«, jammerte sie. »Denn Mr. Parker ist weg, um Lord Devenham und auch Lord Severn zu holen – weil es doch sein Diener ist, der sich da vergeht –, und er hofft, daß er die beiden dabei ertappt, wenn sie's miteinander treiben – entschuldigen Sie, Euer Ladyschaft. Denn Mr. Parker ist doch so streng und moralisch und erlaubt in seinem Haushalt so was nicht«, erklärte sie. »Aber M'lady, wenn's nun nicht Katie da ist mit diesem Mr. Godfrey, dann muß es doch jemand von den weiblichen Gästen sein. Und es wird einen schrecklichen Wirbel geben, wenn da alle ins Zimmer hereinplatzen.«

»Ach du lieber Himmel. »Jetzt erst ging ihr die Tragweite von Nans schrecklicher Prophezeihung auf. Sie brauchte auch nicht darüber nachzugrübeln, wer wohl die Besucherin war, die sich da so schlecht benahm. »Du sagtest, Parker wollte meinen Vater holen?«

»Ja, Euer Ladyschaft. Und Lord Severn.«

»Na schön, Nan.« Cassandra schlug einen Ton kühler Energie an, von der sie in Wahrheit weit entfernt war. »Ich werde mich um die Sache kümmern. Du kannst in dein Zimmer zurückgehen.« Sie streckte den Kopf auf den Korridor hinaus, stellte fest, daß die Luft rein und winkte dem Mädchen, ihr zu folgen. »Geh jetzt ins Bett, Nan. Sofort!« flüsterte sie, als sie merkte, daß das Zimmermädchen, nun, nachdem es von der Last seiner Verantwortung befreit war, dazu zu neigen schien, die weitere Entwicklung der Dinge persönlich mitzuverfolgen. »Und, Nan, wenn du irgend jemandem gegenüber auch nur ein Wort verlauten läßt – das gilt auch für Katie –, dann wird nicht nur deine Freundin bis zum Hals in Schwierigkeiten stecken. Aber danke, daß du mir alles erzählt hast. Es war genau das Richtige. Nun mach, daß du wegkommst, bevor Parker dich im Nachthemd sieht und das Schlimmste vermutet.«

»O Gott, M'lady, bloß das nicht.« Nan rannte mit scharlachrotem Gesicht den Korridor entlang, während Cassandra zum Zimmer ihres Cousins eilte, wo sie keineswegs sanft an die Tür klopfte. Es war keine Zeit zu verlieren. Sie rüttelte am Knauf, worauf sich die Tür prompt öffnete. Nicht nur, daß es dem Paar innen an moralischen Hemmungen mangelte, es fehlte ihm auch jeglicher gesunde

Menschenverstand. Das Mindeste, was sie hätten tun können, war, eine schwere Kommode gegen die Tür zu stellen.

»Godfrey, sind Sie hier?« zischte sie.

»Ja, natürlich, M'lady.« Da die Stimme, die antwortete, eher erstaunt als verdrossen klang, riskierte Cassandra einen Blick. Godfrey und Mrs. Alden saßen gegen das Kopfbrett des Betts gelehnt da. Bis jetzt hatte es den Anschein, als ob das einzige, was sie gemeinsam genossen hatten, ein Glas Wein gewesen wäre. Aber es war nicht wahrscheinlich, daß ihr Vater hier haltmachen und sich zu diesem Glücksfall gratulieren würde. Seine Verlobte und einen Kammerdiener in solch freundschaftlichen Beziehungen vorzufinden konnte ausreichen, ihm einen Herzschlag zu verschaffen. Dazu bedurfte es nicht der Tatsache, daß sie in *flagrante delicto* erwischt wurden.

»Na, na, Godfrey.« Mrs. Alden war nicht im geringsten peinlich berührt. Genaugenommen wirkte sie eher erheitert, wenn nicht gar beschwipst. »Du scheinst noch mehr Anziehungskraft auf das weibliche Geschlecht auszuüben als sonst. Sag mal, geht das die ganze Nacht über so?«

»Oh, seien Sie still!« Cassandra konnte keine Zeit mit höflichen Floskeln verschwenden. »Ich bin gekommen, um Sie zu warnen, daß der Butler im Begriff ist, meinen Vater hier heraufzubringen. Wenn Sie also überhaupt irgendwelche Rücksicht auf Ihren Verlobten nehmen wollen, so verschwinden Sie! Und Godfrey«, sie streifte den Kammerdiener mit einem vernichtenden Blick, »Sie können sich eine Geschichte ausdenken, die die Anwesenheit einer nächtlichen Besucherin hier erklärt. Vielleicht haben Sie ja auch schon eine parat. Kein Zweifel, daß Sie gewohnt sind, mit solchen prekären Situationen fertig zu werden.«

Mrs. Alden schlagartig nüchtern, sprang vom Bett herab, und Godfrey krabbelte hinter ihr her, als das Trio plötzlich erstarrte. Die unverwechselbaren Geräusche, die jemand verursacht, wenn er sich mit übertriebener Heimlichkeit seinem Opfer nähert, wurden draußen auf dem Korridor hörbar.

»O mein Gott«, flüsterte Mrs. Alden und wurde bleich.

»Zum Teufel«, fluchte der Kammerdiener mit gedämpfter Stimme.

»Schnell, hier hinunter.« Cassandra verpaßte ihrer zukünftigen Stiefmutter einen Stoß, der sie unter die bodenlangen Bettvorhänge rutschen ließ.

Gleich darauf, als das *ad hoc*-Komitee für moralischen Anstand eintraf – Parker, der an der Tür verharrte, Lord Devenham, der eintrat, und Lord Severn, der sich im Hintergrund hielt –, traf man Lady Cassandra in einem einmalig sittsam wirkenden Morgenrock und mit Nachthaube auf dem Kopf an, wie sie am Platz vor dem Kamin saß und an einem Glas Portwein nippte. Charles, wenngleich ziemlich unpassend in einen Brokatmorgenmantel gehüllt, dessen Saum, um einiges zu kurz, nackte Knöchel sehen ließ, gelang es, mit der gebotenen distanzierten Haltung des wohlerzogenen Dieners die erneut gefüllte Weinkaraffe auf das Silbertablett zu stellen.

»Cassandra!« Devenhams Stimme erschütterte die eingetretene Stille. In diesem Augenblick schien es keineswegs sicher, ob der Earl tatsächlich hätte entsetzter sein können, wenn er seinen Verlobte zitternd und bebend unter dem Bett liegend entdeckt hätte. Aber sein Schock war verglichen mit dem Parkers überhaupt nichts. Der Majordomus griff sich mit der Hand ans Herz, und zum erstenmal in seinem langen beruflichen Dasein als Butler vergaß er sich so weit, daß er sich in Anwesenheit seiner Herrschaft in einen Sessel sinken ließ. »Ach du meine Güte«, war schließlich Lord Severns schwächlicher Beitrag.

»Cassandra, erkläre mir das!« Lord Devenham in seinem Zorn war schrecklich anzusehen. Es fehlte lediglich noch ein Flammenschwert, um das Bild abzurunden. »Erkläre es mir, sage ich! Falls es für dein unfeines – nein, bei Gott –, dein unanständiges Verhalten eine Erklärung gibt!«

Cassandra hob die Brauen. »Tragen Sie nicht ein bißchen dick auf, Papa? Mir scheint es näherliegend zu fragen, was Sie und Parker hier zu suchen haben. Aber schon gut«, fügte sie hastig hinzu, da sich die Purpurröte auf dem Gesicht ihres Vaters gefährlich vertiefte. »Was *ich* hier tue, ist ja wohl offensichtlich. Ich warte natürlich auf George.«

Der Viscount gab einen erstickten Laut von sich.

»Äh – ist das alles, M'lady?« Charles zog sich nach seiner gemurmelten Frage, auf die eine Geste der Entlassung folgte, in den Ankleideraum zurück, wo er sich mit einem Brokatärmel die Stirn abwischte.

»Du wartest auf George!« Die Stimme des Grafen gewann dank Entrüstung noch an Lautstärke. »Und dazu bist du angezogen wie – wie ein leichtes Mädchen! Es spielte keine Rolle, daß er dein Cousin ist. Ich sage dir, so etwas gehört sich nicht!«

»Warum nicht, um Himmels willen?«

»Hör mal, Mädchen, mußt du da wirklich fragen?« Devenhams Ton wechselte plötzlich von dem gerechter Entrüstung in den tiefsten Schmerzes. »Ich weiß nicht, was in dich gefahren ist, Cassie. Ich schwöre dir, ich begreife das nicht. Solch unmögliches Verhalten sieht dir gar nicht ähnlich. Du bist die letzte, von der ich erwartet hätte, daß sie sich wie eine Schlampe benimmt.«

»Wirklich Vater – *Ihr* Verhalten scheint mir hier eher fragwürdig zu sein. Diese dramatische Szene, die Sie hier aufführen, ist völlig unangebracht. Sie scheinen zu vergessen, daß George und ich verlobt sind.«

Die Würglaute des Viscount verstärkten sich, so als ob sich nun eine unsichtbare Schlinge um seinen Hals zuzöge.

»Aber nicht offiziell! Außerdem gibt dir eine Verlobung noch nicht die Freiheit...«

»Oh, wirklich nicht?« Die Tochter warf dem Vater einen bedeutungsvollen Blick zu. »Ich denke doch. Schließlich habe ich ein leuchtendes Vorbild vor mir, demzufolge verlobte Paare einander durchaus spät nachts in ihren Zimmern besuchen.«

Die Röte im Gesicht des Grafen war nun nicht mehr zu vertiefen. »Das ist nicht miteinander zu vergleichen«, blubberte er.

»Nein? Ich kann da keinen Unterschied erkennen.«

»Aber es gibt einen. Wenn Verlobte etwas älter sind und zuvor schon einmal verheiratet waren... Außerdem...«

»Nun ja, ich hätte nicht gedacht, daß solche technischen Einzelheiten den Begriff den Anstands irgendwie beeinflussen. Aber«, sie zuckte die Schultern, »wenn du meinst...«

»Das meine ich.« Devenham erlangte einen Teil seiner Fassung wieder. »Und das ist noch nicht alles. Wenn von dir ein derartig fragwürdiges Benehmen zu erwarten ist, nun, dann werde ich sofort eine Notiz an die *Gazette* schikken. Die Gesellschaft erfährt am besten von deiner Verlobung, so lange du dir noch einen Funken von Charakter erhalten hast!«

Die erstickten Laute des Viscount hatten nun ein Endstadium erreicht. »O bitte, stehen Sie auf, Parker, seien Sie so gut.«

Dem Butler gelang es gerade noch, den Sessel aus imitiertem Bambus freizumachen, bevor der Viscount Severn mit aschfarbenem Gesicht darin zusammenbrach.

11

»Was ich absolut nicht begreife, ist, weshalb Sie das getan haben. Sie hatten doch die ideale Gelegenheit, mich loszuwerden. Und Sie werden mich nicht davon überzeugen können, daß Sie bei der Aussicht, mich als Stiefmutter zu bekommen, beglückt sind.«

Cassandra war von ihrem Morgenritt zurückgekehrt und hatte Mrs. Alden in ihrem Schlafzimmer wartend vorgefunden. Der Dank der Lady für die Rettung in der vergangenen Nacht war überschwänglich gewesen.

»Meine Gefühle haben dabei keine Rolle gespielt«, erwiderte Cassandra, nahm ihren Reithut ab und ließ sich auf der Fensterbank neben ihrer Besucherin nieder. Mrs. Alden hatte sich eine Handarbeit mitgebracht und traf keinerlei Anstalten, sich zu verabschieden. »Mein Vater betet Sie an. Ich möchte nicht, daß er verletzt wird.«

»Ich liebe ihn ebenfalls und würde ihn auch nicht gern verletzen.« Gwendolen entging die Skepsis ihrer Nachbarin keineswegs. »Wie ich sehe, bezweifeln Sie das. Nun, das ist vermutlich verständlich. Aber Tatsache ist, Sie legen dieser – äh – Episode von gestern nacht zu viel Gewicht bei. Oh, ich gebe zu, es machte alles keinen guten Eindruck. Deshalb bin ich Ihnen ja auch so dankbar, weil Sie verhindert haben, daß Ihr Vater mich dabei ertappt hat. Denn ich fürchte, er hätte genau wie Sie das Schlimmste angenommen. Aber Tatsache ist«, und Mrs. Alden bemühte sich nun um jenen Ton erstaunlicher Ehrlichkeit, den sie mühsamst die restliche Nacht lang eingeübt hatte, »Godfrey und ich kennen uns seit Urzeiten. Sein Vater war unser Butler. Und da ich ein Einzelkind war, hatten wir ein gemeinsames Kinderzimmer. Ein unorthodoxes Arrangement, gebe ich zu, aber mein Vater war als Exzentriker bekannt.«

Sofern Cassandra insgeheim vermutete, daß Mrs. Alden

bereits im Schulalter gewesen sein mußte, bevor Godfrey auch nur ins Kinderzimmer umgesiedelt wurde, so behielt sie das für sich.

»Ich war ganz entzückt, ihn hier wiederzusehen«, fuhr Mrs. Alden fort, »und begierig darauf, von alten Zeiten zu sprechen und zu erfahren, wie es seinem lieben, lieben Vater geht. Zwischen uns besteht nicht das übliche Diener-Herrin-Verhältnis, verstehen Sie.«

»Das habe ich bemerkt«, sagte Cassandra trocken. »Aber auch wenn Ihnen Ihre demokratischen Gefühle in Ländern wie Amerika und Frankreich Ehre antun, können Sie kaum erwarten, daß mein Vater diese Ansichten teilt.«

»Ich weiß, ich weiß. Auch deshalb war ich ja so erpicht darauf, mit Godfrey zu sprechen. Ich habe ihn gebeten, angemessene Distanz zu wahren, wenn wir uns in der Öffentlichkeit treffen. Er hat mir versichert, daß er sehr vorsichtig sein wird. Aber jetzt wüßte ich doch gerne, wie ich Ihnen meine Dankbarkeit bezeigen kann.«

»Oh, das ist nicht nötig.«

»O doch. Ich möchte, daß wir gute Freundinnen werden. Und ich habe an etwas gedacht, das ich für Sie tun könnte. Ich...«

»Oh, ich auch!« unterbrach Cassandra sie, der soeben blitzartig ein Einfall gekommen war. »Das Beste, was Sie für mich tun können wäre, Papa zu überreden, keine Notiz an die *Gazette* zu schicken.«

»Ach du lieber Himmel. Das war nicht das, woran ich dachte. Und offen gestanden, möglicherweise würde das für mich gar nicht so einfach sein. Ich fürchte, er war am meisten über die anscheinende Intimität zwischen Ihnen und Lord Severn irritiert. Sein größter Wunsch ist nun, den Siegel des Anstands auf das zu drücken, was er Ihr ›unanständiges Betragen‹ nennt.

»Das weiß ich. Aber das Letzte, was ich wollte, war, George in dieses Durcheinander hineinzuziehen.«

»Ja? Ich dachte, Sie hätten das vielleicht absichtlich gemacht.«

»Nein, wirklich nicht!« Cassandra war entrüstet. »ich würde niemals jemanden zu einer Ehe überlisten.«

»Nein, das glaube ich.« Mrs. Aldens abschätzender Blick auf Cassandras unmodisches Reitkleid und ihre Frisur sprach für sich. »Aber ich hätte gedacht, Sie wären vielleicht nicht absolut gegen eine Ehe mit Lord Severn eingestellt. Viele Frauen würden ihn als gute Partei betrachten. Sein Vermögen ist beträchtlich, nicht wahr? Und er scheint die Liebenswürdigkeit selbst zu sein.«

»Das stimmt beides«, pflichtete Cassandra bei. »Aber nicht nur ich hege nicht den Wunsch, meinen Cousin George zu heiraten – sie müssen doch mitangehört haben wie er zusammenbrach, als mein Vater beschloß, unsere Verlobung öffentlich bekanntzugeben.«

»Es hat George tatsächlich ziemlich mitgenommen.« Mrs. Alden lächelte.

»Ja, wirklich, der arme Junge. Und ich kann den Gedanken nicht ertragen, daß er meiner – und Ihrer – Unüberlegtheit wegen nun leiden muß.«

»Sie haben Ihren Standpunkt durchaus klargemacht.« Mrs. Alden seufzte. »Und da ich, wie Sie deutlich erklärt haben, im wesentlichen für Georges mißliche Lage verantwortlich bin, werde ich mein Bestes tun, um Devenham herumzukriegen. Das Wirkungsvollste wäre vielleicht«, überlegte sie laut, »ihn an sein Versprechen zu erinnern, anderen Bewerbern um Ihre Hand noch eine Chance zu geben. Schließlich ist Devenham nicht eben entzückt von der Aussicht, Severn als Schwiegersohn zu gewinnen. Ich werde darauf hinweisen, daß zum Beispiel Mr. Davies sie liebt. Und ist Ihnen aufgefallen, daß Sir Champion Pue sich sehr um Sie bemüht?«

»Aber ganz gewiß nicht!« rief Cassandra.

»Das liegt daran, daß Sie so – entschuldigen Sie meine Offenheit – schwerfällig sind, wenn es sich darum dreht, mit Männern zu kokettieren. Ja, ich werde darauf bestehen, daß Sie noch die Chance bekommen sollen, sich ein bißchen umzusehen, bevor Ihr Vater Sie dem ersten besten

Freier ausliefert. Ich werde darauf hinweisen«, fügte sie mit einem boshaften Lächeln hinzu, »daß er sich ja noch immer Ihrer Sittsamkeit versichern kann, indem er Sie in Ihrem Zimmer einschließt.«

»Oder, noch besser, indem er mich meinen eigenen Hausstand gründen läßt.«

»Das ist genau das, was er nie erlauben wird.« Mrs. Alden runzelte die Stirn über ihrem Stickrahmen. »Nein, meine Liebe, ich fürchte, die vergangene Nacht wird ihn nur noch in seinem Entschluß bekräftigen, Sie sicher unter die Haube zu bringen. Und ich muß gestehen, daß ich hierin einer Meinung mit ihm bin.«

»Nun, ich muß schon sagen, Sie enttäuschen mich. Ich hätte gedacht, daß Sie als unabhängige Frau von Welt meinen Standpunkt verstehen könnten.«

»Ich? Unabhängig? Unsinn. Ich bin jedoch genügend Frau von Welt, um die enormen Vorzüge einer Ehe erkennen zu können. Ich spreche nicht nur vom finanziellen Vorteil, sondern auch vom gesellschaftlichen. Eine verheiratete Frau kann doch tun und lassen, was sie möchte, während eine unverheiratete von allen Seiten durch Tabus eingeengt ist. Wenn es Ihnen um Unabhängigkeit zu tun ist, meine Liebe, nun, dann heiraten Sie am besten, um sie zu erlangen. Und ich will Ihnen gern dabei helfen.«

»Wie denn?« Es lag mehr Mißtrauen als Eifer in dieser Frage, wenn nicht gar ein leichter Unterton von Feindseligkeit.

»Erstens einmal werde ich Ihnen Annette, meine Zofe, ausleihen. Und Sie müssen ihr *carte blanche* geben, was Ihre Frisur und Ihre Garderobe betrifft. Annette wird Sie rein äußerlich präsentabel machen. Ich selbst werde versuchen, Ihnen ein paar der reizvollen Tugenden beizubringen, die einen für das andere Geschlecht anziehend machen.«

»Besteht da nicht ein Widerspruch?« Cassandra bemühte sich, ihren Standpunkt beizubehalten. »Sie haben doch gerade angedeutet, daß sich bereits zwei Gentlemen in mich verliebt haben. Wenn das so ist, würden dann Sie und Annette nicht eine Menge Zeit und Mühe für nichts aufwenden? Oder schlimmer noch – ein neues Ich könnte die beiden auch abschrecken.«

»Ganz gewiß nicht. Es liegt ein großer Unterschied darin, ob man auf einen Gentleman wie Sir Champion anziehend wirkt oder ob man sein Interesse auf Dauer fesseln kann. Und was Mr. Davies betrifft – nun ja, selbst eine flammende Leidenschaft erlischt schnell, wenn man in den Schmutz geschubst wird.«

»Das hatte er sich selbst zuzuschreiben«, murmelte Cassandra halb entschuldigend.

»Zweifellos. Plumb neigt eben dazu, ungestüm zu sein. Aber es gibt immer Möglichkeiten, derartige Vertraulichkeiten im Keim zu ersticken, ohne handgreiflich werden zu müssen.«

»Oh, ich bin überzeugt, Sie hätten angesichts Ihrer Erfahrungen einfach gesagt: ›O la la, Mr. Davies, Sir!‹ und ihm spielerisch mit dem Fächer auf die Fingerknöchel geklopft. Dann wäre alles im Rahmen des Anstands geblieben. Aber offen gestanden, solch eine Taktik kam mir gar nicht in den Sinn. Und außerdem – ich kann es ruhig offen heraussagen – habe ich gar nicht den Wunsch, Mr. Davies' Interesse an mich zu fesseln.«

Mrs. Alden schüttelte betrübt den Kopf. »Meine liebe Cassandra, das höre ich ausgesprochen ungern. Denn offen gestanden hoffte ich, daß Sie seine Zuneigung erwidern würden. Sehen Sie, ich empfinde für Mr. Davies die tiefste Hochachtung, und ich habe das Gefühl, es wird Ihnen ebenso gehen, wenn Sie ihn erst einmal richtig kennenlernen würden. Plumb und ich sind seit Jahren die besten Freunde, und ...«

»War er vielleicht auch gemeinsam mit Ihnen und Godfrey im Kinderzimmer?« unterbrach sie Cassandra.

»Nein, nein, natürlich nicht. Plumb ist ganz – oh!« Gwendolen gab ihr silberhelles Lachen von sich. »Sie machen sich natürlich über mich lustig. Wie drollig, wirklich.

Aber wie gesagt, wenn Sie sich selbst die Chance ließen, Mr. Davies besser kennenzulernen und zudem Ihrem Vater zeigen würden, daß Sie, indem Sie Ihrer äußeren Erscheinung und Ihrem Benehmen mehr Aufmerksamkeit widmen, auch eventuell noch andere Bewerber in Betracht ziehen, bevor Sie sich für Severn entschließen, so würden Sie damit vielleicht eines von zwei Dingen erreichen.«

»Und die wären?«

»Die größere Wahrscheinlichkeit ist, daß Sie sich in Plumb verlieben werden. Und wenn das dann doch nicht geschieht, so hätten Sie zumindest Zeit gewonnen. Und wer weiß, vielleicht würde dann Ihr Vater sich doch noch entschließen, Sie unabhängig leben zu lassen. Es ist schon Merkwürdigeres geschehen. Die Alternative ist natürlich, gar nichts zu unternehmen und Ihren Vater seine Notiz an die *Gazette* schicken zu lassen.«

»Klingeln Sie nach Annette.« Cassandra hatte kapituliert.

Wie sich herausstellte, war es gar nicht so langweilig, sich ein neues Image zuzulegen, wie Cassandra befürchtet hatte. Sie war im Gegenteil ganz fasziniert über die kunstvolle Art und Weise, in der Annette an ihrem Haar herumschnippelte, und konnte einfach nicht fassen, mit welcher Geschicklichkeit die Französin ihr fünf Jahre altes Abendkleid durch erbarmungsloses Entfernen von Borten und eine nahezu skandalöse Erweiterung des Ausschnitts in ein Gewand *à la mode*, zumindest für Hampshire-Begriffe, verwandelte.

Zugegeben, der Zwang, stundenlang über Musterbüchern zu sitzen, um die Vorzüge bestimmter Stoffarten gegeneinander abzuwägen, nur um dann in ihrer Meinung sofort von Mrs. Alden, Annette und der örtlichen Schneiderin überstimmt zu werden, wirkte mit der Zeit ermüdend. Aber an dem Abend, als Cassandra schließlich vor dem Spiegel stand, sozusagen als Fertigprodukt, entschied sie, daß sich all das Getue doch gelohnt habe. »Ich sehe wirklich besser aus«, gab sie zu.

Annette schlug die Hände über dem Kopf zusammen ob solcher typisch englischen Untertreibung. »Besser! M'lady ist ein anderer Mensch! Dank mir wird sich jeder Mann nach Ihnen umdrehen, und Sie werden links und rechts alle Herzen brechen!«

Cassandra lächelte noch immer über diese typisch gallische Übertreibung, als sie ihr Zimmer verließ, um zum Abendessen hinunterzugehen – und zwar im gleichen Augenblick, als Charles aus seinem eigenen Zimmer auftauchte. Nicht nur, daß er sich, wie vorausgesagt, nach ihr umdrehte, es sank auch noch sein Unterkiefer herab. »Meine Güte! Was haben Sie denn mit sich angestellt?«

»Godfrey, haben Sie vielleicht mit mir gesprochen?« erkundigte sich ihre Ladyschaft in frostigem Ton.

»Bitte vielmals um Verzeihung, M'lady. Ich habe mich hinreißen lassen. Darf ich sagen, daß Sie einfach großartig aussehen?«

»Sie haben es ja wohl gerade gesagt. Godfrey, sind Sie ganz sicher, daß Sie nicht doch irischer Abkunft sind?« Cassandra war um einen abweisenden Ton bemüht, aber es war offensichtlich, daß ihr das übertriebene Kompliment durchaus angenehm war.

»Ich bin hundertprozentiger Engländer. Und ich bin Ihnen nicht gerecht geworden. Natürlich werden Sie sich erinnern, daß ich Ihnen prophezeit hatte, es könnte eine Menge bei Ihrem Aussehen bewirkt werden, wenn Sie sich nur der Mühe unterzögen. Aber selbst ich habe nicht damit gerechnet, daß Sie sich in einen Diamanten reinsten Wassers verwandeln würden. Da sieht man wieder...«

»Was sieht man da?«

»Man sieht wieder einmal, wie viele Tricks beim Aussehen einer Frau angewandt werden. Wir armen Männer wissen nie wirklich, was uns da so fasziniert, nicht wahr?«

»Wenn wir schon von Tricks reden«, Cassandra hatte das Empfinden, es sei an der Zeit, das Thema zu wechseln, »ich sehe, Sie tragen Ihre Schlinge wieder. Ich finde, Godfrey, der Fall Ihres gebrochenen Arms müßte eigentlich für die medizinische Wissenschaft von großem Interesse sein. Es ist wunderbar, wie gut er zu gewissen Zeiten funktioniert. Gestern nacht zum Beispiel. Glauben Sie, den anderen ist aufgefallen, daß Sie da gar keine Schlinge trugen?«

»Nun ja, sehen Sie, M'lady, mein Arm hatte sich erstaunlich gebessert. Aber die gestrige Nacht bedeutete eine schreckliche Strapaze für meine gesamte Konstitution. Ich fürchte, mein armer Knochen hat einen Rückfall erlitten.«

Cassandra schnaubte spöttisch durch die Nase.

»Bitte, tun Sie das nicht, M'lady.« Der Kammerdiener runzelte die Stirn. »Wenn ich mir erlauben darf, das zu bemerken, diese Methode, Ihre Mißbilligung zu äußern, steht in krassem Widerspruch zu Ihrem neuen Aussehen. Ein mildes ›ach, Unsinn‹ zum Beispiel würde einen wesentlich weiblicheren Ausdruck der Skepsis darstellen.«

Cassandra lag ein Ausdruck auf der Zunge, der selbst den Kammerdiener möglicherweise hätte zusammenzukken lassen, als sich eine weitere Tür am Korridor öffnete.

»Sehr wohl, M'lady.« Charles' Verbeugung war unterwürfig. Aber das Funkeln in seinen Augen angesichts ihrer Enttäuschung, ihm keine bissige Zurechtweisung zukommen lassen zu können, war alles andere als devot. »Ich werde Lord Severn die Nachricht überbringen.« Diese Improvisation war für den Fall gedacht, daß das ältliche Paar, das auf Cassandra wartete, neugierig sein sollte. Ihrer Ladyschaft blieb nichts anderes übrig, als ihre Wut zu unterdrücken und sich zu ihren Verwandten zu gesellen.

Ihre gute Laune wurde jedoch teilweise durch deren gleichzeitig geäußerte Reaktionen wiederhergestellt. »Du siehst ja bildschön aus! Was für ein bezaubernder Anblick du bist, Liebes!« Und unten an der Treppe wurde ihre Selbstachtung in höchstem Maß durch den Ausruf ihres Vaters gesteigert: »Du meine Güte, Cassie, bist das wirklich du?«

Sie war jedoch weniger erfreut von der Wirkung, die ihr neues Aussehen auf Mr. Davies hatte. Während des gesamten Essens bestand er darauf, sie mit einem Maß an

Komplimenten zu überschütten, die ihr schließlich peinlich wurden. Und als er sie doch tatsächlich erneut einlud, einen Abendspaziergang mit ihm zu machen, mußte ihr Gesicht ihre Ansicht über diesen Vorschlag widergespiegelt haben, denn er beeilte sich, sie um die Möglichkeit anzuflehen, seinen Fehler wiedergutmachen und ihr beweisen zu können, daß er sich wie ein Gentleman zu benehmen wisse. Es waren jedoch nicht Mr. Davies' Überredungskünste, die sie zögernd bewogen zuzustimmen, sondern das Versprechen, Mrs. Aldens Freund noch einmal eine Chance zu geben. Außerdem war sie es dem armen George schuldig, ihm eine gewisse Ellbogenfreiheit zu verschaffen.

Der ›arme George‹ jedoch, der die Aufforderung von der anderen Tischseite aus mitangehört hatte, entschied sich dafür mitzugehen, und ließ sich auch durch Mr. Davies' gezielte Bemerkungen über die Unannehmlichkeiten einer Dreiergruppe nicht davon abbringen.

George selbst war sich völlig im Unklaren darüber, warum er plötzlich zu dem Entschluß gekommen war, seine Cousine als Beschützer zu begleiten, nachdem es doch sein ausdrücklicher Wunsch gewesen war, Cassandra mit Plumb Davies verkuppelt zu sehen. Vielleicht hatte ihn sein Gewissen mit einiger Verspätung an Davies' fragwürdigen Ruf erinnert. Und es stand nicht zu erwarten, daß seine so wenig raffinierte Cousine wußte, wie man mit einem weltgewandten Schurken fertig wurde. Vielleicht war ihm aber auch nur an seinem eigenen guten Namen gelegen. Denn sollte er dann doch Cassandras Ehemann werden – und dieses Schicksal schien ihm mit der Unerbittlichkeit einer griechischen Tragödie auf ihn zuzukommen –, so sollten sich wenigstens die Klatschbasen nicht die Mäuler über eine ehemalige Beziehung seiner Frau zu einem Hansdampf in allen Gassen zerreißen. Aber welcher Art auch Georges wahre Motive für seine kurzfristige Entscheidung gewesen sein mochten, seine Cousine wie ein väterlicher Freund zu bewachen, er war aufrichtig genug zu erkennen, daß Cassandras ungemein gutes Aussehen an diesem Abend ihm diesen ritterlichen Entschluß wesentlich erleichterte.

Plumb Davies war kein unreifer Junge. Es lag nicht in seiner Natur zu schmollen, wenn seine Pläne durchkreuzt wurden. Er pflegte aus jeder Not eine Tugend zu machen und seinen Vorteil auch aus geänderten Plänen zu ziehen. Und so legte es im Verlauf dieses Spaziergangs zu dritt Mr. Davies darauf an, nicht nur Lady Cassandra, sondern auch deren aufdringlichen Cousin für sich einzunehmen. Und wenn letzterer seine Bemühungen mit mehr Mißtrauen als Entzücken zur Kenntnis nahm, nun, so war Mr. Davies über sein Verhalten eher amüsiert als verärgert.

Allmählich jedoch schien sich auch Lord Severn unter dem kombinierten Einfluß von Plumbs amüsanten Anekdoten, dem Duft der Rosen und Lady Cassandras wippenden Locken zu entspannen. Davies hatte das Gefühl, nun sei die Zeit reif, ihm die Information zu entlocken, die Gwenny bis dato nicht aus Charles Danforth hatte herausholen können. Er manövrierte das Gespräch geschickt auf die kommende Steeplechase.

»Ich habe Thunderer angemeldet«, erklärte er, so als ob George das nicht längst gewußt hätte. »Wie steht's mit Ihnen, Severn? Haben Sie vor mitzureiten?«

George stand nicht so weit unter dem Bann des Fragestellers, daß er sein früheres Mißtrauen aufgegeben hätte. »Ich habe mich noch nicht entschieden«, antwortete er ausweichend und blieb auf dem Weg stehen, um einen Rosenbusch zu inspizieren, so als suche er zwischen den Blüten ein neues Gesprächsthema.

Aber Mr. Davies ließ es nicht so weit kommen. »Sie würden gut daran tun, sich schnell zu entschließen, mein Lieber. So viel ich gehört habe, ist das Rennen schon fast ausgebucht. Obwohl mir zu Ohren gekommen ist, daß man noch ein paar Plätze für Spätankömmlinge freihält – was ich, gelinde gesagt, als seltsam empfinde. Wenn ich es mir recht überlege – halten Sie es für möglich, daß die Veranstalter immer noch hoffen, Ihr Freund Danforth würde sich beteiligen?«

»Ich wüßte nicht, wie das möglich sein sollte. Er ist doch nach Frankreich gereist, wie Sie wissen.«

»Ach ja. Das habe ich schon gehört. Haben Sie eine Ahnung, was er mit seinem Pferd gemacht hat?«

George hatte nur wenig Talent für Verstellung. »Charlie muß sein Pferd mit nach Frankreich genommen haben«, sagte er unbehaglich. »Das halte ich für sehr wahrscheinlich. Er trennt sich kaum je von dem Tier.« Sie gingen nebeneinander weiter.

»Nun, zweifellos haben Sie recht. Sie kennen ihn besser als irgend jemand sonst. Trotzdem, mir war die Idee gekommen, Sie könnten möglicherweise sein Pferd bei sich aufgenommen haben«, sagte Plumb.

»Ich? O nein. Wahrscheinlich hat er es mitgenommen, wie ich gesagt habe. Vielleicht hat er es auch im Tattersall untergestellt.«

»Nein, das hat er nicht getan. Ich habe mich dort erkundigt, bevor ich London verlassen habe.«

»Es ist aber sehr merkwürdig, daß Sie das getan haben.«

»Nicht so merkwürdig, wenn Sie es sich recht überlegen. Bezeichnen wir es einmal als vernünftige Vorsichtsmaßnahme. Ich habe heute sogar hier in den Stallungen nachgesehen, in der, wie ich nun sehe, falschen Vorstellung, Sie könnten das Pferd hierher mitgebracht haben, George. Sie können es einem Menschen nicht verdenken, wenn er da sicher gehen will. Wenn Danforth und sein Hengst sich nicht am Rennen beteiligen, bin ich haushoher Favorit. Oh, ich glaube nach wie vor, daß mein Pferd und ich eine ausgezeichnete Chance haben, Danforths Hengst zu schlagen, selbst wenn er ihn persönlich reiten würde. Aber da ich von Natur aus vernünftig bin, möchte ich meine Wetten nicht placieren, bevor ich über die Besetzung des Felds völlig orientiert bin.«

Die drei hatten die Holzbrücke erreicht und überquerten sie hintereinander, wobei jeder in seine eigenen Gedanken versunken war. Aber als sie wieder nebeneinander gingen, konnte sich Cassandra, die eingedenk Mrs. Aldens Instruktionen bezüglich ausgeprägter Männergespräche geschwiegen hatte, nicht mehr länger beherrschen. »Von welchem Rennen reden Sie?« platzte sie heraus.

Mr. Davies wandte sich ihr überrascht zu. »Angesichts Ihrer Leidenschaft für Pferde kann ich nicht glauben, daß Sie das nicht längst wissen.«

»Ach, Pferde hin, Pferde her«, sagte sie obenhin à la Mrs. Alden. Dann fügte sie, weit natürlicher, hinzu: »Nein, ich weiß es wirklich nicht. Und wenn da ein Rennen stattfindet, kann ich nicht verstehen, weshalb Papa das nicht erwähnt hat.«

»Wahrscheinlich hatte er an dringlichere Dinge zu denken.« Mr. Davies lächelte. »Seine bevorstehende Hochzeit muß alles andere aus seinen Gedanken verbannt haben.«

»Wahrscheinlich wollte er nicht, daß du es erfährst«, bemerkte George vermutlich zutreffender. »Er hat deutlich zu erkennen gegeben, daß du dich mit anderen Dingen als mit Pferden beschäftigen solltest.«

Cassandra öffnete bereits den Mund, um zu verkünden, was sie von der Hinterhältigkeit ihres Vaters hielt. Aber dann schloß sie ihn ruckartig wieder eingedenk der Analogie, die Mrs. Alden bezüglich der verschiedenen Wirkungen von Essig und Honig gezogen hatte. Ihr Lächeln reichte gefährlich nahe an Affektiertheit heran. »Ooh, Mr. Davies«, gurrte sie, während ihr Cousin sie mißtrauisch von der Seite her anblickte, »wollen Sie wirklich bei einem Rennen mitreiten? Das ist ja schrecklich aufregend. Aber ist es nicht auch entsetzlich gefährlich?«

Plumb Davies zögerte keinen Augenblick, sein heroisches Image vollends herauszustellen. Während er die Gefahr mit einem ›Pah‹ abtat, wurde er nicht müde, das Terrain der Steeplechase als das ›denkbar schlimmste‹ zu beschreiben und all die verschiedenen Risiken aufzuzählen, die der Reiter auf sich zu nehmen hatte.

»Aber sehen Sie doch, es *ist* gefährlich. Sagte ich das

nicht? Warum nur riskieren so viele Gentlemen Leib und Leben bei einem solch gefahrvollen Unternehmen?« fragte sie.

»Aus sportlichem Ehrgeiz.«

»Oder des Geldes wegen«, warf der Viscount trocken ein.

»*Touché.*« Mr. Davies weigerte sich, den Beleidigten zu spielen. »Obwohl ich nach wie vor zu meiner Antwort stehe, will ich nicht bestreiten, daß das Geld einen großen Antrieb darstellt.«

»Ach nein, wirklich?« Dann ließ Cassandra jegliche Geziertheit fallen. »Der Preis ist also hoch?«

Mr. Davies lächelte ob solcher Naivität. »Die Worte Ihres Cousins beziehen sich auf die Wetten. Das ist es, was die ganze Anstrengung lohnend macht. Ich kann Ihnen versichern, Lady Cassandra, in Lower Wallop werden Vermögen verdient und verspielt. Und das, mein Lieber Viscount«, er verbeugte sich kurz vor George, »ist es, was ich wirklich gemeint habe, als ich vom Rennsport sprach. So sehr ich den Reiz des Reitens an sich genieße, ich muß zugeben, daß der des Wettens mindestens ebenso groß ist.«

»Sie sagten, man könne beim Wetten ganze Vermögen verdienen?« fragte Cassandra.

»Ja, das hat er gesagt.« George sah beunruhigt den nachdenklichen Ausdruck auf dem Gesicht seiner Cousine. »Er hat aber auch erwähnt, daß man sie dabei verlieren kann.«

»Ach, seien Sie nicht so negativ, Lord Severn. Was Sie betrifft, M'lady, so müssen Sie versprechen, daß Sie nach Lower Wallop kommen, um mich reiten zu sehen. Und mehr noch, Sie müssen wetten, um das Rennen noch interessanter zu machen. Verzeihen Sie meine scheinbare Unbescheidenheit, aber abgesehen von Überraschungen im letzten Augenblick bin ich der Favorit. Wenn Sie also ein paar Pfund auf Gewinn von Thunderer setzen, kann ich Ihnen versichern, daß Ihnen das nicht leid tun wird. Versprechen Sie mir, daß Sie kommen werden, Lady Cassandra.«

Ihre Ladyschaft jedoch schien das Interesse an diesem

Thema genau so schnell verloren zu haben, wie es geweckt worden war. Sie war stehengeblieben, um eine abgeblühte Rose von einem Busch zu pflücken, und starrte zerstreut darauf hinunter. Mr. Davies nahm sie ihr sachte aus der Hand und ersetzte sie durch eine dunkelrote, halb eröffnete Knospe, die er selbst abgepflückt hatte. »Paß auf die Dornen auf!« war der Rat ihres Cousins, während sie die Blume langsam an ihrem Stengel rotieren ließ und ihre Gedanken meilenweit entfernt schienen.

»Kommen Sie schon, Lady Cassandra«, schalt Mr. Davies. »Ich glaube wirklich, Sie sind völlig geistesabwesend und haben überhaupt nicht gehört, was ich gesagt habe.«

Sie blickte zu ihm auf. »O nein, Sir«, sagte sie ganz ernsthaft, »das haben Sie völlig mißverstanden. Ich habe sehr aufmerksam zugehört.«

»Nun, das freut mich. Aber Sie haben mir noch nicht gesagt, ob Sie kommen werden, um mich reiten zu sehen.«

»Oh – habe ich nicht geantwortet? Sie haben doch recht, Sir, ich war mit meinen Gedanken woanders. Bitte, bitte, verzeihen Sie. Und seien Sie ganz sicher – ich habe die feste Absicht, zur Steeplechase in Lower Wallop zu sein.«

12

Ein paar Tage später erhob sich Cassandra besonders früh. Sie trug ein Fernglas bei sich, als sie sich zu ihrem Morgenritt aufmachte. Sie rechnete mit einer Wiederholung der ziemlich seltsamen Aktivitäten, die ihr bei verschiedenen Gelegenheiten aufgefallen waren, und die sie nun genauer beobachten wollte, ohne selbst gesehen zu werden.

Seit dem Tag, als sie auf Georges Kammerdiener gestoßen war und sie beide ihr Rennen abgehalten hatten, war Cassandra aufgefallen, daß Godfrey sein morgendliches Training weitergeführt hatte. Und sie hegte den Verdacht, daß er alles getan hatte, um ihr aus dem Weg zu gehen – genau so wie sie bestrebt gewesen war, ihm fernzubleiben. Trotzdem hatte sie von Zeit zu Zeit Godfrey aus der Ferne beobachtet und sein Verhalten exzentrisch gefunden, um es milde auszudrücken.

An diesem Morgen ritt sie absichtlich in der Richtung, in der er, wie sie bemerkt hatte, sich kurz zuvor entfernt hatte, und als sie oben auf einem Grashügel angekommen war, sah sie Pferd und Reiter über eine ferne Wiese davongaloppieren. Cassandra hielt Pegasus an und hob das Fernglas ans Auge. Sie hatte es gerade rechtzeitig adjustiert, um den Hengst mit anmutigem Sprung über eine Hecke setzen zu sehen. Der Hengst stob über ein frisch gepflügtes Feld, platschte durch einen steinigen Bach, übersprang einen Graben, wirbelte dann unerwarteterweise herum und galoppierte in Cassandras Richtung zurück. Sie sah, wie er von der anderen Seite her über die Hecke sprang. Dann, als sie eben im Begriff war, das Fernglas zusammenzuschieben und wegzureiten, stellte sich der Reiter in die Bügel, lüftete den Hut und verbeugte sich. Das Fernglas brachte ihr sein dreistes Lächeln aufs Unangenehmste nahe.

»Ach, verflixt!« Lady Cassandras erster Impuls, als

Charles auf sie zugaloppiert kam, wer der, Pegasus zu wenden und sich aus dem Staub zu machen. Aber da sie nun schon erwischt worden war, schien ihr das unsportlich. Sie blieb da.

»Guten Morgen, Euer Ladyschaft.« Ob er nun dabei erwischt wurde, wie er mitten in der Nacht durchs Fenster hereinklatterte, gemeinsam mit der Verlobten eines Adligen im Bett lag oder heimlich und schamlos beobachtet wurde – nie schien diesen Kammerdiener seine muntere Selbstsicherheit zu verlassen. Das stellte Cassandra mit einem Stich des Neides fest. Sie selbst fühlte sich ausgesprochen unbehaglich.

»Sie trainieren wohl, um notfalls Spionin Seiner Majestät werden zu können, wie?« Er wies mit dem Kopf auf das Fernglas, das sie noch immer in der Hand hielt.

»Kaum. Ich nehme das Glas oft mit, wenn ich ausreite. Ich beobachte gern das Wild, wenn mir welches begegnet.«

»Klar.« Seinem wissenden Lächeln nach war ihm durchaus alles klar. Er ließ die Zügel Trafalgars fallen.

»Und als Sie durch Zufall in mein Blickfeld gerieten, wurde ich neugierig und wollte wissen, was Sie da treiben.« Cassandra gab ihrem Pferd ebenfalls Gelegenheit zu grasen.

»Ich bitte Euer Ladyschaft um Verzeihung – aber warum? Ich habe doch erwähnt, daß ich in der Frühe meistens ausreite.«

»Ja, aber die Wahl Ihrer Route hat mich neugierig gemacht. Mit Sicherheit vermeiden Sie die üblichen Reitwege.«

»Oh – nun ja, dafür gibts einen guten Grund.« Er legte eine kurze Pause ein, um sich einen auszudenken. »Ich hatte Ihnen ja nun versprochen, Sie überhaupt nicht mehr merken zu lassen, daß ich hier bin, und da ich weiß, daß Euer Ladyschaft gern frühzeitig ausreiten, tat ich eben mein Bestes, um außer Sichtweite zu bleiben. Schließlich konnte ich ja nicht ahnen, daß ich wie all das andere Wild mit einem Fernglas beobachtet werde, oder?«

»Es tut mir leid zu hören, Godfrey, daß ich unwissentlich der Grund bin, weshalb Sie Ihr armes Pferd über ein so rauhes Terrain jagen.«

»Oh, das macht gar nichts. Trafalgar liebt die Herausforderung«, erwiderte er.

»Quatsch. Wissen Sie, was ich glaube, Godfrey?«

»O nein, Euer Ladyschaft. Es war mir nie möglich, das auch nur zu ahnen.«

»Ich glaube, daß alle Ihre Sprünge über Hecken und Bachdurchquerungen gar nichts damit zu tun haben, daß Sie mir aus dem Weg gehen wollen. Ich glaube, all das hängt mit der Lower Wallop Steeplechase zusammen. Sagen Sie, haben Sie vor, dabei mitzumachen?«

»Wie könnte ich das, Euer Ladyschaft? Das ist ein Rennen für Gentlemen.«

»Oh.« Dies nahm Cassandra den Wind aus den Segeln. »Daran habe ich nicht gedacht.«

Die beiden Pferde drängten plötzlich zusammen, bemüht, den gleichen saftigen Grasbüschel zu ergattern. Als ihr Reitkleid Charles' Schenkel streifte, zog Cassandra hastig an Pegasus' Zügel, um die beiden zu trennen.

Der Kammerdiener übersah taktvoll ihre Reaktion. »Aber ich muß gestehen, daß Sie fast auf der richtige Spur waren, was das Rennen betrifft, M'lady. Ich wollte wissen, wie gut sich Trafalgar im Fall eines Wettbewerbs halten würde. Er ist ein bemerkenswertes Tier.«

»Oh, da pflichte ich Ihnen bei«, sagte sie aus einem guten halben Meter Entfernung. »Und offen gestanden finde ich es eine Schande, daß er auf diese Weise diskriminiert wird. Ich finde, die Herkunft des Pferdes sollte zählen und nicht die des Reiters.«

»Hm. Wenn man es sich recht überlegt, kann man den Standpunkt der anderen verstehen. Es würde dem gemeinen Volk nicht gut bekommen, wenn es entdeckt, daß die oberen Klassen doch gar nicht unbedingt überlegen sind. Und das könnte leicht passieren, wenn Krethi und Plethi erlaubt würde, sich an ihrem Rennen zu beteiligen.«

»Jetzt ist es genug mit solchem Gerede.«

»Bitte vielmals um Verzeihung, M'lady. Ich habe mich vergessen.«

»Schon gut. Aber lassen Sie's in Zukunft.« Sie überlegte einen Augenblick. »Vielleicht könnten Sie meinen Cousin George überreden, Trafalgar zu reiten.«

»Ich sagte nur, Trafalgar sei bemerkenswert, M'lady. Ich habe nicht behauptet, daß er übernatürliche Kräfte hat.«

»Ja, ich glaube, ich verstehe, was Sie meinen.« Sie tätschelte geistesabwesend Pegasus' Hals, während die beiden Pferde einander wieder näher rückten. »Sagen Sie, was wissen Sie über Mr. Davies' Reitkünste?«

»Entschuldigung?«

»Schützen Sie keine Unwissenheit vor, Godfrey. Das klappt nicht. Jeder, der auf so intimem Fuß mit Mrs. Alden steht, muß zwangsweise eine Menge über Mr. Davies wissen.«

»Ich würde nicht so weit gehen zu sagen, Mrs. Alden und ich stünden ›intim‹ miteinander.«

Cassandra unterließ es gerade noch rechtzeitig, durch die Nase zu schnauben. Charles bemerkte das und unterdrückte ein Grinsen. »Ich wüßte schwerlich, wie man das sonst bezeichnen könnte. Zudem muß ich sagen, die Tatsache, daß zwei im gleichen Kinderzimmer aufgewachsen sind, entschuldigt kaum ...«

»Verzeihung, M'lady?« unterbrach er sie.

»Mrs. Alden hat mir erzählt, daß Sie beide wie Bruder und Schwester aufgewachsen seien. Aber ich muß wohl kaum darauf hinweisen, daß dieser merkwürdige Umstand nicht Ihr schockierendes Benehmen rechtfertigt. Und eines können Sie mir glauben, mein Vater würde die Angelegenheit, wenn er davon erführe, keineswegs auf die leichte Schulter nehmen. Aber ich hatte nicht die Absicht, darauf zu sprechen zu kommen. Im Gegenteil, ich tue mein Bestes, den Zwischenfall überhaupt zu vergessen. Pegasus!« Ihr Gesicht wurde flammend rot, als sie erneut gegen den Schenkel des Kammerdieners gedrückt wurde. »Der ganze Hügel ist voller Gras. Du brauchst Trafalgar nichts wegzufressen!«

»Sie sind wie Kinder, nicht wahr?« bemerkte ihr Gefährte, während sie Pferde und Reiter wieder auf Distanz brachte. »Aber bevor Sie den erwähnten Zwischenfall vergessen, Ma'am, darf ich Ihnen versichern, daß so etwas nie mehr vorkommen wird.«

»Ich brauche Ihre Versicherung nicht, Godfrey. In Zukunft hat Mrs. Alden vor, Sie so zu behandeln, wie es der Unterschied unserer Gesellschaftsklassen erfordert. Also lassen wir das Thema fallen.«

»Mit Vergnügen, M'lady.«

»Worüber ich gern mit Ihnen gesprochen hätte, ist Mr. Davies.«

»Wenn Sie darauf bestehen.« Er seufzte. »Obwohl mir offen gestanden das Thema nicht viel mehr zusagt als das, was wir soeben fallen gelassen haben. Sind Sie ganz sicher, daß Sie über Mr. Davies sprechen wollen? Wenn ja, sollten wir dann nicht absteigen? Die Unterhaltung könnte leicht plötzliche Unpäßlichkeit bei mir hervorrufen.«

Er war aus dem Sattel gesprungen und, bevor sie noch zustimmen oder ablehnen konnte, streckte er die Arme nach ihr aus, um ihr vom Pferd zu helfen. Dann verschlugen ihr flüchtig seine kräftigen Hände um ihre Taille den Atem. Aber nachdem er sie zu einem Moospolster unter einem Maulbeerbaum geführt hatte, damit sie sich darauf niederlassen konnte, blickte sie neugierig zu ihm empor.

»Nun, Sie widersprechen sich aber gewaltig, Godfrey. Neulich nachts in meinem Zimmer ...«, sie errötete, als sie damit wieder ein Tabuthema zur Sprache brachte, »... äußerten Sie sich sehr respektvoll über Mr. Davies. Nun machen Sie ihn schlecht. Unnötig zu sagen, daß ich einigermaßen verwirrt bin.«

»Nicht mehr als ich«, gab er zu. »Ich kann es mir selbst nicht erklären. Abgesehen davon vielleicht, daß mir zu dem Zeitpunkt jede Heirat dem albernen Plan, den Sie für Ihr Leben entworfen hatten, vorzuziehen schien. Aber nun, da ich Sie besser kenne, ist der Gedanke, Sie könnten Plumb Davies heiraten, unerträglich. Der Mann ist ein ausgemachter Glücksritter.«

»Danke für Ihre Besorgnis, aber ich hege nicht die Absicht, Mr. Davies zu heiraten. Das einzige, was mich an ihm interessiert, sind seine Reitkünste. Er behauptet, er sei gut. Ist er das?«

Der Kammerdiener hatte seinen Hut abgenommen. Cassandra kam das Ding irgendwie bekannt vor, und stellte anschließend fest, daß er ein paar anständige, wenngleich schlechtsitzende Hosen anhatte, die verdächtig irgendwelchen abgelegten ihres Vaters glichen. Außerdem wurde sie durch die leichte Brise, die seine dunklen, schweißfeuchten Haare bewegte, abgelenkt.

»Als Reiter ist an Mr. Davies nichts auszusetzen.«

»Entschuldigung...« Sie zwang sich zu erneuter Aufmerksamkeit.

»Ich sagte, ich hätte an Mr. Davies nichts auszusetzen, so weit es sich ums Reiten handelt.«

»Und was ist mit seinem Pferd?«

»Thunderer? Er geht ausgezeichnet.«

»Ah so. Mr. Davies hat mich nämlich gedrängt, auf ihn als Gewinner bei der Lower Wallop Steeplechase zu setzen. Wie schätzen Sie seine Chancen ein?«

Der Kammerdiener zuckte die Schultern. »Dazu würde ich mich ungern äußern, Euer Ladyschaft. Die Chancen für Mr. Davies scheinen günstig zu sein. Aber andererseits ist die Liste der Teilnehmer noch nicht vollständig. Und selbst wenn sie es wäre – nun ja, bei einem Pferderennen kann alles mögliche passieren. Es ist und bleibt Glückssache.«

»Das ist mir alles klar, Godfrey«, sagte sie ungeduldig. »Ich wollte lediglich wissen, wie Sie Mr. Davies' Reitkünste und sein Pferd einschätzen.«

»Nun, wenn Sie darauf beharren, würde ich sagen, setzen Sie eine kleine Summe auf ihn. Aber den Familienschmuck würde ich an Ihrer Stelle nicht verwetten. Thunderer kann geschlagen werden.«

»Aha.« Ihre Augen funkelten. »Nun sagen Sie mir eines. Könnte Trafalgar ihn zum Beispiel schlagen?«

»Ich habe doch gerade erklärt...«

»Ich weiß, daß Trafalgar nicht am Rennen teilnimmt«, unterbrach sie ihn.« Aber hypothetisch gesprochen – könnte Trafalgar Thunderer besiegen?«

»Mit Leichtigkeit.«

»Aha«, wiederholte sie und lächelte nachdenklich. Eine Weile grübelte sie, dann riß sie sich zusammen und stand auf. »Ich muß nach Hause. Machen Sie bei dem weiter, worin ich Sie vorhin unterbrochen habe.« Sie schlenderten zu den Pferden zurück, die sich bei ihrer Mahlzeit ein Stück weit den Hügel hinab entfernt hatten. »Oh, übrigens«, unterbrach Cassandra das einigermaßen verlegene Schweigen, »ich sehe, man kann Ihnen wieder gratulieren – keine Schlinge heute!«

»Nein, ich glaube, es ist alles ausgeheilt.«

»Hoffentlich bedeutet das nicht, daß Sie wieder zu Ihrem Kammerdienerdasein zurückkehren. Während Ihrer Genesungszeit hat sich Georges äußere Erscheinung erstaunlich zu seinem Vorteil verwandelt. Es wäre mir zuwider, wenn das rückgängig gemacht würde.«

»Ich glaube, Seine Lordschaft ist mehr als glücklich mit Mr. Davies Kammerdiener, und wird meine Dienste in dieser Hinsicht nicht mehr in Anspruch nehmen.«

»Und ich würde brennend gern wissen, in welcher Hinsicht Sie ihm eigentlich überhaupt dienen. Sie sind ein sehr geheimnisvoller Mensch, Godfrey.«

»Wie Sie meinen, M'lady.«

»Ich glaube noch immer, daß George da irgendeine Wette verloren hat. Seine Kumpane im Watier's Club wetten das Blaue vom Himmel herunter. Ich weiß zum Beispiel, daß George einmal darum gewettet hat, ob einer seiner Freunde es zwei Wochen lang aushalten könnte, keine Garnelen zu essen.«

»Und hat er gewonnen?«

»Das weiß ich nicht. Aber ich bin überzeugt, irgend jemand hat mit ihm darum gewettet, daß er es mit Ihnen als Ersatzkammerdiener für Chesney nicht aushalten würde.«

»Nun, das ist eine interessante Theorie, M'lady, aber darüber kann ich nicht reden.« Charles ergriff Pegasus am Zügel und zog das Pferd zu sich heran. »Erlauben Sie mir, Ihnen zu helfen.«

»Oh, das ist nicht nötig.«

»Verzeihung, M'lady, wenn ich das sage, aber das ist eine Gewohnheit, die Sie sich zu eigen machen sollten. Ein Gentleman möchte das Gefühl haben, benötigt zu werden.«

»Wie albern.« Sie widersetzte sich jedoch nicht, als er erneut seine Hände um ihre Taille legte.

Aber danach traf der Kammerdiener keine weiteren Anstalten, behilflich zu sein. Er blieb einfach stocksteif stehen und starrte auf sie hinab. Seine Hände fühlten sich an ihrer Taille warm an, und er selbst wirkte verwirrt.

»Was ist denn los, Godfrey?«

»Aber das wissen Sie doch«, murmelte er. Dann, wie gegen seinen eigenen Willen, zog er sie an sich und beugte sich hinab, um sie zu küssen.

Diesmal handelte es sich nicht um einen schieren Reflex wie neulich, als Charles Danforth Lady Cassandra mitten in der Nacht in ihrem Schlafzimmer verlassen hatte. Denn es hatte bei dieser eher beiläufigen und kurzen Episode starke Anzeichen dafür gegeben, das jegliche weiteren Experimente ähnlicher Art äußerste Gefahren in sich bargen. Sein Instinkt sagte ihm, daß dieses unkonventionelle weibliche Wesen, am Rand des Altjungferndaseins angelangt, eine vielleicht noch größere Bedrohung für seine Freiheit darstellte als Mr. Jeremy Giffort in der Bow Street.

Aber Charles schien unfähig, sich zurückzuhalten. Er sah der Gefahr mit weit offenen Augen entgegen – zumindest bildlich gesprochen. Und wenn er zutiefst in seinem Herzen gehofft hatte, diese zweite Begegnung mit Lady Cassandras Lippen würden eine entschiedene Enttäuschung sein und ihm bewußt machen, daß die Erinnerung an ihren Zauber und die Heftigkeit der Empfindungen, die sie in ihm ausgelöst hatte, reine Übertreibung gewesen war, so war das ein schrecklicher Irrtum. Wenn überhaupt, so hatte er die Wirkung eher noch unterschätzt.

Schließlich ließ er sie zögernd los. Dann trat er zurück, um auf die Auswirkungen zu warten. Der Honorable Charles Danforth war auf fast alles gefaßt, angefangen von einer Ohrfeige bis zu schallendem Gelächter. Aber abgesehen von einer leichten verräterischen Röte im Gesicht schien Lady Cassandra völlig gelassen zu sein. »Wußte ich doch, daß ich allein hätte aufsitzen sollen«, war ihr einziger Kommentar, während sie genau das tat. Aber bevor sie noch wegreiten konnte, packte er Pegasus' Zügel.

»Das hätte ich nicht tun sollen.« Seine Stimme klang leicht hohl.

»Darüber steht kein Zweifel. Das wissen wir beide. Aber es besteht kein Grund für Sie, sich darüber aufzuregen. Diesmal bin ich mitverantwortlich.«

»Wirklich?« Er schien nicht glauben zu können, was er soeben gehört hatte.

»Nun ja, das kann ich wohl nicht bestreiten, oder?« erwiderte sie. »Denn diesmal kam Ihre Aktion nicht völlig unerwartet. Und ich habe nichts getan, um sie zu verhindern. Da ich mich Mr. Davies' Demonstration der Leidenschaft erwehren konnte, wäre mir dasselbe auch bei Ihnen geglückt, wenn ich gewollt hätte, das muß Ihnen doch klar sein. Und da ich nichts dagegen unternommen habe, muß ich auch meinen Teil der Verantwortung übernehmen. Also Schwamm drüber, Godfrey.«

»Lieber Himmel, das nenne ich Kühle.« Er war ein bißchen gekränkt. »Und darf ich vielleicht fragen, weshalb Sie nicht widerstanden haben, M'lady?«

»Sagen wir einmal, es hat sich um ein Experiment gehandelt.«

»Was für ein Experiment?«

»Diese Frage nun dürfen *Sie* nicht stellen.« Sie drückte die Absätze mit einer Plötzlichkeit in Pegasus' Flanke, daß das Pferd mit einem Ruck die Zügel aus der Hand des Kammerdieners riß.

»Machen Sie weiter wie vorhin, Godfrey!« rief Lady Cassandra über die Schulter zurück, während sie davongaloppierte.

»Ich werde mein Bestes tun, verdammt«, knurrte Captain Danforth grimmig vor sich hin, während er ihr mit zusammengepreßten Händen nachsah, wie sie auf ihrem Pferd den Hügel hinabstob, ohne auch nur einen Blick zurückzuwerfen.

13

Lord Devenham, ein Mann der Aktion und Frühaufsteher, hatte seine Verlobte aufgesucht, bevor die Zofe der Dame Zeit gehabt hatte, ihre Künste spielen zu lassen. Mrs. Alden saß in die Kissen gestützt im Bett und nippte an ihrer Schokolade, während sie ihr Bestes tat, darüber, daß sie noch vor zehn Uhr geweckt worden war, erfreut dreinzublicken. Devenham hatte sich in einen Sessel plumpsen lassen, von dem aus er einen umfassenden Blick auf seine zukünftige Frau hatte. Dies war ungünstig für sie. Sie ist älter, als ich gedacht habe – der Gedanke kam ihm unwillkürlich und unerwünscht. Hastig versuchte er sich selbst davon zu überzeugen, daß Mrs. Aldens zusätzliche Jahre angesichts seiner eigenen Reife nur angemessen waren.

»Ich kann dir gar nicht genug danken für das, was du für Cassie getan hast«, wiederholte Seine Lordschaft zum dritten- oder viertenmal.

»Es war mir ein Vergnügen.« Mrs. Alden lächelte schwach über ihre Tasse weg.

»Verblüffend, was passende Kleidung und eine gute Frisur bewirken können. Ich hatte keine Ahnung, daß das Mädchen so aussehen könnte.«

»Ihre Tochter ist eine Schönheit, Sir!«

»Nein. Das ist stark übertrieben. Aber wirklich, gestern abend hat sie fantastisch ausgesehen. Ich wollte, du hättest sie fünf Jahre früher zwischen die Finger gekriegt.«

»Vor ihrer Einführung in die Gesellschaft? Aber bedenke doch, wie angenehm sie dir in der Zwischenzeit das Dasein gemacht hat. Und es ist gewiß nicht zu spät.«

»Da hast du recht, und darüber wollte ich mit dir reden. Wärst du sehr dagegen, Gwenny, wenn ich die Sache nun betreiben würde und Severn die Erlaubnis gäbe, Cassie zu heiraten?«

Mrs. Alden setzt ihre Tasse vorsichtig ab, bevor sie antwortete. »Ach, warum sollte *ich* mich da aufregen? Es ist doch Cassandra, die du in Betracht ziehen solltest. Ich glaube, daß sie Lord Severn nur akzeptiert, um dir zu Gefallen zu sein.«

»Das weiß ich.« Lord Devenham stand auf und begann im Zimmer auf und abzugehen. »Und George ist nicht der Mann, den ich mir unter vielen Möglichkeiten ausgesucht hätte. Aber es gibt da eben nicht viele Möglichkeiten. Da sind nur er und dein Freund Davies.«

»Ah ja, Plumb.«

»Und die Sache ist die, Gwenny – ich möchte ja nicht schlecht von einem deiner Busenfreunde sprechen –, ich mag den Burschen einfach nicht besonders.« Er sah den verletzten Ausdruck auf ihrem Gesicht und fügte schnell hinzu: »Das heißt, ich wollte damit sagen, ich mag ihn nicht besonders gern als Ehemann für meine Cassie.«

»Er ist natürlich erheblich älter als sie. Aber trotzdem ...«

»Ach, das ist es nicht. Genaugenommen ist es ganz gut, wenn der Mann ein bißchen reifer ist. Es ist nur – ich kann es nicht so genau erklären. Aber eines ist sicher, der Mann ist – zu städtisch für Cassie. Sei ist ein Landmädchen.«

»Das stimmt. Aber sie wird sich bald anpassen.«

»Ich bin gar nicht so sicher, daß ich das überhaupt will.«

»Ich verstehe. Aber du vergißt, daß Mr. Davies und Cassandra wenigstens eine gemeinsame Leidenschaft haben.«

»Wie bitte?« Zu vollendeter Förmlichkeit fehlte Lord Devenham nur noch ein Lorgnon.

Mrs. Alden lachte silberhell. »Oh, rege dich doch nicht auf, Lieber. Ich meine damit ihre gemeinsame Leidenschaft für Pferde. Manche erfolgreiche Ehe basiert auf weniger gemeinsamen Interessen als das.«

»Nun, das stimmt vermutlich.« Seine Stimme klang ziemlich zweifelnd, als er sich erneut in den Sessel plumpsen ließ.

»Und, wenn ich mich nicht irre, ist das eine Leidenschaft, die Lord Severn nicht teilt.«

»Nein, du irrst dich nicht. George geht mit einem Pferdegespann um wie mit Ochsen. Und was die Jagd betrifft, so ist der Fuchs das einzige Wesen, das diesen Sport noch weniger schätzt als George.«

»Also, siehst du.«

»Aber ich bin mir trotzdem nicht sicher. vielleicht rede ich Unsinn, aber ich denke nach wie vor, daß Cassie mit George besser daran wäre als mit Davies. Erstens einmal ist da dieselbe Herkunft. Sie sind Cousins, wie du weißt. Und dann«, er sah unbehaglich drein, »ich weiß nicht, wieviel du wirklich über Plumb Davies weißt, meine Liebe, aber ich habe von verschiedenen Seiten – auch von mehr als einem meiner Gäste hier – gehört, daß der Mann ein Spieler ist.«

Mrs. Alden lachte erneut. »Aber um Himmels willen, Lieber, das ist doch nicht gerade verdammenswert. Kennst du unter deinen Bekannten irgend jemanden, der nicht spielt?«

»Ich glaube, du verstehst nicht, was ich meine, Gwendolen. Ich möchte damit sagen, daß er ausschließlich ein Spieler ist. Davon lebt er.«

»Was für ein Blödsinn.« Ihre Stimme war voll verächtlicher Ablehnung.

»Bist du da sicher, Liebes? Was weißt du denn wirklich über den Mann?«

»Nun, erstens einmal war er in Eton und Oxford.«

Seine Lordschaft schnaubte, und Mrs. Alden wurde sofort klar, woher Lady Cassandra diese unerfreuliche Angewohnheit hatte. Immerhin war deren Version nur ein schwacher Abklatsch dessen, was Devenham hervorbrachte. »Eton und Oxford? Hör mal, eine Menge Halunken können darauf Anspruch erheben.«

Mrs. Alden entschied sich dafür, diese Richtigstellung zu ignorieren. »Und danach, wovon Plumb lebt, habe ich natürlich nie gefragt, aber ich glaube, er hat ein Einkommen von seiten eines Onkels im Norden.«

»Hm, vielleicht. Trotzdem, er kann nicht so gut betucht

sein wie George. Nein, je mehr ich darüber nachdenke, desto mehr bin ich überzeugt, daß ich eine Nachricht an die ›Gazette‹ schicken sollte.«

»Ach du lieber Himmel.« Seine Verlobte zog einen niedlichen Schmollmund oder versuchte es wenigstens. Erneut kam Seiner Lordschaft der unwürdige Gedanke, daß die Lady bei Kerzenlicht besser aussähe. Das helle Sonnenlicht, das zwischen den Damastvorhängen hindurchströmte, bekam ihr gar nicht. »Ich muß es einfach offen zugeben. Ich unterscheide mich da nicht von anderen Mamas mit ihren Neigungen zur Kuppelei. Ich hatte gehofft, daß Cassandra und Plumb ein Paar würden. Er ist für mich wie der Bruder, den ich nie hatte, verstehst du. Könntest du nicht um meinetwillen deinen Entschluß so lange hinausschieben, bis du Gelegenheit hattest, ihn ein bißchen besser kennenzulernen, Lieber?«

Wie seine Tochter hätte bestätigen können, war es Seiner Lordschaft, wenn er einmal einen Entschluß gefaßt hatte, sehr zuwider, ihn noch einmal zu ändern. Trotzdem wollte er seine zukünftige Frau nicht verärgern. »Aber ich wollte doch die Sache noch vor unserer Hochzeit unter Dach und Fach bringen«, protestierte er.

»Was mich auf etwas anderes bringt, das ich noch mit dir diskutieren wollte, Lieber. Nur«, sie rümpfte die kleine Stupsnase, »hätte ich die Sache normalerweise nicht so früh am Morgen in Angriff genommen. Aber das spielt jetzt keine Rolle. Was ich dich fragen wollte ist, ob wir unsere Hochzeit nicht für ein paar Tage verschieben könnten.«

»Die Hochzeit verschieben! Weshalb um Himmels willen?«

»Um zum Lower Wallop Steeplechase gehen zu können, natürlich. Du möchtest brennend gern dorthin gehen, Devenham. Gib es zu. Und was mich betrifft, so würde ich sie mir auch liebend gern ansehen.«

»Wirklich?« Sein Gesicht hellte sich beträchtlich auf. »Ich hatte ja keine Ahnung, daß dich so etwas reizt, Liebes.« Das war nur allzu wahr. Seine Lordschaft hatte bei näherer

Bekanntschaft mit seiner zukünftigen Frau zu vermuten begonnen, daß sie außerhalb des Schlafzimmers fast gar nichts gemeinsam hatten.

»Nun ja, normalerweise habe ich für Pferderennen nicht unmäßig viel übrig«, gab Mrs. Alden aufrichtig zu. »Aber Plump reitet bei diesem hier mit, verstehst du. Und ihm liegt sehr viel daran, daß ich mit dabei bin.«

»Nun, ich gebe offen zu, daß ich gern hingehe. Ich hätte nicht gerne den Tag für die Hochzeit ausgesucht, wenn ich gewußt hätte, daß da das Rennen stattfindet. Tatsache ist, daß es hier in der Gegend noch nie eine Steeplechase dieser Qualität gegeben hat. Gewöhnlich veranstalten die hiesigen Burschen gelegentlich ein Hindernisrennen. Aber zu dem hier kommen die besten Pferde und Reiter aus ganz England.«

»Dann wollen wir doch hingehen!«

»Aber was ist mit unseren Gästen?« Devenham rutschte unbehaglich auf seinem Sessel hin und her. »Ich kann doch nicht ein Haus voller Leute einladen, damit sie an unserer Hochzeit teilnehmen und hinterher sagen, wir hätten unsere Ansicht geändert.«

»Warum denn nicht? Die meisten haben ohnehin vor, während des Rennens hierzubleiben. Und die anderen werden nur zu erfreut sein, noch ein paar Tage länger die Landluft genießen zu können. Vor allem«, fügte sie ironisch hinzu, »bei freier Unterkunft und Verpflegung.«

»Großartig, dann machen wir es so.« Der Blick Seiner Lordschaft erhellte sich beträchtlich. Wäre er sich dieser Veränderung seines Gesichtsausdrucks bewußt gewesen, so hätte er es nur seiner Vorfreude auf das Rennen zugeschrieben. Nicht in tausend Jahren hätte er auch nur vor sich selbst eingestanden, daß er außerdem einige Erleichterung über den Aufschub seiner bevorstehenden Ehe empfand.

»Sehr schön. Aber ich muß zugeben, daß ich noch ein anderes Motiv habe. Ich hoffe, daß Plumb in diesen nächsten paar Tagen Cassandra für sich gewinnen kann. Und wenn das geschieht, dann, glaube ich, kenne ich dich gut genug, um zu wissen, daß du deiner Tochter nichts in den Weg legen wirst. Falls dir aber die Aussicht auf diese Verbindung doch nicht zusagen sollte, dann darf ich dir vielleicht einen kleinen Köder vorlegen. Wie du selbst gesagt hast, kommen Leute von überallher, um sich das Rennen anzusehen. Vor allem werden sehr viele junge Männer kommen. Und wenn sie die neue, attraktive Cassandra zu Gesicht bekommen, nun, dann sollte es mich wundern, wenn sich da keine Auswahl bietet.«

»Meinst du?« Seine Lordschaft sah eine Spur skeptischer drein, als angemessen schien.

»Davon bin ich überzeugt. O Devenham, es ist so lieb von dir, daß du die Anzeige an die ›Gazette‹ erst später schicken willst.« Und bevor er noch einen Protest äußern konnte, fügte sie hinzu, indem sie sich genußvoll streckte und dehnte: »Ich weiß schon, wie ich dich dafür belohnen kann.«

»Darauf gehe ich jede Wette ein!« Seine Lordschaft war nahe daran, aus seinem Sessel hochzuschnellen. Er nahm die halbleere Schokoladentasse von der Bettdecke, ließ sich neben seiner Zukünftigen nieder und küßte auf romantischste Weise ihre Hand.

»Statt zwei Wochen werden wir zwei Monate in Frankreich bleiben!«

»Oh, aber ich dachte ...«

Ihre Hand glitt aus seinen kraftlosen Fingern. »Stell dir vor – nur wir beide«, murmelte sie. »Allein in diesem romantischen Land.«

Seine Lordschaft überlegte. »Zwei M-Monate?« Seine Stimme zitterte gefühlvoll. »Aber wirklich, Gwen, Liebes, so lange können wir nicht wegbleiben.«

»Ach, Unsinn. Es besteht keine Notwendigkeit, vor der Vorsaison in London zu sein.«

»In *London*?« Seine Stimme hob sich um eine halbe Oktave.

»Aber ja, natürlich. Ich habe dir gegenüber doch Lady

Buxtons Ball erwähnt, oder nicht? Ganz sicher – da sie ihn ja ausdrücklich für uns gibt. Es ist hohe Zeit, daß du aus deiner Austernschale herauskommst, Devenham, und dich mehr in der Gesellschaft bewegst. Jedenfalls habe ich vor, dafür zu sorgen. Deine Tage als muffiger alter Junggeselle sind gezählt«, gurrte sie. »Ein neues Leben kommt auf dich zu.«

»Wenn du meinst, Liebes«, brachte Devenham ziemlich mühsam heraus.

Aber der Mangel an Begeisterung war seiner Stimme deutlich anzuhören, und seine Augen hatten ganz entschieden einen glasigen Blick.

14

Jeremy Gifford aus der Bow Street saß in der geräumigen Eingangshalle und sah sich um, bemüht, nicht allzu sehr von so viel Pracht beeindruckt zu sein. Der hochgestochene Butler hatte sich fast geweigert, ihn einzulassen. Offensichtlich hatte es dem Mann auf der Zunge gelegen, Jeremy zum Dienstboteneingang zu dirigieren. Dann, als der Polizist auf einer Unterhaltung mit Lord Devenham bestanden hatte, hatte es dem Butler offensichtlich Befriedigung verschafft, den Beamten darüber zu informieren, daß Seine Lordschaft nicht zu Hause seien. Und ebenso unzugänglich war er bezüglich der Auskunft darüber gewesen, wann Seine Lordschaft zurückzuerwarten seien.

Aber die Worte ›Bow Street‹ hatten sich als ebenso magisch erwiesen wie ›Sesam öffne dich‹. Nachdem sie geäußert worden waren, verschwand etwas von dem steifleinenen Gehabe, und ein ziemlich verwirrter Parker hatte sich bereit erboten nachzusehen, ob Ihre Ladyschaft vielleicht zur Verfügung stünden. Und er hatte auch gestattet, daß Jeremy das Schloß betrat. Allerdings nur eben gerade, so als ob Parker sich noch unschlüssig sei, auf welcher Seite des Gesetzes der wie ein Boxer aussehende Besucher nun wirklich stünde.

Lady Cassandra tauchte soeben aus ihrem Schlafzimmer auf, als der einigermaßen atemlose Butler sie aufsuchen wollte. Sie war bei seinem Anblick erleichtert, denn er ermöglichte ihr, Charles zu ignorieren, der soeben aus Lord Severns Gemächern kam. Trotzdem konnte sie sich nicht enthalten, ihn heimlich zu beobachten. Und als Parker das Wort ›Bow Street‹ aussprach, glaubte sie zu sehen, wie der Kammerdiener erstarrte.

Sein Rücken war Cassandra zugewandt, während sie den Butler dazu brachte, die Nachricht zu wiederholen, daß sich tatsächlich ein Polizeibeamter aus der Bow Street in der Eingangshalle niedergelassen habe und eine Unterredung begehre. Aber es war für sie unübersehbar, daß Godfrey eindeutig erstarrte und ganz offensichtlich angestrengt zuhörte. Als Cassandra Parker in Richtung der Haupttreppe folgte, warf sie einen letzten Blick über die Schulter weg. Der Kammerdiener eilte der Dienstbotentreppe zu.

Inzwischen saß Jeremy Gifford unbehaglich auf dem harten Holzstuhl, den Parker ihm zugewiesen hatte. Sein Blick schweifte durch die Halle, über die geschwungene Treppe, die Rüstungen, die vergoldeten Spiegel und jene bronzene Statue, die den riesigen Kandelaber hielt. Der Polizist neigte nicht zu Neid. Er gab sich nicht der Vorstellung hin, wie es wäre, in solcher Pracht zu leben. Statt dessen überlegte er, was für ein Paradies für Diebe diese Halle sein müßte. Als sich ihm Lady Cassandra näherte, erhob sich Mr. Gifford respektvoll und brachte sein Anliegen vor.

Nein, so teilte sie ihm aufatmend mit, in Devenham Hall hielt sich kein Captain Danforth auf. Sie kannte gar niemanden dieses Namens. Wie um Himmels willen kam man in der Bow Street auf den Gedanken, er könnte unter ihren Gästen sein?

Mr. Gifford beantwortete ihre Frage mit einer eigenen. »Hält sich Lord Severn hier auf, M'lady?«

»Ja, mein Cousin ist hier. Warum fragen Sie? Behaupten Sie bloß nicht, George habe gegen die Gesetze verstoßen. Das würde ich nie und nimmer glauben.«

»O nein, M'lady«, versicherte er hastig. »Nichts dergleichen. Es ist nur so, daß seine Lordschaft ein spezieller Freund des Captain ist und möglicherweise etwas über seinen Aufenthalt weiß. Wenn ich ein Wort mit Lord Severn sprechen könnte...«

»Zu dieser frühen Zeit? Da würde er sich bedanken. Mein Cousin steht selten vor Mittag auf. Außerdem hat Lord Severn sehr viele Freunde und man kann kaum erwarten, daß er – ach du meine Güte! Mir ist gerade eingefallen...« Sie brach ab, während Mr. Giffords Miene sich aufzuhellen schien.

»Ja. M'lady?«

»Ist dieser Captain Danforth, den Sie da erwähnen, ein hervorragender Reiter?«

»Ein ungewöhnlich guter, so viel ich gehört habe. Bevor er, äh, mit dem Gesetz in Konflikt kam, hielt man ihn für den zukünftigen Gewinner der Lower Wallop Steeplechase. Diese Tatsache, zusammen mit Lord Severns Anwesenheit hier, schien darauf hinzudeuten, daß er in Devenham Hall sein könnte.«

»Nun, er ist nicht hier. Aber es besteht keine Notwendigkeit, Lord Severn zu behelligen, denn ich erinnere mich jetzt, daß mein Cousin irgend jemandem erzählte, sein Freund sei nach Frankreich gereist. Da ich zuvor nie etwas von dem Gentleman hörte, achtete ich nicht sonderlich auf die Unterhaltung, und so hatte ich das Ganze vergessen. Aber nun wissen Sie es – der Gentleman, den Sie suchen, ist in Frankreich. Es tut mir leid, daß Sie sich umsonst hierher bemüht haben.« Sie warf einen anzüglichen Blick auf die Tür und Parker, der sich in diskreter Entfernung aufgehalten hatte, kam herbeigeeilt, um sie zu öffnen.

Mr. Gifford zögerte jedoch, das Feld zu räumen. Allein den Eintritt zu erzwingen war zu schwierig gewesen, um jetzt so schnell aufzugeben. »Ich bitte vielmals um Verzeihung, M'lady, aber tatsächlich haben wir einen Tip bekommen, daß der Captain hier in Devenham Hall sein soll.«

»Wer um alles auf der Welt hat Ihnen einen solchen Quatsch erzählt?« erkundigte sie sich.

»Es war ein anonymer Hinweis, Euer Ladyschaft.«

Cassandra hob zu verächtlichem Schnauben an, verwandelte es jedoch mit fraglichem Erfolg in ein Hüsteln. »Nun«, erwiderte sie, so bald sie sich gefaßt hatte, »ich wundere mich, daß die Behörden so etwas derartige Aufmerksamkeit schenken. Wenn ein Informant nicht einmal seinen Namen angibt, so kann man ihm doch wohl schwerlich vertrauen. Mir jedenfalls scheint es eine Vergeudung öffentlicher Gelder zu sein, auf Grund eines Gerüchts einen Beamten diesen ganzen weiten Weg hierher machen zu lassen.«

»Oh, Sie wären überrascht, M'lady, wie oft sich solche Hinweise auszahlen.«

»Nun ja, dann muß man wohl die Chance wahrnehmen. Aber ich fürchte, in diesem Fall war es eine Fehlspekulation.«

»Es hat den Anschein. Aber der Bursche, der uns geschrieben hat, behauptete auch, das Pferd des Captain sei hier.«

»Hier? In unseren Ställen?«

»Ja, M'lady.«

»Aber das ist doch lächerlich. Wir sind kein Asyl für herrenlose Tiere. Haben Sie Ihr Glück beim Tattersall oder Tilbury's in London versucht?«

»Natürlich, M'lady.«

»Dann befindet sich das Pferd vielleicht in einer der Posthaltungen hier in der Gegend. Die einzigen Pferde, die hier sind, gehören entweder uns oder unseren Gästen.«

»Sie hätten doch sicher nichts dagegen, wenn ich einmal nachsehen würde?«

»Warum um Himmels willen sollten Sie das tun?« Lady Cassandras Stimme war von äußerstem Hochmut. »Ich habe Ihnen doch gerade gesagt, daß wir keine Pferde hier haben, über die wir nicht Bescheid wissen.«

»Aber – verzeihen Sie nochmals, M'lady – wäre es nicht möglich, daß einer Ihrer Gäste, vielleicht ihr Cousin, im Besitz des Pferdes sein könnte?«

»Mein Cousin jedenfalls nicht«, erklärte sie mit Nachdruck. »Denn ich habe gehört, wie er bei der erwähnten Unterhaltung zu seinem Gegenüber sagte, er wisse nichts von Captain Danforths Pferd. Er nahm an, sein Freund habe es mit nach Frankreich genommen, was im übrigen auch weit wahrscheinlicher scheint, als daß er es irgendwo auf dem Land abgestellt haben soll. Die Idee ist einfach lächerlich.«

»Nicht ganz so lächerlich, M'lady, wenn man die Nähe Davenham Halls zu Lower Wallop bedenkt. Dürfte ich mich also vielleicht doch einmal umsehen, nur um meine Vorgesetzten in der Bow Street zufriedenzustellen? Sie würden kaum verstehen, daß ich diesen weiten Weg hierher zurücklege, ohne wenigstens einen Blick in Ihre Stallungen geworfen zu haben.«

Cassandra faßte einen schnellen Entschluß. »Na schön. Ich werde Sie selbst dorthin bringen.«

Ihr wirbelte der Kopf, als sie den Polizeibeamten zu den Ställen hinübergeleitete. Sie nahm kaum die höflichen Kommentare über die Schönheit der Landschaft und das großartige Wetter zur Kenntnis. Was sie dachte, war natürlich absurd. Undenkbar. Aber trotzdem...

»Haben Sie das Pferd dieses, äh, Captain Danforth schon einmal gesehen?« fragte sie abrupt.

»Nein, M'lady. Aber ich habe eine gute Beschreibung. Es ist ein auffallendes Pferd.«

Im Hof vor den Stallungen versuchte der Polizist, während sich Cassandra mit dem Stallmeister unterhielt, seine Reaktion zu verbergen, während er auf das riesige Steingebäude mit der dekorativen Kuppel starrte. Die Pracht der Eingangshalle hatte ihn unbeeindruckt gelassen. Die Großartigkeit der Stallungen erregte ihn. Kaum jemand in seinem Bekanntenkreis war so gut untergebracht wie diese Tiere.

Innen ging er systematisch die Gänge entlang, betrachtete jedes einzelne Pferd genau und sah erwartungsvoll den Reitknecht an, als er an einer leeren Box ankam. »Die ist für Lord Morices Braunen«, erklärte der junge Mann. »Er ist ins Dorf geritten.« Oder ein andermal: »Die Box ist hier im Augenblick leer.«

Als sie sich der Box näherten, in der Trafalgar untergebracht war, hielt Cassandra den Atem an und bemühte sich, desinteressiert dreinzublicken. Da der Polizist sie nicht ansah, wurde ihr Erfolg nicht in Frage gestellt. Sie hätte jedoch beinahe nach Luft geschnappt, als eine gescheckte Stute, die vom Reitknecht als ihr letzter Erwerb hingestellt wurde, im Heufressen inne hielt, um die Beobachter ihrerseits zu beobachten. Verwirrter denn je näherte sich Cassandra jeder darauffolgenden Box mit innerem Zittern. Aber am Ende der Runde hatte sich für alle Pferde und leere Boxen eine Erklärung gefunden.

»Sie haben nicht kürzlich einen weißen Hengst hier gehabt?« erkundigte sich Mr. Gifford beim Reitknecht.

»Ja, doch – den einen dort in der vierten Box.«

»Nein, ich meine einen ganz weißen. Der dort hat eine Blesse und noch ein paar andere Musterungen.«

»O nein. Wir haben keinen vollständig weißen Hengst.« Das Gesicht des Reitknechts war aufrichtig und offen. Er vermied jedoch, Lady Cassandra einen Blick zuzuwerfen.

»Oder haben Sie einen hier in der Gegend gesehen?«

»Nicht, so weit ich mich erinnere.«

»Dann also gut. Ich danke Ihnen für Ihre Mühe.«

Der Beamte schien völlig zufriedengestellt, als er sich höflich von Lady Cassandra verabschiedete und sich für sein Eindringen entschuldigte.

»Ich verstehe völlig, daß Sie Ihre Pflicht zu erfüllen haben.« Oberflächlich gesehen war sie voller Huld.

Aber sobald Mr. Gifford in seinem Mietwagen die Zufahrt verlassen hatte, rannte Cassandra ins Schloß zurück und die Treppe hinauf. Ihr Klopfen an Viscount Severns Tür glich eher einem Donnerschlag. Cassandra sog noch an ihren Fingerknöcheln, als eine gedämpfte Stimme von innen heraus ein heiseres »Herein!« krächzte.

»Wo ist Godfrey?« fragte sie in harschem Ton.

»Woher zum Kuckuck soll ich das wissen?« Georges Augen, in gleichem Abstand zwischen Nachtmütze und Laken, öffneten sich spaltbreit. »Noch im Bett, wenn er einen Funken Verstand hat.«

»Nein, ist er nicht. Er ist schon lange auf. Ist er zurückgekommen?«

»Du scheinst wesentlich mehr über seinen Aufenthalt zu wissen als ich«, kam die gereizte Antwort.

Cassandra ging zum Ankleidezimmer und spähte hinein. Es war leer. Das schmale Bett war ordentlich gemacht, wenn auch – und darauf wäre sie jede Wette eingegangen – nicht von Godfrey selbst. »Nun, wenn er zurückkommt – *falls* er zurückkommt –, sag ihm, ich wolle ihn sprechen. Und mit dir hätte ich mich auch gern unterhalten, George, sofern du durch eine Tasse Tee halbwegs zum Leben erweckt worden und ansprechbar bist.« Bevor sie die Tür hinter sich schloß, sah Cassandra mit Befriedigung, daß sich ihr Cousin aufgerichtet hatte und auf seinem Gesicht ein besorgter Ausdruck lag.

Um alles weitere weder dem Schicksal noch George zu überlassen, öffnete Cassandra die Tür ihres Schlafzimmers und beließ es dabei. Sie setzte sich auf einen Stuhl, von dem aus sie einen ungehinderten Blick über den Korridor hatte. Es war kein Zeichen ihrer Erregung, daß sie immer wieder Pfuscharbeit bei ihrer Stickerei leistete. Ihre Künste auf dem Stickrahmen waren schon auf der Akademie für junge Damen immer jedermanns Verzweiflung gewesen. Erstaunlich war nur ihre Beharrlichkeit. Denn sie harrte eine Dreiviertelstunde bei ihrer Arbeit aus, bis sie endlich den Kopf des Kammerdieners erspähte, der langsam auf der Dienstbotentreppe auftauchte.

»Godfrey! Ich hätte gern ein Wort mit Ihnen gesprochen.«

Er fuhr zusammen – wie ein ertappter Schuljungen, dachte Cassandra.

»Mit mir, M'lady?« Das Gesicht des Kammerdieners war sofort wieder gelassen, seine Augen hatten einen unschuldigen Ausdruck.

»Ja, Godfrey, mit Ihnen.« Sie blieb neben der Tür stehen und beorderte ihn mit einer gebieterischen Geste ins Innere ihres Zimmers. Dann schloß sie die Tür energisch.

»Bitte, setzen Sie sich, Captain Danforth«, sagte sie.

15

Captain Charles Danforth folgte Lady Cassandras Aufforderung auf einigermaßen übertriebene Weise, indem er sich der Länge nach auf ein mit Krokodilbeinen geschmücktes Sofa legte. »Ich bin froh«, bemerkte sie, während sie einen Hocker heranzog, um sich ihm gegenüberzusetzen, »daß Sie wenigstens keine Zeit damit verschwenden zu bestreiten, daß Sie sind, wer Sie sind.« Um die Wahrheit zu sagen, sie war irritiert über seine Nonchalance. Sie hatte wesentlich mehr an Reaktion erwartet.

»Würde es irgend etwas nützen, wenn ich alles abstreiten würde? Ich habe mit dem Gedanken gespielt, mich als Captain Danforths illegitimen Bruder auszugeben, der oft mit ihm verwechselt wird. Aber eine innere Stimme sagte mir, daß das doch nicht funktionieren würde.«

»Würde es auch nicht. Und ich glaube nicht, daß es im Augenblick in Ihrem Interesse läge, mir gegenüber weiterhin all die Lügenmärchen auszuspinnen wie bisher – die vom Vater, dessen brennender Ehrgeiz darin besteht, daß Sie Butler werden, zum Beispiel. Ausgerechnet...« Sie begann zu stottern, als ihr die Worte fehlten und sie nur noch mit einem entrüsteten Blick ihre Gefühle ausdrücken konnte.

»Märchen? Ich ziehe vor, meine Geschichten als Fabeln zu bezeichnen. Und wie bei allen guten Fabeln enthielten auch meine ein Körnchen Wahrheit.«

»*Wahrheit*, Captain Danforth? Ich kann mir nicht vorstellen, daß Sie und die Wahrheit miteinander eng vertraut sind.«

»Aber hören Sie...«, und nun sah der Captain tatsächlich gekränkt drein. »Das ist ziemlich unfair, Cassandra. Sie können unmöglich wissen, was...«

»Lady Cassandra, bitte«, unterbrach sie ihn mit kaltem

Hochmut. »Und Sie haben recht, Sir. Ich kann unmöglich alle Ihre Gründe wissen, mit denen Sie meinen Cousin überredet haben, unsere Gastfreundschaft zu mißbrauchen, indem er einen Kriminellen schützte.«

Der Captain zuckte ob dieser Bezeichnung zusammen. Er griff in die Tiefen seiner Rocktasche und zog eine große Zigarre heraus.

»Sie haben doch wohl nicht die Absicht, hier zu rauchen? Was wird mein Zimmermädchen denken?«

»Daß Sie entweder sich selbst dieses Laster angeeignet oder aber einen Mann in Ihrem Schlafzimmer gehabt haben«, antwortete er, während er sich die Zigarre mit heftigem Paffen anzündete.

»Captain Danforth, ich versuche hier eine ernste Sache zu besprechen.«

»*Lady* Cassandra, ich bin mir des Ernstes meiner Situation wohl bewußt.«

»Ich frage mich, ob Sie dazu überhaupt fähig sind. Aber um zur Sache zu kommen. Ich weiß nicht und mag auch nicht darüber nachgrübeln, weshalb Sie vor der Polizei davonlaufen. Aber ich habe eine sehr klare Vorstellung davon, weshalb Sie das hier als Versteck ausgesucht haben.«

»Weil George hier ist?« sagte er hilfsbereit.

»Nein. Natürlich, wenn George nicht hier wäre, so hätten wir Sie ja auch nicht als seinen Kammerdiener erleben dürfen. Hören Sie doch auf mit Ihren Vernebelungsversuchen, Captain Danforth. Ich versuche Ihnen zu sagen, daß Sie sich meiner Ansicht nach hier verstecken, um beim Rennen am Lower Wallop teilnehmen zu können. Habe ich nicht recht?« Er nickte und sie fuhr fort: »Und als Sie Mr. Gifford von der Bow Street sahen, rannten Sie zu den Ställen hinüber und ließen Trafalgar verschwinden.«

»Falsch.« Er blies einen Rauchring und sah zu, wie er zur Decke empor stieg. »Ich rannte zu den Ställen hinüber und bestach die Reitknechte, damit sie bestritten, Trafalgar je gesehen zu haben. Die Vorsichtsmaßnahme, mein Pferd wegzubringen, hatte ich schon getroffen, als mir der Gedanke dämmerte, Mr. Davies könne möglicherweise versuchen, mich vom Rennen auszuschließen.«

»Mr. Davies? Der Polizist sagte tatsächlich, jemand habe ihm einen Tip gegeben, daß Sie hier sind, aber so etwas würde Mr. Davies doch wohl nicht tun? Zumindest nicht aus dem Grund, den Sie andeuten, nämlich um Sie dem Rennen fernzuhalten, damit er selbst eine bessere Chance hat. Das wäre unsportlich und eines Gentleman nicht würdig.«

»Ja, natürlich wäre es das. Ganz zu schweigen von der Hinterhältigkeit und Gemeinheit.«

»Natürlich«, so überlegte sie laut, »auch wenn Mr. Davies wirklich der Denunziant wäre, so darf man nicht übersehen, daß Sie tatsächlich ein gesuchter Krimineller sind.«

»Hätten Sie etwas dagegen, gelegentlich das Wort ›Flüchtling‹ zu benutzen statt ›Krimineller‹? Es klingt wesentlich weniger nach einem Schurken, finden Sie nicht auch?«

»Wenn also Mr. Davies Sie wirklich verraten hat, so geschah das vielleicht aus einem Gefühl der Verantwortung heraus.«

»Ja. Und vielleicht können Schweine fliegen.«

»Genug von Mr. Davies. Nicht sein Verhalten steht hier zur Debatte, sondern Ihres. Worüber wir sprechen müssen ist, was ich nun unternehmen sollte.«

»Auch Sie sind im Begriff, sich als verantwortungsvolle Bürgerin zu gebärden, ja?«

»Nur wenn mir keine andere Wahl bleibt. Ich werde Ihnen mitteilen, Sir, was ich vorhabe.«

Während Lady Cassandra ihren Plan zu umreißen begann, verlor Charles Danforth den letzten Fetzen seiner gut gespielten Nonchalance. Er vergaß zu rauchen. Seine Zigarre erlosch. Sein Kinn sank herab. Sein Blick wurde glasig. Und als Cassandra ihre zuvor geprobte Rede beendet hatte und ihn erwartungsvoll ansah, fehlten ihm die Worte. »Nun?« drängte sie.

Er fand schließlich die Sprache wieder. »Nein! Nein, niemals! Das ist Erpressung!« platzte er heraus. »An solch einem schwachsinnigen, irren, idiotischen Vorhaben beteilige ich mich nicht!«

»Wirklich nicht?« Sie lächelte hinterlistig. »Nun, dann genießen Sie Ihren Aufenthalt in Frankreich, Captain Danforth.«

Er sah sie wütend an und konnte kaum den Drang unterdrücken, sie zu erwürgen, während er sich gleichzeitig darüber wundern konnte, wieso er tatsächlich die Befürchtung gehegt hatte, er könnte sich verlieben, und zwar in diese – dieses... Aber schließlich, hatte Jael in der Bibel nicht auch Sissera liebreich zu sich gelockt, bevor sie ihm den Nagel in die Schläfe schlug?

»Es ist nicht nötig, daß Sie Ihre schäbigen Tricks bei mir anwenden.« Er ging durchs Zimmer und drückte seine Zigarre wütend und völlig unnötigerweise in einer Porzellanschale auf dem Waschständer aus. »Es ist unerheblich, was ich von Ihrer blödsinnigen Idee halte.« Diesmal suchte er sich ein Sofa mit Löwenkopf aus, setzte sich jedoch sehr aufrecht darauf. »Sie brauchen Georges Unterstützung noch mehr als meine. Und da wird er nicht mitmachen.«

»O doch, er wird.« Cassandra blickte sehr selbstsicher drein. »Es ist ganz offensichtlich, daß für George kein Opfer zu groß ist, wenn es sich um Ihre Freundschaft handelt. Die Tatsache, daß er ohne Chesney hier anzukommen versuchte, ist Beweis genug. Mir beizustehen ist verglichen damit eine Bagatelle. Wollen wir ihn fragen?«

»Ja, genau das werden wir tun.« Er stand auf. »Und bereiten Sie sich auf einen kleinen Schock vor. Ich glaube, daß George unerbittlich bleiben wird. Er war, wie Sie sagen, wirklich bereit, so ziemlich alles für mich zu tun. Aber das, was Sie da vorschlagen, greift die Familienehre an. Oh, er wird mich eher den Wölfen zum Fraß vorwerfen. Und bei Gott, ich könnte es ihm nicht verdenken.«

Nun war Cassandra an der Reihe, zornig dreinzublikken. Genau wie Charles begann sie ihre gefühlsmäßige Verfassung in anderem Licht zu sehen. Ihre erste Aufwallung von Erleichterung darüber, daß sie sich wenigstens nicht in ein Mitglied der dienenden Klasse halbwegs verliebt hatte, war kurzlebig gewesen. Nun begann sie sich zu fragen, ob sie nicht den unterwürfigen Godfrey dem arroganten Captain Danforth vorgezogen hätte.

»Ich will erst hineingehen und nachsehen, ob er anständig angezogen ist«, sagte Charles energisch, als sie beide vor der Tür ihres Cousins angekommen waren. »George ist bezüglich Anstand nicht so unsensibel wie Sie.«

Während er die Tür öffnete und hinein spähte, erwog Cassandra die Konsequenzen, die es mit sich bringen würden, wenn man einen ehemaligen Kavallerie-Captain gegen das Schienbein trat. Das einzige, was ihn dann doch davor bewahrte, waren seine abrupt veränderten Manieren. »Lady Cassandra möchte ein Wort mit Ihnen reden, Euer Lordschaft.« Er ließ sie eintreten.

Sie verkniff sich eine schneidende Bemerkung, als sie den Grund für die Verlängerung dieser Komödie sah. Mr. Davies' Kammerdiener legte soeben letzte Hand an Georges Halsbinde. Es bedurfte einiger Sekunden verzweifelter Pantomime hinter Standens Rücken, bevor George begriff. »Äh, so ist es jetzt gut, danke.« Der Kammerdiener wurde entlassen. Kaum hatte sich die Tür hinter ihm geschlossen, als George aufstand, und die beiden Eindringlinge verängstigt ansah.

»Ich glaube, du setzt dich am besten wieder, mein Alter.« Charles kam unmittelbar zur Sache. »Deine Cousine ist vollkommen übergeschnappt, hat jeglichen Verstand verloren und versucht nun, uns in ihre Hirngespinste mit einzubeziehen. Die Keule, die sie über unseren Köpfen schwingt, besteht darin, daß sie vorhat, Bow Street zu benachrichtigen, damit man mich hier erwischt – sofern wir nicht genau das tun, was sie will.«

»Aber hör mal!« George sah seine Cousine mit deutlicher Mißbilligung an. »So was hätte ich von dir nicht gedacht, Cassie.«

»Ach, achte doch nicht auf seine Übertreibungen,

George. Dazu wird es gar nicht kommen. Das, um was ich dich bitte, ist wirklich eine Kleinigkeit.«

Captain Danforths Schnauben war eine Meisterleistung an Hohn und dazu angetan, jedes weibliche Wesen zu entmutigen, es ihm darin gleichzutun. »Ja, wirklich eine Kleinigkeit«, äffte er sie nach. »Ich möchte dir nur eines sagen, George – du sinkst in meiner Wertschätzung nicht um ein Jota, wenn du ihr mitteilst, sie solle in Dreiteufelsnamen die Bow Street benachrichtigen.«

»Ich würde vorschlagen, daß Sie mich erst einmal allein mit meinem Cousin reden lassen.« Lady Cassandras Ton und gerunzelte Stirn bedeuteten ganz klar, daß er verschwinden möge.

Aber von Godfrey war keine Spur mehr vorhanden. Captain Danforth warf sich auf das Bett seines Freundes und lehnte sich, die Hände hinter dem Kopf, gegen die Kissen. »Das lasse ich mir um nichts auf der Welt entgehen. Los, erzählen Sie ihm schon, was Sie da planen.«

»George, ich habe vor, bei der Lower Wallop Steeplechase mitzureiten. Darüber habe ich schon seit einer Ewigkeit nachgedacht, seit ich gehört habe, wieviel Geld darin steckt. Das ist der perfekte Ausweg aus meinen Kalamitäten, verstehst du. Mein Gewinn wird es mir ermöglichen, mich auf eigene Beine zu stellen und unabhängig zu sein, ohne daß Papa das billigen muß. Das Problem bis jetzt war nur, daß ich nicht wußte, wie ich vorgehen sollte. Aber wenn du mir hilfst, ist alles ganz einfach.«

Georges Augen drohten aus dem Kopf zu treten. Er empfand ein plötzliches Bedürfnis nach einem festen Halt und brach in einem Sessel zusammen, während Cassandra vor ihm stehen blieb. »Charlie hat recht. Du hast wirklich total den Verstand verloren.«

»Sei nicht dumm, George. Wenn du es dir einmal recht überlegst, ist das eine ganz vernünftige Aktion.«

»Vernünftig!« Ihr Cousin erstickte fast an dem Wort. Dann, ganz plötzlich, beruhigte er sich. »Na gut, ich *überlege,* und du brauchst mich gar nicht erst in deinen schwachsinnigen Plan mit hineinzuziehen, denn bei der Steeplechase läßt man keine Frauen mitreiten, und damit hat sich das Ganze.«

»Glaubst du denn, ich sei mir solcher Vorurteile nicht bewußt? Ich beabsichtige nicht als Frau zu reiten. Und hier, George, brauche ich deinen Beistand.«

Das Stöhnen des Viscount hatte etwas Mitleiderregendes.

»Was ich soweit verstanden habe, ist folgendes: du und er...«, sie machte eine Geste in Richtung des Bettes, ohne hinüberzublicken, »... haben den Plan ausgeheckt, daß du Trafalgar zum Rennen anmeldest und zwar mit dir als Reiter. Dann, in letzter Minute nimmst du eine Änderung vor. Stimmt das?« Ihr Cousin nickte. »Nun, und alles, worum ich dich bitte, ist, daß du auch Pegasus anmeldest.«

»Und ich soll dann beim Rennen zwei Pferde reiten?«

Charles Danforth lachte leise über den Sarkasmus des Viscount.

»Nein, natürlich nicht. Eustace wird Pegasus reiten.«

»Eustace! Mein kleiner Bruder! Wie, zum Teufel, soll er das machen. Er ist in Harrow. Außerdem ist der Junge kein besserer Reiter als ich. Schlechter sogar.«

»Schlechter? Komm schon, George, das ist kaum möglich«, bemerkte Charles.

Cassandra ignorierte weiterhin alle vom Bett herüberdringenden Kommentare. Aber sie bemühte sich nicht, ihre Ungeduld ob der Halsstarrigkeit ihres Cousins zu unterdrücken. »Mir sind Eustaces Reitkünste völlig egal. Er wird Pegasus gar nicht reiten. Ich werde das tun, indem ich als Eustace antrete.«

»Das ist doch wohl nicht dein Ernst, Cassandra. Du machst dich bloß über mich lustig. Es ist gar nicht anders möglich.«

»Nichts dergleichen. Der Plan ist vollkommen vernünftig. Eustace und ich haben ungefähr die gleiche Größe und Haarfarbe. Und außerdem, finde ich, besteht da eine große Familienähnlichkeit. Wenn ich so angezogen bin wie die übrigen Reiter und mir die Mütze tief ins Gesicht ziehe, sehe ich aus wie jeder andere auch.«

»Wenn Sie das machen, suche ich mir ein anderes Rennen.« Das kam vom Bett her.

»Siehst du, George, ich habe vor, mich von dem Kriminellen hier inspirieren zu lassen und unsichtbar zu bleiben, bis sich die Pferde zum Start aufstellen. Und zu dem Zeitpunkt sind die anderen Reiter mit wichtigeren Dingen befaßt, als darüber nachzugrübeln, wer ich sein könnte. Wirklich, es gibt keinen Grund, weshalb das nicht funktionieren sollte.«

Auf Anhieb war George überzeugt, daß ihm da Hunderte von Gründen einfallen würden. Er äußerte das erste Gegenargument, das ihm in den Kopf kam. »Hast du daran gedacht, daß es Eustace absolut ähnlich sehen würde, sich von der Schule wegzuschleichen und zum Rennen zu kommen?«

»Ja, ja, daran habe ich auch gedacht«, erwiderte Cassandra. »Ich muß ihm einfach schreiben und ihn ins Vertrauen ziehen. Ich glaube, er wird das für einen tollen Streich halten und nicht im Traum daran denken, mir einen Strich durch die Rechnung zu machen. Er ist kein Hasenherz wie du, George.«

»Sie werden Ihren Cousin nicht zum Nachgeben bewegen, wenn Sie ihn schlecht machen, Cassandra«, sagte Charles zu ihr. »Über solche Dinge ist George erhaben.«

»Ich habe ihn nicht schlecht gemacht. Oder ja, vielleicht doch. Bitte verzeih mir, George. Außerdem gibt es auch ein Argument, das weit mehr Gewicht hat. Darf ich dich darauf hinweisen, Cousin, daß die Freiheit deines kriminellen Freundes nicht das einzige ist, was deiner Kooperation bedarf. Deine eigene Freiheit steht ebenfalls auf dem Spiel. Möglicherweise gelingt es Papa, uns in eine Ehe hineinzukatapultieren, wenn ich dem nicht zuvorkomme und mich unabhängig mache.«

»Das nenne ich niederträchtig«, bemerkte Danforth.

George jedoch war über diese letzte Begründung keineswegs so aufgerührt, wie die anderen erwartet hatten. »Oh, ich zweifele keinen Augenblick lang, daß dein Papa in dieser Hinsicht seinen Kopf durchsetzen wird«, sagte er mit einem wenig schmeichelhaften Seufzer. »Das Ärgerliche ist nur, das, was du da vorschlägst, wird ihn nicht aufhalten. Sicher, dein kleines Komplott hier kann Charlie vielleicht einen Aufschub gewähren. Aber das ändert keinen Deut am ganzen, so weit es unsere Heirat betrifft. Denn um es klar und deutlich auszudrücken, die Chance, daß du gewinnst, ist gleich Null.«

Cassandra war entrüstet.

Charles lachte laut auf. »Ich habe mich schon gefragt, wer von uns beiden das aussprechen müßte. Vielen Dank, Severn.«

Cassandra, bereit George scharf zurechtzuweisen, änderte die Richtung ihres Zorns. »Es war schon die ganze Zeit über sehr offensichtlich, Captain Danforth, daß Sie meine Teilnahme an der Steeplechase nicht wünschen. Sie wissen genau, daß mein Pegasus Ihren Trafalgar schlagen kann.«

»Seien Sie nicht albern.«

»Albern? Was ist daran albern? Es ist bereits erwiesen.«

Er richtete sich kerzengerade auf. »Erwiesen? Was zum Teufel meinen Sie denn damit?« Dann weiteten sich plötzlich seine Augen, und er begann zu lachen, wobei er sich wieder in die Kissen zurücksinken ließ. »Erzählen Sie mir bloß nicht, Sie wären auf diese schrullige Idee gekommen, nur, weil der alte Godfrey Ihrem Pferd einen Vorsprung gelassen hat. Ach du lieber Himmel – das ist einfach zu lächerlich!«

Cassandra teilte Captain Danforths Sinn für Humor nicht im geringsten. Sie betrachtete ihn voller Kälte, bis sich seine Heiterkeit gelegt hatte. »Sie ließen mich gewinnen, behaupten Sie?«

»Natürlich. Was blieb denn einem armen Kammerdiener anderes übrig?«

Cassandra schnaubte, und zwar ganz bewußt. Vorsätzlich. »Das, Captain Danforth, ist die alte, fadenscheinige Ausrede, die jeder Mann benutzt, der jemals von einer Frau in irgend etwas übertroffen wurde.«

Charles richtete sich erneut auf und kniff die Augen zusammen. »Sie haben keinen Grund, an meinen Worten zu zweifeln, Cassandra.«

Ihre Brauen hoben sich vielsagend.

»Na schön, dann will ich noch etwas hinzufügen. Was ich meine, ist, Sie tun gut daran, meine Worte für bare Münze zu nehmen. Ich ließ Sie neulich gewinnen. Ihr Pegasus kann mit Trafalgar auch nicht annäherungsweise mithalten.«

»Höre auf ihn, Cassandra«, mischte sich George ein. »Wenn es sich um so etwas dreht, kennt sich niemand besser aus als Charlie. Oh – ich habe eine Idee!« Seine Augen funkelten in einer plötzlichen Inspiration. »Warum setzt du nicht einfach auf Trafalgar und zwar auf Gewinn. Das wird dir einen schönen Batzen einbringen. Und das ist doch das Entscheidende, oder nicht?«

Cassandra unterzog sich nicht der Mühe zu antworten. Vielleicht lag es auch daran, daß sie nicht wußte, was sie sagen sollte. Möglicherweise war Geld die treibende Kraft gewesen, als sie sich entschlossen hatte, an der Steeplechase teilzunehmen, aber nun war ihr dabei etwas anderes wesentlich wichtiger.

»Sie behaupten also, Captain, daß Sie das bessere Pferd haben?« fragte sie.

»Zweifellos.«

»Davon bin ich nicht überzeugt. Und Sie, nehme ich an, ebenso wenig. Weshalb sonst sind Sie so eisern entschlossen, mich dem Rennen fernzuhalten? Ich glaube, daß Sie Angst haben, mit mir zu konkurrieren, Captain Danforth.«

»Achte nicht auf sie, Charlie«, sagte George zu ihm. »Weißt du, was ich glaube? Das ist sowieso alles Humbug. Ich kenne Cassie seit Kindheit, und sie ist nicht der Typ, der einen Menschen den Wölfen zum Fraß vorwirft, nur um seinen Willen durchzusetzen. Sei ehrlich, Cassie. Könntest du es wirklich auf dein Gewissen laden, wenn du schuld daran wärst, daß Charlie in Newgate verrottet?«

»Mein Gewissen hat mit dem Ganzen nichts zu tun. Ich habe Captain Danforth nicht veranlaßt, gegen Gesetze zu verstoßen. Er ist selbst für sein Schicksal verantwortlich.«

»Aber hör mal, du weißt ja nicht einmal...«

»Gib dir keine Mühe, George. Du verschwendest deine Zeit, wenn du versuchst, an die weiche Seite im Charakter deiner Cousine zu appellieren, und Anerkennung für deine Ritterlichkeit, wenn du versuchst, sie davon abzuhalten, sich lächerlich zu machen, erntest du auch nicht. So lange Lady Cassandra weiß, worauf sie sich einläßt, wenn sie an der Steeplechase teilnimmt – einschließlich der Gefahr, daß ihr beim Endspurt der Staub von Trafalgars Hufen ins Gesicht fliegt –, nun, dann wollen wir ihr doch nichts in den Weg legen.«

»Das ist reizend von Ihnen.« Cassandras Blick besagte jedoch eher das Gegenteil. »Und ich weiß durchaus, worauf ich mich einlasse, offensichtlich sogar besser als Sie. Denn Sie werden sich an Ihrer Großsprecherei verschlucken, bevor ich Ihren Staub ins Gesicht bekomme. Wie stehts mit dir, George? Bist du auch einverstanden?«

»Nein. Es gefällt mir nicht im allergeringsten.« Um Mund und Kinn des Viscount lag ein eigensinniger Ausdruck.

»Ach komm schon, George. Sie ist nun mal entschlossen. Wir können ihr freundlicherweise nachgeben.« Bei Charles hatte ein offensichtlicher Umschwung stattgefunden. Statt weiterhin von Cassandras Plan entsetzt zu sein, schien er den Gedanken jetzt amüsant zu finden. »Wo ist dein Sportsgeist, mein Alter?«

»Der schläft im Augenblick«, erwiderte der Viscount. »Aber ich kann dir eines sagen – es sind andere Geister, die wir damit rufen. Denn wenn mein Onkel Devenham dahinterkommt, daß ich seiner einzigen Tochter dabei behilflich war, sich an der Steeplechase der Herren zu beteiligen – na, dann wird er mir den Hals umdrehen, so viel ist sicher.«

16

Plumb Davies brannte darauf, das Resultat des Besuchs von Mr. Jeremy Gifford in Devenham Hall zu erfahren. Er brachte das Thema zur Sprache, als sich die Gesellschaft zum größten Teil zu einer Whistpartie im Salon zusammengefunden hatte. Er und Cassandra spielten gegen Lord Devenham und Mrs. Alden. Letzteres war keine geglückte Partnerschaft, zumal Seine Lordschaft sehr aufs Gewinnen bedacht war und Mrs. Aldens Gedanken häufig vom Spiel abschweiften. Mr. Davies' beiläufige Bemerkung konnte durchaus als Versuch gewertet werden, die Spannung zu mildern, die durch Devenhams Reaktion auf eine unglückliche Kartenwahl seiner Partnerin entstanden war.

»Ich habe gehört, daß heute ein Fahnder aus der Bow Street hier war.« Plumbs Aufmerksamkeit schien völlig auf das Mischen der Karten konzentriert.

»Äh – wie?« Seine Lordschaft riß seine Gedanken von der so unzeitgemäß ausgespielten Karokönigin los. »Was sagen Sie da? Ein Polizist hier in der Hall? Das ist das erste, was ich höre.«

»Ach nein? Dann wissen vielleicht Sie etwas von der Angelegenheit, Lady Cassandra?«

»Hm, ja. Ich habe mit dem Mann gesprochen.«

»Warum, zum Teufel, hast du mir das nicht erzählt, Miß?« Lord Devenham war froh, für seinen Ärger ein angemesseneres Ziel als ausgerechnet seine Verlobte zu finden.

»Ich habe es vergessen. Entschuldigung, Papa. Es war ohnehin ein Sturm im Wasserglas. Der Mann suchte nach einem Captain Danforth. Das scheint ein Freund von George zu sein, und der Beamte meinte, er könne möglicherweise hier unter den Gästen sein.«

»Nun, ich muß schon sagen, George hat wirklich einige fragwürdige Freunde. Jemand, der von der Polizei gesucht wird! Eine Schande. Danforth, hast du gesagt? Ist der irgendwie mit den Gloucester-Danforths verwandt?«

»Lord Merediths Sohn, so weit ich weiß«, erwiderte Davies.

»Ah ja. Jetzt fällt es mir wieder ein. Der älteste Sohn starb. Der jüngere soll so etwas wie ein Taugenichts sein.«

»Oh, ich würde Charlie nicht gerade als Taugenichts bezeichnen, Devenham.« Mrs. Alden setzte sich eilends für den Captain ein. »Seine Karriere bei der Armee war recht erfolgreich. Genau besehen war er so etwas wie ein Held. Stimmts nicht, Plumb?«

»Ich habe so etwas gehört. Aber in gewisser Hinsicht haben Sie recht, M'lord. Der Honorable Charles war immer etwas wie ein – Wildfang. Aber natürlich für die Armee wie geschaffen. Es ist nicht leicht, ihn sich als seßhaften Gentleman vorzustellen.«

»Wirklich, das ist ungerecht.« Mrs. Aldens gewohnte Liebenswürdigkeit schien ein wenig brüchig zu werden. Die Scharte der Karokönigin mußte ausgewetzt werden. »Sie werden sich erinnern, Plumb, daß Charlie nicht als Erbe erzogen wurde. Man muß ihm zugestehen, daß er Zeit braucht, sich anzupassen.«

Seine Lordschaft runzelte die Stirn. »Du kennst diesen Gesetzesbrecher aber gut, ja?«

»›Gut‹ würde ich nicht sagen. Aber ja, wir kennen einander.«

»Sie müssen sich damit abfinden, Lord Devenham ...«, Mr. Davies lächelte, während er die Karten verteilte, »... daß es kaum einen gutaussehenden Mann zwischen achtzehn und achtzig gibt, den Gwenny nicht kennt.«

»Was mich interessiert, Mr. Davies, ist, woher Sie wissen, daß ein Polizist hier war.« Cassandra hoffte, daß ihre Frage als taktvoller Themawechsel und nicht als Beschuldigung aufgenommen wurde.

»Ah, nun haben Sie mich ertappt.« Cassandra starrte ihn verblüfft an. War er wirklich im Begriff zuzugeben, daß er selbst den Brief an die Bow Street geschickt hatte? »Die schreckliche Wahrheit ist, liebe Lady, daß ich, als ich Sie mit einem anderen Mann auf die Ställe zugehen sah – nun, da wurde ich sofort ein Opfer des grünäugigen Monsters, der Eifersucht, obwohl der Bursche selbst über diese Entfernung auf mich wie ein Polizist zu wirken schien. Trotzdem, man kann nie sicher sein. Es hätte sich ja auch um einen Rivalen handeln können. Also erkundigte ich mich bei Ihrem Butler.«

»Oh.« Das war der einzige Kommentar, den Cassandra nach einer solchen Schwindelei von sich zu geben wagte.

»Warum, zum Teufel, wollte der Kerl die Ställe sehen?« Seine Lordschaft, der stirnrunzelnd seine Karten betrachtet hatte, blickte auf. »Hat er erwartet, Danforth dort zu finden?«

»Nein, Sir. Er suchte nach dem Pferd des Captain.«

»Nach seinem Pferd! Wenn der Kerl selbst nicht hier ist, was hätte dann sein Pferd bei uns zu suchen?«

»Es handelt sich um das Rennen, Lord Devenham«, erklärte Mr. Davies. »Bevor Captain Danforth gezwungen war, Fersengeld zu geben, war er einer der Topfavoriten auf den Sieg bei der Lower Wallop Steeplechase.«

»Sie täuschen sich, Plumb.« Mrs. Alden schien sämtliche Empfehlungen vergessen zu haben, die sie Cassandra hatte zukommen lassen. Dem männlichen Geschlecht zu gefallen schien im Augenblick nicht wichtig zu sein. »Charlie *war* der Spitzenaspirant. Der Favorit.«

»So weit würde ich nun nicht gehen, Gwennie, Liebste«, wandte Mr. Davies mit gezwungenem Lächeln ein. »Auch ich habe meine Bewunderer, wie Sie wissen.«

»Spielen wir nun oder spielen wir nicht?« erkundigte sich Seine Lordschaft mürrisch. »Fang an, Gwendolen. Und versuche dich diesmal daran zu erinnern, was ausgespielt werden muß. Wir dürfen uns von den beiden nicht besiegen lassen.«

»Ich werde mein Bestes tun.« Mrs. Alden seufzte. »Aber wirklich, Devenham, ist das so wichtig? Du scheinst zu vergessen, daß Whist letzten Endes doch nur ein Spiel ist.«

Seine Lordschaft räusperte sich kräftig. Das war die einzige Erwiderung, die er von sich zu geben wagte.

»Ihr Verdacht ist wahrscheinlich gerechtfertigt«, teilte Lady Cassandra Captain Danforth mit, als sie sich, wie vereinbart, am nächsten Morgen trafen. Sie ritten gesetzt nebeneinander her, so als ob keiner von beiden einen Hinweis auf ihren neuen Status als Erzkonkurrenten beim Rennen geben wollte. Trotzdem schätzten beide heimlich die Vorzüge des jeweiligen Reittiers des anderen ab, und zwar mit noch mehr Pferdeverstand als noch vor kurzem. »Es war Mr. Davies, der Sie bei den Behörden denunziert hat, da bin ich so gut wie sicher. Zumindest schien er der einzige der Gäste zu sein, dem aufgefallen war, daß wir Besuch aus der Bow Street hatten.«

»Ich habe nie daran gezweifelt.«

»Sie können trotzdem nicht sicher sein. Zugegeben hat er es nicht. Im Gegenteil, er behauptete, sein Interesse habe mir und nicht dem Besucher gegolten.«

»Quatsch.«

»Verbindlichen Dank. Ich meinerseits fand das gar nicht so abwegig.«

»Sie brauchen sich deshalb nichts aufs hohe Roß zu setzen. Ich habe damit nicht andeuten wollen, daß Sie das Interesse nicht wert seien. Nur kenne ich Davies eine Spur zu gut. Der Mann ist ein hinterhältiger Schuft.«

»Na schön, das will ich nicht bestreiten.« Sie ritten schweigend den Hügel hinauf, von dem aus Cassandra Godfrey durch das Fernglas beobachtet hatte. Nach einem inneren Kampf brachte sie schließlich heraus: »Ich muß zugeben, es ist freundlich von Ihnen, Captain Danforth, mir die Regeln für die Steeplechase zu zeigen. Schließlich sind wir Konkurrenten.

Charles seufzte. »Nein, freundlich ist das gar nicht. Offen gestanden, Cassandra, hoffe ich nur, daß Ihnen klar wird, was da verlangt wird, und daß Sie den verrückten Plan fallen lassen. Glauben Sie mir, eine Steeplechase ist kein Rennen für eine Frau. Es ist die gefährlichste Form von Sport.«

»Dessen bin ich mir durchaus bewußt, Captain.« Auf ihrem Gesicht lag ein eigensinniger Ausdruck. »Und wenn Sie mir nun nicht zu weiteren Vorteilen verhelfen wollen, ist das absolut verständlich. Ich kann es Ihnen gewiß nicht verdenken.«

Captain Danforth fluchte – ausgedehnt, geläufig und nahezu lautlos. »Also, kommen sie schon.« Er beendete seine Tirade, indem er Trafalgar die Sporen gab. »Es liegt in Ihrer eigenen Verantwortung, wenn Sie sich Ihren schönen, halsstarrigen Nacken brechen wollen.«

Cassandra war flüchtig abgelenkt. Sie war nicht daran gewöhnt, das Wort ›schön‹ auf sich angewandt zu hören. Und selbst wenn damit nur ein unbedeutender Teil ihrer Anatomie und das auch noch auf eher beleidigende Weise angesprochen worden war, es klang einfach hübsch.

Aber bald vergaß sie alles andere über dem ernstzunehmenden Geschäft des Springens über Graben und Hecken. Sie mußte es ihrem Rivalen wirklich lassen – er gab sich alle Mühe, sie merken zu lassen, was ihr bevorstand. »Es handelt sich nicht um eine Fuchsjagd, wie Sie sehen«, schloß er dann seine Demonstration.

»Natürlich weiß ich das.« Ihr verächtlicher Ton diente sowohl zur Beschwichtigung ihrer leichten Bedenken, als auch zu seiner Zurechtweisung. »Sind Sie bei vielen derartigen Rennen mitgeritten?« fragte sie, als sie ihre Pferde langsam gehen ließen, um sie abzukühlen.

»Bei einer ganzen Reihe.«

»Und haben Sie auch mal eines gewonnen?«

Er warf ihr einen gleichmütigen Blick zu. »Alle.«

»Was für ein Jammer. Dann haben Sie gar keine Übung darin, ein guter Verlierer zu sein.«

Er lachte, wurde aber schnell wieder sachlich. »Ich wünsche mir wirklich, ich könnte Ihnen diesen Plan ausreden, Cassandra. Und keineswegs aus dem Grund, den Sie mir fortgesetzt unterschieben.«

Sie ignorierte die unverkennbare Besorgnis in seinem Blick. Dies war nicht der Zeitpunkt, hasenherzig zu werden oder gar darüber nachzudenken, wie anziehend er wirkte, wenn er so ernst dreinblickte, oder bei der Betrachtung zu verweilen, daß es zu den angenehmsten Dingen ihres Daseins gehörte, mit diesem Mann über das grüne Land zu reiten, während ihnen der Wind ins Gesicht blies und die Sonne vom Himmel herunter strahlte. Um dies alles im Keim zu ersticken, fragte sie: »Sind Sie jemals die Strecke von Lower Wallop geritten?«

»Nein.«

»Ist Ihnen klar, daß das ein Nachteil für Sie ist?«

»Ja. Und dasselbe gilt für Sie.«

»Aber ich gedenke es zu überstehen, wenn ich einmal dort bin. Oh, nicht als Cousin Eustace. Ich rechne mit der allgemeinen Aufregung beim Rennen, so daß meine Verkleidung ihre Wirkung tut. Unter normalen Umständen, fürchte ich, würde ich einer genaueren Überprüfung doch nicht standhalten.«

»Na, Gott sei dank ist Ihnen klar, daß Sie einen verdammt wenig überzeugenden Jungen abgeben werden.«

Erneut zog sie vor, die Bemerkung zu ignorieren. »Aber niemand wird sich etwas dabei denken, wenn ich – natürlich begleitet von meinem Reitknecht – einmal über den Parcours reite, nur um zu sehen, was denen bevorsteht, die sich am nächsten Tag am Rennen beteiligen. Jede Frau könnte sich das ansehen, oder nicht?«

»Nun, vielleicht nicht *jede* Frau. Aber ich gebe zu, daß dem niemand allzu viel Bedeutung beimessen wird. Nur zu, reiten Sie dorthin – natürlich begleitet von Ihrem Reitknecht. Lassen Sie nicht den Gedanken aufkommen, Lady Cassandra Devenham könnte gegen die guten Sitten verstoßen.«

»Solcher Sarkasmus steht einem Mann nicht zu, von dem kürzlich behauptet wurde, er sei ein Taugenichts.« Sie hielten an, um die Pferde in einem Bach, über den sie noch vor kurzem gesprungen waren, trinken zu lassen.

»Taugenichts? Nun ja, man hat mich auch schon mit schlimmeren Bezeichnungen bedacht. Aber ich weiß nicht, ob ich dem gerecht werde. Es handelt sich vermutlich um Mr. Davies' Personenbeschreibung?«

»Nein, um die meines Vaters.«

»Oh.«

»Seien Sie nicht so niedergeschlagen. Mrs. Alden begann sofort, Sie zu verteidigen. An ihrem Plädoyer hätten Sie bestimmt nichts auszusetzen gehabt.«

»Ihrem Ton nach zu schließen hatten *Sie* aber einiges daran auszusetzen.«

»Nun ja, ich muß zugeben, es macht mich ein bißchen besorgt, daß die Braut meines Vaters auf so intimen Fuß mit einem ›Taugenichts‹ steht. Zumal ich nun auch noch den Gedanken fallen lassen muß, daß Ihr Vater ein altes Familienfaktotum war und Sie beide in einer gemeinsamen Kinderstube aufgewachsen sind.«

Er lachte, und sie runzelte die Stirn. »Ich finde Mrs. Aldens Lügenmärchen nicht so komisch wie anscheinend Sie.« Sie lenkten die Pferde wieder aus dem Bach. »Und mein Vater würde auch nicht sonderlich amüsiert sein, wenn er hinter Ihre merkwürdige Beziehung käme.«

»Sind Sie ganz sicher, daß Ihre Besorgnis ausschließlich Ihrem Vager gilt?«

»Natürlich. Sie glauben doch wohl nicht, daß ich mir um Mrs. Alden Sorgen mache?«

»Nein, an sie habe ich nicht gedacht.« Er streifte Cassandra mit einem nachdenklichen Blick, und sie errötete leicht.

»Wir sind völlig vom Thema abgekommen«, sagte sie energisch. »Was ich sagen wollte, war, daß ich, wenn ich mir einmal den Parcours bei Lower Wallop angesehen habe, Ihnen gern alle Informationen darüber zukommen lassen werde. Es sei denn natürlich, Sie haben selbst vor, die Strecke zu erforschen.«

»Das wäre unklug, fürchte ich.«

»Sie meinen, die Polizei wird dort nach Ihnen suchen?«

»Dafür wird schon unser Freund Plumb sorgen.«

»Hoffentlich täuschen Sie sich da. Ich kann Mr. Davies nicht besonders gut leiden, aber ich kann nicht glauben, daß er so prinzipienlos ist, einen Rivalen auf diese Weise aus dem Rennen zu drängen.« Ihre Entrüstung hätte einen Hauch von Heuchelei in sich bergen können, hätten sie nun nicht beide gewußt, daß sie, Cassandra, den Captain niemals denunziert hätte.

»Glauben Sie es ruhig. Lassen Sie ihn ja nicht wissen, daß Sie am Rennen teilnehmen wollen. Er würde sich nicht scheuen, irgend etwas mit Pegasus anzustellen.«

Sie schnappte nach Luft. »Das würde er doch nie tun!«

»Wenn er von Ihren Chancen auch nur eine halb so gute Meinung hätte wie Sie selbst, würde er nicht eine Minute zögern. Natürlich«, fügte er grinsend hinzu, »ist es nicht allzu wahrscheinlich. Plumb ist ein raffinierter Wetter und wird Sie vermutlich nicht sehr hoch einschätzen.«

»Treiben Sie es nicht zu weit, Captain«, sagte sie. »Sonst ziehe ich mein Versprechen zurück, Sie über die Topographie des Parcours zu informieren.«

»Ich könnte es Ihnen nicht übelnehmen. Sie brauchen jeden Vorteil, den Sie sich verschaffen können. So, bis hierher und nicht weiter, was mich betrifft.« Er zog an Trafalgars Zügeln und Cassandra hielt neben ihm.

»Sie müssen Trafalgar auf Ned Greens Farm versteckt haben«, bemerkte sie scharfsinnig. »Aber um auf Ihre Andeutung einzugehen – ich würde nicht im Traum daran denken, Ihre Unkenntnis des Parcours auszunutzen. Nichts soll meine Befriedigung darüber, Sie zu schlagen, irgendwie beeinträchtigen. Wie können wir also ein Treffen in Lower Wallop arrangieren? Sie werden doch sicher nicht als Godfrey mit George dorthin gehen?«

»Nein. Das ist viel zu riskant. Jeder Rennreiter in England kennt mich«, antwortete er, zwar unbescheiden, aber zutreffend. »Nicht, daß sie mich absichtlich verraten würden. Aber wahrscheinlich würde mein Name in irgendwelchen Gesprächen auftauchen, und Polizisten haben große Ohren.«

»Wie kann ich Ihnen dann die Information zukommen lassen?«

»Oh, ich werde Sie irgendwie benachrichtigen.«

»Gut.«

Cassandra schien nicht recht zu wissen, was sie nun sagen sollte. Sie starrte auf Pegasus' Hals und begann verlegen: »Vielen Dank für Ihre Instruktionen. Ich hatte recht – Sie würden einen erstklassigen Reitknecht abgegeben haben. Leben Sie wohl, Captain Danforth. Ich vermute, wir werden uns das nächste Mal in Lower Wallop wiedersehen«, schloß sie formell.

»Ich freue mich darauf, Euer Ladyschaft.« Ein Hauch von Godfrey lag sowohl im Ton als auch in der Verbeugung. »Und – oh, Euer Ladyschaft!« rief er, als sie Pegasus antrieb und davon galoppieren wollte.

»Ja?« Sie zügelte das Pferd und wandte sich um.

»Möge der Beste gewinnen!«

»Oh, *die* Beste wird gewinnen, Captain, keine Angst!« Mit plötzlichem Gelächter und einer munteren Handbewegung trieb Cassandra ihr Pferd an und jagte davon.

Charles sah ihr nach, bis Pferd und Reiterin hinter der Hügelkuppe verschwunden waren. Sein Gesicht spiegelte seinen inneren Aufruhr wider. Bewunderung kämpfte mit Widerwillen als die ihn überwältigende Empfindung.

17

Cassandra vergaß jeden Gedanken an Schlaf. Sie hatte sich die ganze Nacht über hin und her gedreht, erregt (natürlich keineswegs nervös) über die Aussicht auf das Rennen. Sie hatte sich jeden Fleck des Terrains, das George und sie sich am Abend zuvor angesehen hatten, noch einmal durch den Kopf gehen lassen, und als sie dann schließlich doch gegen zwei Uhr früh einschlief, geschah das nur, um zu träumen, daß sie versuchte, selbst über diese scheußliche Mauer zu springen, während Pegasus sich an ihren Rücken klammerte. Nun gab es außerhalb des Gasthofs zu viel Lärm, um noch weiterzuschlafen. Cassandra öffnete die Augen, die sie bisher eisern geschlossen gehalten hatte, und kroch unter dem Betthimmel hervor.

Schnell zog sie sich an und beugte sich dann aus dem Fenster, das dem Hof zu lag. Instinktiv blickte sie zuerst zum Himmel hinauf. Im Osten war es klar. Cassandra stieß einen tiefen Seufzer der Erleichterung aus. Dieser anstrengende Parcours in Regen und Schlamm – das war einfach undenkbar. Selbst unter den günstigsten Umständen konnte sich erweisen, daß er für sie, Cassandra – aber das war ebenso undenkbar. Sie löste den Blick vom Himmel und richtete ihn auf die Szene unter ihr.

Trotz der frühen Stunde ging es im Hof des ›Kämpfenden Hahns‹ und der anliegenden Dorfstraße sehr lebhaft zu. Eigentlich hatte es die ganze Nacht lang kaum einen Augenblick gegeben, in dem Cassandra nicht das Klirren von Zaumzeug und das Gemurmel von Stimmen gehört hatte. Aber nun waren diese gedämpften Geräusche durch eine wahre Lärmkakophonie ersetzt worden. Hufe klapperten, Räder rumpelten, Füße trampelten, Stimmen schrien. Als der Rand der Sonne am Horizont erschien, unterzog sich keiner mehr der Mühe, Rücksicht auf schlafende Gäste zu nehmen. Es gab Wichtigeres zu tun. Die brennende Frage, welches spezielle Pferd aus einer Auswahl unter vierundzwanzig auf einer Strecke von über sieben Meilen eines überaus schwierigen Geländes die übrigen schlagen würde, mußte an Ort und Stelle geklärt werden.

Aus allen erdenklichen Richtungen strömten die Leute in das winzige Dorf Lower Wallop, das zum Zentrum des Geschehens avancierte. Sie kamen aus allen Richtungen und allen Schichten. Stadtmenschen, Leute aus abgelegenen Weilern, Reiche, Arme, Junge, Alte, Frauen und Männer, alle versammelten sich, alle von gemeinsamem Interesse getrieben.

Während Cassandra auf die Menge hinabblickte, in der bereits jeder einzelne bemüht war, einen günstigen Platz zu ergattern, obwohl das Rennen nicht vor elf Uhr beginnen sollte, empfand sie plötzlich eine Aufwallung von Furcht – so wie eine Schauspielerin, die vor dem Beginn der Aufführung durch den Vorhang späht. Ach du lieber Himmel, dachte sie, das alles kann nicht gut ausgehen. Dann machte sie sich auf die Suche nach George. Es war ein Zeichen für die Atmosphäre allgemeiner Erregung, daß ihr Langschläfer von Cousin bereits aufgestanden und angekleidet war, als Cassandra leicht an seine Tür klopfte. Chesney, mit Lord Severn wieder vereint, verbeugte sich respektvoll vor ihr. Dann, nachdem er sich noch einmal von der Perfektion der Aufmachung seines Herrn überzeugt hatte, zog er sich zurück.

»Du bist ja bereits fürs Rennen angezogen.« Cassandra betrachtete ihren Cousin von oben bis unten, nahm jede Einzelheit seines scharlachroten Jagdrocks, der schneeweißen Wildlederhose, der glänzend polierten und mit Sporen versehenen Stiefel wahr. »O George, ob ich es jemals schaffe, so auszusehen?«

»Nie und nimmer«, war die entmutigende Antwort. »Wirklich, Cassie, du solltest diese Wahnsinnsidee…«

»Hast du mir meine Sachen mitgebracht?« Sie wünschte

sich, das Ende seiner Ausführungen nicht anhören zu müssen.

»Natürlich.« Er seufzte. »Sie hängen dort drüben.« Er wies mit dem Kopf auf einen riesigen Kleiderschrank, der einen beachtlichen Teil der Wand des Schlafzimmers einnahm.

»Hat Chesney es nicht als merkwürdig empfunden, daß du noch eine Garnitur Reitkleidung mitbringst?«

Der Viscount sah gequält drein. »Chesney ist sich über die Gefahr, von Schlamm bespritzt zu werden oder ein Bier über den Rock geschüttet zu bekommen, völlig im klaren. Ich würde im Traum nicht daran denken, darauf unvorbereitet herzukommen. Du hast hoffentlich deine eigenen Stiefel mitgebracht. Ich glaube kaum, daß dir meine passen würden. Im übrigen ebensowenig wie meine Kleidung, du wirst aller Wahrscheinlichkeit nach scheußlich aussehen.«

Das löste etwas von Cassandras innerer Spannung und sie lachte. »Schon gut, George. Es wird sowieso niemand darauf achten. Zumindest nicht, bevor ich gewonnen habe.«

»O Gott«, stöhnte George. »Cassandra, du hast nach wie vor keine Ahnung, worauf du dich da einläßt, wie? Wobei mir einfällt...«, er ging zum Toilettentisch hinüber und griff nach einem zusammengefalteten Briefbogen, der dort lag, »...hier ist ein Brief von Charlie.«

»Dann hast du ihm also die Skizze vom Parcours gegeben, die ich gezeichnet habe?«

»Natürlich. Ich fange an, mich wie eine lebendige Postkutsche zu fühlen.«

»Wo ist Charlie untergekommen? Ich meine – Captain Danforth.«

»Er hat die Nacht auf dem Dachboden verbracht.«

»Ach du meine Güte. Dann kann er nicht gut geschlafen haben. Das kann ihn teuer zu stehen kommen.«

»Ich würde mir an deiner Stelle nicht den Kopf über Charlie zerbrechen.« Die Stimme des Viscount klang grimmig. »Ich sage dir eines, Cassandra – wenn du dir nicht während des Rennens den Hals brichst, dann wird ihn dir hinterher dein Vater umdrehen. Und das kommt dem nahe, was er mit mir anstellen wird, wenn er herausfindet, daß ich die Hand mit im Spiel habe.«

Sie war allzusehr damit beschäftigt, den Brief zu lesen, um auf die Prophezeiungen ihres Cousins von einem Jüngsten Gerichts zu achten.

›Cassandra‹, begann das Schreiben ohne die angemessenen Floskeln. Unwillkürlich lächelte sie über seinen Mangel an Formalitäten. Dann runzelte sie die Stirn. Sie hatte ihm nie die Erlaubnis erteilt, sie mit Vornamen anzureden. Damit hatte er einfach nach seiner Demaskierung unbefangen begonnen. ›Ich glaube nicht, daß ich am Vorabend von Waterloo auch nur annähernd so nervös war‹, fuhr er in dem Brief zu Cassandras Erleichterung fort. Wenn ein Kriegsveteran wie Captain Danforth so etwas zugab, dann war ihre eigene Unruhe nur natürlich. Der nächste Satz jedoch zog ihr den Teppich unter dem neu gewonnenen sicheren Boden weg. ›Ich hätte Sie in ihrer eigenen Dachkammer festbinden sollen, bevor ich mich an dem, was Sie planen, beteilige. Bitte, bitte, Cassandra, ich flehe Sie an – nehmen Sie heute nicht am Rennen teil!‹

Nein, diese – dieser Ausbund männlicher Eitelkeit war keinen Augenblick lang besorgt über die eigene Rolle, die er bei der Steeplechase spielte. *Sie*, Cassandra, war der ausschließliche Grund seiner Besorgnis! Falls Cassandra flüchtig Freude über seine Befürchtungen empfand, so war das nur von kurzer Dauer. Was fiel ihm ein, so herablassend zu sein! Sie las weiter.

›Nun, jedenfalls habe ich mein Gewissen durch diesen Versuch, Sie in letzter Minute zur Vernunft zu bringen, ein bißchen erleichtert. (Ganz entlastet kann es nicht werden, aber es ist nun zu spät, um Sie mit einem Strick in besagter Dachkammer an einen Stuhl zu fesseln.) Aber ich kann mir den Erfolg meines Flehens lebhaft vorstellen. Sie haben sich einfach in die Idee verrannt, beim Rennen mitzumachen und mich zu schlagen.‹

Erneut lächelte Cassandra. Sie fragte sich sogar, ob der Captain sie absichtlich provozierte, damit sie ihrer Nervosität freien Lauf ließ. Nein, das war entschieden zu subtil für einen Hansdampf in allen Gassen wie Danforth.

›Aber lassen Sie mich Ihnen zumindest ein paar Hinweise in letzter Minute geben, die ich während unseres Übungsritts vielleicht nicht erwähnt habe. Das ist das Mindeste, was ich zum Ausglich für Ihre sehr fachmännische Skizze des Terrains tun kann. Also lesen Sie es, und reden Sie sich nicht ein, daß Sie das alles bereits wissen. Es ist zweckmäßig, sich vor einer Prüfung noch einmal alles Erforderliche einzuprägen.

1. Eine Menge Reiter schaden sich selbst durch Übereifer. Also bleiben Sie kühl und überlassen Sie das den anderen.

2. Vergessen Sie nicht, ein scheuendes Pferd schert meistens nach links aus. Achten Sie darauf.

3. Rasen Sie nicht auf die Hindernisse zu. Lassen Sie Pegasus Zeit. Zügeln Sie ihn leicht in ungefähr zwanzig Metern Abstand vor dem Sprung. Er braucht Ihr Vertrauen in ihn.

4. Behalten Sie die besten Ab- und Aufsprungsstellen im Auge. Sie müssen da im voraus planen.

5. Vergessen Sie vor allem eines nicht. Die ersten sechseinhalb Meilen sind nur Vorspiel. Auf die letzte halbe Meile kommt es an. Also schätzen Sie Ihr Tempo richtig ein. Sie müssen sicher sein, daß Pegasus ausreichend Kräfte hat, um das Finish zu bewältigen. Und sparen Sie sich die Sporen bis zu dem Augenblick auf, in dem Sie sie wirklich brauchen.

6. Und, schließlich und endlich, versuchen Sie eine gute Verliererin zu sein, wenn Sie hinter Trafalgar über die Schlußlinie galoppieren.

Mit den besten Empfehlungen

Charlie‹

»Dieser eitle, aufgeblasene, eingebildete Gockel...« Ihr fehlten die Worte. Sie ballte das Papier zusammen und schleuderte es durchs Zimmer.

»Wirklich, Cassandra«, schalt George, »das ist absolut ungerecht. Charlie ist halb krank vor Sorge über deine Absicht, bei der Steeplechase mitzureiten. Er sagt, für ihn sei es das gleiche, als ob du in einem Kavallerieregiment bei einem Angriff mitreiten würdest.«

»Er soll sich um sein eigenes Wohlergehen kümmern.« Cassandra ging hinüber, hob den Brief auf und glättete ihn.

George beobachtete sie und schüttelte den Kopf.

Obwohl nicht von Cassandras Problemen geplagt, kam auch Mrs. Alden um ihren Schönheitsschlaf. Ungefähr um dieselbe Zeit, als ihre zukünftige Stieftochter sich auf die Suche nach George gemacht hatte, wurde energisch an die Tür der Witwe geklopft. Mr. Davies war leicht überrascht, als eine hellwache Stimme »Herein!« rief. Er traf Mrs. Alden auf ihre Kissen gestützt und teetrinkend im Bett an.

»Du überraschst mich, meine Liebe«, bemerkte Mr. Davies. Er ging durchs Zimmer, küßte sie leicht auf die Wange und setzte sich auf den Bettrand. »Ich hätte gedacht, ich würde dich aufwecken müssen.«

»Wer kann schon bei all diesem Lärm schlafen?« Sie gähnte und wies aufs Fenster, das wie das Cassandras dem Hof zu lag. »Du jedenfalls auch nicht, wie es scheint. Ich kann gar nicht fassen, daß du schon angezogen bist.«

Mr. Davies trug den vorgeschriebenen scharlachroten Reitrock. Wenn seine Eleganz auch nicht ganz der des Viscount Severn entsprach, machte er doch eine gute Figur, was Mrs. Alden unverzüglich zu würdigen wußte. »O la la, Plumb, nie ist ein Gentleman so vorteilhaft wie beim Reiten. Noch nicht einmal Ballkleidung kann da mithalten.« Sie griff nach einem Stückchen Teekuchen.

»Wohingegen im Boudoir die Lady in ihrem Element ist«, murmelte er und beugte sich zu einem wollüstigen, lang anhaltenden Kuß über sie.

»Möchtest du eine Tasse Tee?« fragte sie dann ein paar Augenblicke später, als er sich mit ihrer Serviette über die Lippen wischte.

»Nein, danke, Liebste. Ich werde um acht Uhr mit ein paar meiner Sportfreunde frühstücken. Ich bin vorbeigekommen, um dich um einen Gefallen zu bitten.«

Sie betrachtete ihn mißtrauisch. »Das hätte ich mir ja gleich denken können. Was für einen Gefallen? Hoffentlich nichts, was ich hinterher bereuen muß.«

»Nein, natürlich nicht. Und nichts, was für dich mit unmäßiger Anstrengung verbunden ist. Ich möchte nur, daß du dein Bestes tust, um zu verhindern, daß sich Danforth heute am Rennen beteiligt.«

Mrs. Alden stellte ihre Tasse mit solchem Nachdruck auf der Untertasse ab, daß diese fast zersprang. »Wie um Himmels willen soll ich so etwas bewerkstelligen? Selbst wenn ich es wollte? Und ich muß sagen, mir gefällt die Idee überhaupt nicht. Charlie ist ein guter Freund. Es gibt Grenzen für das, was ich zu tun bereit bin. Selbst für dich, Plumb.«

»Wirklich, mein Schätzchen?« Er ließ die Finger sachte über ihre Kehle gleiten und lächelte träge. »Vielleicht hast du vergessen, was es für mich bedeutet, dieses Rennen zu gewinnen. Für *uns*. Und Charlie Danforth schadet es gar nichts, wenn er verliert. Na schön, er wird sich eine Weile in Frankreich aufhalten müssen. Aber der zukünftige Lord Meredith wird nicht lange in Acht und Bann bleiben. Sein Vater wird ihn höchstwahrscheinlich freikaufen, sobald der alte Herr einmal der Ansicht ist, daß sein Erbe seine Lektion gelernt hat. Nein, Liebste – ich bin derjenige, der dein Mitgefühl braucht.«

Mrs. Alden seufzte und kapitulierte dann. »Na schön. Was soll ich also tun?«

»Lediglich den Polizeifahnder wissen lassen, daß Charlie am Rennen teilnehmen will. Mehr brauchst du nicht zu tun. Du kannst dich darauf verlassen, daß er dann bereitstehen wird, um Danforth noch am Start abzufangen.«

»Das ist mir absolut zuwider! Ich soll zur Denunziantin

werden? Was werden da die Leute sagen? Charlie ist sehr beliebt. Und es ist Unsinn zu glauben, daß sich so etwas nicht herumspricht. Selbst wenn ich den Mann von der Bow Street bitte, meinen Namen nicht zu nennen, so wird er das höchstwahrscheinlich trotzdem tun.«

»Nein, nein, Liebes.« Mr. Davies blickte gequält drein. »Würde ich dich bitten, so etwas Primitives zu tun? Natürlich würdest du niemals einen Freund verraten. Das ist undenkbar. Hör zu, ich sage dir, was du tun mußt.«

Es war Georges Idee, einen Blick auf die Pferde zu werfen. »Dann wird dir die Zeit schneller vergehen«, lautete seine Erklärung Cassandra gegenüber, aber sie glaubte keinen Augenblick lang, daß die Besorgnis wirklich ihr galt.

»Du machst dir Trafalgars wegen Sorgen, ja?«

»Genau genommen, ja«, gab er zu. »Davies ist es bisher nicht gelungen, Charles verhaften zu lassen«, fügte er düster hinzu. »Und so würde ich ihm durchaus zutrauen, daß er jemanden dazu bringt, an seinem Pferd herumzudoktern. Es würde ihm jedenfalls ähnlich sehen.«

Sie traten beide in den Hof hinaus, wo Kutschen aus London ihre Fahrgäste entluden, wo Gigs, Landauer und Phaethons sich drängten. Cassandra, in cremefarbenem Musselinkleid, kurzer, dunkelgrüner Jacke und mit einem flachen, breitrandigen Hut versehen, wirkte wie die Schicklichkeit in Person, als sie die ebenfalls cremefarben behandschuhten Finger anmutig auf Georges scharlachroten Ärmel legte. Wer immer den Kopf nach dem eleganten jungen Paar umdrehte, konnte nicht im entferntesten ahnen, welch skandalösen Plan die junge Lady ausgeheckt hatte.

George hatte vorgehabt, die Menge, die sich auf der Straße drängte, zu meiden, indem er einen Feldweg benutzte, der sich hinter dem Gasthof hinzog, und der zu den Stallungen führte. Aber die ländliche Ruhe des Vorabends hatte sich völlig verwandelt. Die zuvor freien Wiesen waren nun mit Buden, Ständen und Karren vollgestellt, deren Besitzer alle möglichen Wagen feilboten. Jongleure und

Akrobaten, nußbraune Wahrsager, Pferdehändler, Musikanten und Schauspieler – alle Variationen dieser Nomaden, die sich am Rand jedes großen Pferderennens, jedes Jahrmarkts und Volksfests einzufinden pflegten, waren vollzählig erschienen.

Cassandra wäre gern stehengeblieben, um einem feuerschluckenden Zigeuner zuzusehen, aber George zog sie energisch weiter, bis sie bei einem äußerst spärlich gekleideten weiblichen Wesen anlangten, das mit Kastagnetten klapperte und einen fremdländisch anmutenden Tanz vorführte, worauf Cassandra ihrerseits George ermahnen mußte, seine eigentliche Mission nicht zu vernachlässigen.

Sie waren bei weitem nicht die einzigen flanierenden Bewohner von Lower Wallop, die einen letzten Blick auf die Pferde werfen wollten, die ihnen an diesem schicksalsträchtigen Tag zu einem Vermögen verhelfen oder sie um eines bringen würden. Die Leute drängten und schubsten sich, um ihre Favoriten besser ins Blickfeld zu bekommen. Die Vorsichtigen unter ihnen versuchten zugleich, ein wachsames Auge auf die unvermeidlichen Taschendiebe zu halten.

Cassandra und George hatten keinerlei Mühe, zu Pegasus' Box zu gelangen. Diese weitgehend unbemerkt gebliebene Anmeldung für die Steeplechase hatte kein Aufsehen erregt. James, der Stalljunge von Devenham, der die Nacht hier verbracht hatte, konnte seiner Herrin mitteilen, daß das Pferd ›großartig in Form‹ sei und ›wie ein Murmeltier‹ geschlafen habe. Zudem habe es seinen Hafer so ruhig gemampft, als ob es zu Hause sei. Nachdem man dem Jungen versichert hatte, ›Master Eustace‹ käme bestimmt rechtzeitig zum Rennbeginn, gingen die beiden weiter zu Trafalgars Box, wo jedoch die Situation eine völlig andere war.

Der Reitknecht, der die Nacht über den großen weiten Hengst bewacht hatte, beobachtete die umstehende Menge mit unverhülltem Mißtrauen, seine Pistole wurde von der Jacke kaum verhüllt. Sein Blick traf sich mit dem des Viscount, er nickte kaum merklich zum Zeichen, daß alles in Ordnung sei. Trafalgar wölbte in diesem Augenblick den Hals und wieherte laut, so als sei er sich des Interesses, das er erregte, durchaus bewußt. Er verhielt sich wie ein berühmter Mime kurz vor seinem Auftritt.

Die Meinung der eleganten, auf allen Rennplätzen anzutreffenden fachkundigen Gentlemen war sehr gefragt, bevor man Diamanthalsbänder und Kutschen durch Wetten aufs Spiel setzte. Und im großen ganzen waren sich die Experten einig – das Pferd war prachtvoll. Wer nicht eben hoch im Kurs stand, war der Reiter.

»Komm schon, George«, sagte Cassandra, bevor ihr Cousin die allgemeinen Zweifel an seinen reiterischen Qualitäten hören konnte. »Es ist Zeit, daß wir in den Gasthof zurückkehren.« Aber als sie versuchten, sich davonzuschlängeln, wurden sie von einem riesigen Mann mit einem breitrandigen Hut und einem Spazierstock aufgehalten.

»Guten Morgen, Euer Ladyschaft.« Mr. Jeremy Gifford verbeugte sich ungeschickt und nahm besagten Hut ab.

»Mr. Gifford! Was um Himmels willen tun Sie denn hier?« platzte Cassandra heraus und bemühte sich dann um Nonchalance. »Was für eine absurde Frage – ganz England ist ja hier. Es gibt keinen Grund, warum ein Fahnder aus der Bow Street die allgemeine Manie für Pferdesport nicht teilen sollte.«

»So ist es, M'lady. Und dieses spezielle Pferd hinter uns interessiert mich ganz besonders.«

»Das Pferd meines Cousins? Oh, übrigens, George, darf ich dir Mr. Gifford vorstellen? Ich glaube, ich habe schon erwähnt, daß er kürzlich in Devenham Hall war. Das ist mein Cousin, Lord Severn.«

Der Viscount unterdrückte seinen inneren Schauder gerade noch rechtzeitig, um ein unsicheres »Mr. G-Gifford« zu murmeln.

»Es ist mir eine Ehre, M'lord. Wie Sie vielleicht wissen, galt mein Besuch in Devenham Hall Ihrem Freund Captain Charles Danforth.«

»Das war Zeitverschwendung. Der Captain ist in Frankreich. Komm jetzt, Cassandra.«

»Das hat man mir mitgeteilt.« Mr. Gifford, nicht gewillt, sich entlassen zu fühlen, schloß sich den beiden an, als sie sich ihren Weg durch die Menge ins Freie bahnten. »Aber es ist sein Pferd da hinten, an dem alle so interessiert sind.«

»Trafalgar, meinen Sie?« George hatte eine plötzliche Inspiration. »Das *war* sein Pferd. Ich habe es gekauft. Natürlich«, fügte er tugendhaft hinzu, »kam mir gar nicht der Gedanke, daß er damit seine Flucht nach Frankreich finanzieren wollte. Trotzdem«, fuhr er fort, getragen von einer Woge der Erfindungskraft, mit der er bei sich nie gerechnet hatte, »hätte ich vielleicht wissen können, daß irgend etwas im Busch war, als er Trafalgar für einen Bruchteil seines Werts verkaufte. Ein prächtiges Tier. An Ihrer Stelle würde ich eine Guinee oder so etwas auf ihn setzen. Eine sichere Anlage, wenn ich so sagen darf.«

»Sie werden ihn reiten?« Der Mangel an Begeisterung bei dem Polizeibeamten war unverkennbar.

»Natürlich.« George, dem nicht so viel von den Expertenmeinungen entgangen war, wie sich Cassandra das gewünscht hatte, sah leicht dümmlich drein. »Ich verstehe nicht, wieso dem Reiter so viel Bedeutung beigemessen wird. Schließlich ist es das Pferd, das über alle diese Mauern und Gräben springen muß.«

»Da bin ich völlig Ihrer Meinung«, sagte Mr. Gifford.

Cassandra mischte sich ein. »Haben Sie Gelegenheit gehabt, einen Blick auf Pegasus zu werfen, als Sie drinnen waren, Mr. Gifford? Er ist mein persönlicher Favorit, sofern mein Cousin mir diesen Mangel an Loyalität verzeiht. Aber es bleibt ja alles in der Familie. Einer der jüngeren Brüder seiner Lordschaft wird ihn reiten. Hören Sie auf meinen Rat – setzen Sie auf Pegasus!«

»Ich bin Ihnen für Ihren Tip sehr verbunden, Euer Ladyschaft. Aber wissen Sie, ich wette niemals.« Und nach dieser tugendsamen Information verbeugte sich Mr. Gifford und schlenderte in Richtung des Startpfostens davon.

Cassandra und George eilten ihrerseits zum Gasthof zurück, wo sie sich trennten. Aber binnen kurzem klopfte der Viscount wieder an die Tür zum Zimmer seiner Cousine. Sie öffnete, und er trat ein.

»Wird es so gehen?« fragte sie besorgt, während er sie von oben bis unten musterte.

»Wirklich nicht«, war die entmutigende Antwort.

»Nun ja, ich habe auch meine Mütze noch nicht auf.« Sie bemühte sich vor dem Spiegel um eine objektive Betrachtungsweise. Die scharlachrote Rennjacke war glücklicherweise ziemlich lose, abgesehen davon sah sie nicht übel aus. Cassandra errötete unwillkürlich, wenn sie auf ihre Schenkel blickte, die sich so deutlich in dem engen Wildleder abzeichneten. Aber ungeachtet aller Sittsamkeit genoß Cassandra jene Bewegungsfreiheit, die ihr die Hosen gestatteten. Ihr Haar war hochgesteckt, in Vorbereitung darauf, daß die Mütze darübergestülpt werden würde. »Wirklich, George, ich verstehe nicht, warum du so trübsinnig dreinblickst. Ich finde, ich wirke ganz glaubhaft. Und warum sollte überhaupt ein Mensch auf einen Reiter achten, der offiziell gar nicht am Rennen teilnimmt?«

»Es ist deine Halsbinde. Setz dich, ja?« Er drückte sie auf einen Stuhl vor dem Toilettentisch nieder.

»Meine Halsbinde? Wen kümmert schon meine Halsbinde? Außerdem, was ist daran auszusetzen?«

»Alles.« George trat zurück und betrachtete sie kritisch im Spiegel. »Ich glaube, was du da versucht hast, ist der ›Trône d'Amour‹, obwohl das schwer zu beurteilen ist.« Er begann, ihr das gute Stück vom Hals abzunehmen.

»Ach um Himmels willen, George. Die Halsbinde ist das letzte, was mir Sorge macht. Außerdem habe ich gesehen, was du getragen hast, als Godfrey deinen Chesney ersetzt hat. Es sah aus wie etwas, das zuvor von der Katze zerkaut worden war.« Weitere abschätzige Bemerkungen wurden durch die eleganten Falten, die von geschickten Fingern gelegt wurden, im Keim erstickt. »Aber George, wirklich – das ist ja bildschön. Aber ich verstehe nicht...«

»Ganz einfach. Nach dieser teuflischen Erfahrung, die ich mit Charles gemacht hatte, beschloß ich, mich dergleichen nie wieder auszusetzen. Also ließ ich mir gestern abend von Chesney die Technik des Halsbindearrangements beibringen. Und«, so fügte er stolz hinzu, »er hat mir beteuert, er habe nie einen begabteren Schüler gehabt. Seine Kunst erreiche ich natürlich nicht, aber so geht es bei dir jetzt einigermaßen. Und dasselbe trifft auch auf mich zu, falls Chesney jemals wirklich eine sterbende Mutter oder dergleichen haben wird. Ich kann dir nur eines sagen, Cassie, das schlimmste Erlebnis meines Daseins war bisher der Augenblick, als ich mit einer Halsbinde, die wie ein mißglückter Wundverband aussah, vor die übrige Menschheit treten mußte.« Er beobachtete kritisch, wie seine Cousine die letzten Haarsträhnen unter die Mütze schob. »Aber eine innere Stimme sagt mir«, so fügte er mit einem schweren Seufzer hinzu, »daß die heutige Steeplechase selbst diesen Horrormoment noch bei weitem in den Schatten stellen wird.«

18

Seit einiger Zeit schon hatte Mrs. Alden unter dem Vorwand, Cassandra suchen zu wollen, Lord Devenham durch die Menschenmenge gesteuert, die sich beim Startpfosten angesammelt hatte, wobei sie nach einem riesigen Mann mit einem breitrandigen Hut über einem ernsthaften Gesicht Ausschau hielt. Devenham, der schon von Anfang an wenig Enthusiasmus für ihre Aktivität aufgebracht hatte, wurde allmählich deutlich rebellisch.

»Ich habe solche Menschenmassen noch nie ausstehen können«, knurrte er. »Komm schon, Gwenny. Gehen wir zum Pavillon zurück. Cassie wird schon wissen, wo sie uns finden kann. Es war sowieso keine Art, sich einfach davonzumachen. Geschieht er recht, wenn sie während des Rennens stehen muß.«

Die entmutigte Mrs. Alden war soeben im Begriff zu resignieren, als sie endlich doch den großen Hut in seiner ganzen Pracht über all die niedrigen Männerköpfe hinweg erspähte. Und, o Glück, dicht daneben entdeckte sie auch drei ihrer Londoner Bekannten.

»Oh, Venetia, meine Liebe!« rief sie und zerrte Seine Lordschaft an der einen Hand hinter sich her, während sie mit der anderen den Sonnenschirm umklammert hielt. »Wie entzückend, Sie hier zu treffen. Ich glaube, Sie kennen Devenham noch gar nicht.« Sie beobachtete den Polizeifahnder aus den Augenwinkeln heraus, während sie alle lauthals miteinander bekanntmachte. Beim Klang des Namens ›Devenham‹ stellte sie zu ihrer Freude fest, daß sich der große schwarze Hut in ihrer Richtung drehte, und der Besitzer eine Spur näher rückte.

Es war überflüssig, das Thema der Wetten aufs Tapet zu bringen. Eine hitzige Debatte war bereits darüber zwischen der eleganten Londoner Dame und ihren beiden ebenso eleganten, beträchtlich jüngeren Begleitern in Gang. »Venetia, meine Liebe, ich hoffe doch, daß Sie auf Trafalgar gesetzt haben!« trompetete Mrs. Alden, den Mund in Richtung des Polizeifahnders gerichtet.

»Aber nein. Ich setze auf Plumb. Und ich hätte gedacht, daß Sie dasselbe tun. Obwohl«, und die Lady warf einen schlauen Blick auf Devenham, »man ja von Zeit zu Zeit die Pferde wechseln sollte.«

»Oh, Plumb weiß, daß ich diesmal gegen ihn wette. Sie kennen ihn doch. Er ist niemand, der Gefühle mit Rennwetten vermischt. Es ist nicht illoyal, wenn man auf das bessere Pferd setzt.«

»Nun ja ...« Lady Venetia Sloop sah ihre Gefährten zweifelnd an. »Winston hier zieht Trafalgar Thunderer vor. Vielleicht sollten wir doch die Wetten ändern.«

»Unsinn!« Lord Devenham war begierig, zum Pavillon zurückzukehren. »Sparen Sie sich die Mühe. Trafalgar hat nicht die geringste Chance, wenn mein lieber Neffe auf ihm sitzt. Ein netter Kerl, sicher, aber – es hat keinen Sinn, um den heißen Brei herumzuschleichen – ein Ochsenbauer, wenn es sich um Pferde handelt.«

»Oh, aber Devenham – habe ich dir das gar nicht erzählt?« Die Erregung ließ anscheinend Mrs. Aldens Stimme noch mehr anschwellen. »George wird Trafalgar gar nicht reiten. Sein Freund Danforth ist der Reiter!«

»Danforth!« Der Aufschrei des jungen Mannes, der seinerseits Thunderer vorgezogen hatte, erreichte fast die Lautstärke von Mrs. Aldens Stimme. »Aber das ist doch unmöglich – der Mann ist in Frankreich!«

»Nun, jedenfalls ist er jetzt nicht in Frankreich. Ich habe es aus zuverlässiger Quelle, daß er Trafalgar reiten wird. Wenn Sie sich also beeilen, können Sie die Wette noch ändern.«

Mrs. Alden empfand die Befriedigung einer Prophetin, die feststellt, daß ihre Worte beachtet und auch befolgt werden. Ihre Freunde eilten davon, um ihren Wettirrtum wiedergutzumachen, bevor das Rennen begann. Und eine beträchtliche Menge derer, die sich in Hörweite befanden, schienen ähnlich zu reagieren. Aber was das Beste war, Mrs. Alden beobachtete, wie auch Jeremy Gifford eilig entschwand, wenn auch nicht in der Richtung, die die anderen einschlugen. Mr. Gifford strebte dem Startpfosten zu.

Gwendolen lächelte zu ihrem Verlobten empor, nachdem nun ihre Mission zufriedenstellend beendet war. »Gehen wir zum Pavillon zurück, Devenham. Du hast recht. Cassandra wird uns schon selbst finden.«

»So eilig ist es nun auch wieder nicht, meine Liebe.« Seine Lordschaft runzelte zerstreut die Stirn. »Ich glaube, ich werde erstmal hingehen und ein, zwei Pfund auf Trafalgar setzen. Auf Gewinn natürlich.«

Nachdem auch dies erledigt war, bahnten sich die beiden ihren Weg zu einem riesigen Pavillon aus hellgrüner Seide, mit glitzernden Goldkordeln verziert. Über ihm wehte die Fahne Englands im Wind. Etwas tiefer gesetzt trugen andere Flaggen und Wimpeln in Rot und Blau zusammen mit dem strahlenden Sonnenschein zu der beeindruckenden und doch auch heiteren Atmosphäre bei.

Das Zelt war für den zweiten Sohn des alten Königs, Frederick, Herzog von York errichtet worden. Aber auch andere Persönlichkeiten von Rang und Namen waren in seinem Gefolge eingeladen worden. Lord Devenham war sich nicht sicher, ob es an seinem eigenen Ansehen oder an der Beliebtheit seiner Verlobten lag, was ihnen Sitze in dieser erlauchten Gesellschaft eingetragen hatte. Aber die meisten Gedanken machte er sich, während sie ihre Plätze einnahmen, doch um seine Tochter.

»Zerbrich dir nicht den Kopf über sie, Devenham«, beschwichtigte ihn Mrs. Alden. »Cassandra ist wahrscheinlich zu Lord Severn und Davies gegangen, um ihnen Glück zu wünschen. Sie kann gut für sich selbst sorgen.«

»Das ist ja das Ärgerliche«, brummte er. »Sie kann nur zu gut für sich selbst sorgen. Sie sollte hier mit uns in dieser Gesellschaft sein.« Er sah sich um und entdeckte eine ganze Reihe junger, offensichtlich lediger Männer. »Das ist ja mit ein Grund, weshalb wir hierher gekommen sind. Um sie vorzuzeigen.«

In eben diesem Augenblick reihte sich Cassandra unter den übrigen Rennreitern ein und war viel zu beschäftigt, um noch an ihre Nervosität während des gesamten Vormittags zu denken. Jetzt war es Pegasus, der nervös war. Offenbar hatte er sich in dieser Beziehung bei den anderen Vollblutpferden angesteckt, die sich in einer Reihe aufstellen sollten, und die zitterten, stampften, bockten und auskeilten. Um sich nicht übertreffen zu lassen, hatte Pegasus alles imitiert, bis er sich schließlich auf Grund einer straffen Zügelführung, eines beruhigenden Tätschelns und Reibens seines Nackens und dem Murmeln einer vertrauten Stimme an die fremde Umgebung gewöhnt hatte.

Nun, da das Pferd ruhiger war, zog Cassandra ihre Mütze noch tiefer ins Gesicht und riskierte einen Blick auf die Konkurrenz. Sie war erleichtert zu sehen, daß auch die anderen Reiter allzu sehr mit der Beruhigung ihrer Tiere beschäftigt waren, um auf sie, Cassandra zu achten. Sie empfand eine plötzliche Erregung, als sie die Reihe der scharlachrot gewandeten Männer entlangblickte, alle von ebenso edler Herkunft wie ihre Pferde, die besten Reiter des Landes. Und schlagartig erkannte sie die Wahrheit. Es war nicht das Geld, hinter dem sie her war. Diese Steeplechase war für sie kein Mittel zum Zweck. Diese selbst war das Ziel – die Chance, das zu tun, was sie, Cassandra, am meisten liebte und am besten konnte. Sie wollte zu gleichen Bedingungen mit diesen anderen einen Wettbewerb eingehen, mit Menschen, die ihre Passion teilten.

Während ihre Augen an der Reihe entlangglitten, fanden sie das, was sie suchten, und sie blickte in ein Paar besorgt auf sie gerichteter blauer Augen. Aber während sie einander noch ansahen, verzog sich Charlies Mund zu einem breiten und ermutigenden Grinsen, was ihre Kehle sich plötzlich zusammenziehen ließ. Dann lächelte sie ihm ihrerseits strahlend zu.

Hinter der Reihe der Pferde arbeitete sich erbarmungslos eine düstere männliche Nemesis nach vorne und ging die Reihe der Pferde entlang, wobei er jedes Pferd und jeden Reiter eingehend musterte. Ein beiläufiger Beobachter hätte sich vielleicht gefragt, ob der Mann mit dem schwarzen Hut vielleicht noch eine letzte Begutachtung vornehmen wollte, bevor er seine Wette eintragen ließ. Ein Gentleman, dessen Sicht vorübergehend behindert wurde, rief sogar: »Das Wettbüro ist schon geschlossen, Sir!« Was in der Tat zutraf, und zwar nach einem hektischen Ansturm in der letzten Minute, aus dem Trafalgar dann als Favorit hervorging, während Thunderer auf den zweiten Platz zurückgefallen war. Das Pferd Pegasus figurierte unter den letzten.

Plumb Davies, zweiter in der Reihe der Reiter, sah, wie Mr. Gifford seine Überprüfung vornahm, und entspannte sich. Gwenny hatte ihn also doch nicht im Stich gelassen. Charlie Danforth würde aus dem Rennen gezogen werden. Plumb lächelte befriedigt vor sich hin. Aber seine Genugtuung verwandelte sich in Wut, als er sah, wie der Polizeifahnder hinter einem prächtigen, schneeweißen Hengst zögerte und dann langsam weiterging, wobei er jedes neue Pferd samt Reiter gründlich in Augenschein nahm. Dieser Trottel! Davies fluchte lautlos. Dieser unglaubliche Idiot! Der Kerl war doch tatsächlich an Danforth vorbeigegangen!

Mit Mr. Giffords Intelligenz war jedoch alles in Ordnung. Sein Gewissen war das Problem. Mit ihm stand er auf Kriegsfuß, seit seine Oberen ihn zur Steeplechase nach Lower Wallop abkommandiert hatten, damit er Captain Danforth festnehmen sollte, falls dieser wirklich die Dreistigkeit besäße, am Rennen teilzunehmen. Mr. Gifford war ein äußerst gewissenhafter Mann mit starken Prinzipien. Er war stolz auf seinen Beruf, der ihn eindeutig auf Seiten des Rechts und der Gerechtigkeit stellte, während so viele seiner Gefährten, mit denen er aufgewachsen war, sich fragwürdigeren Brotverdiensten zugewandt hatten.

Wenn es darauf ankam, zwischen Recht und Unrecht zu wählen, war Jeremy Gifford kein Mann des Zögerns. Die Schwierigkeit in diesem Fall lag nur darin, daß er nicht wußte, was recht und was unrecht war.

Denn sein Gefühl für Dankbarkeit war ebenso ausgeprägt wie sein Pflichtbewußtsein. Und er zweifelte keinen Augenblick daran, daß er nun zwei Meter unter der Erde auf dem Friedhof läge, wäre Captain Danforth nicht gewesen. Trotzdem, der Mann hatte gegen die Gesetze verstoßen. Gegen die Gesetze, die einzuhalten er, Gifford, geschworen hatte. Also blieb ihm keine Wahl.

Während er hinter Trafalgar stand, hatte sich Charles, der irgendwie seine Blicke spürte, umgedreht. Der Fahnder sah den gequälten Ausdruck auf dem Gesicht des Reiters. Und dann geschah es, daß ihm die salomonische Lösung des Problems einfiel. Er ging weiter die Reihe der Pferde entlang.

Natürlich war er verpflichtet, den Captain zu verhaften. So viel war klar. Aber es war nun nur noch eine Frage des richtigen Zeitpunkts. Und da bei einer Steeplechase der Startplatz auch zugleich das Ziel war, gab es hier keine Probleme. Er konnte den Captain ebenso gut nach Beendigung des Rennens festnehmen wie vor dem Beginn.

Flüchtig bedauerte Mr. Gifford nun doch, daß er nicht wenigstens eine kleine Summe auf Trafalgar gesetzt hatte. Aber dann wies er die Versuchung des Teufels von sich. Sie war eines aufrichtigen Kirchenmitglieds unwürdig.

Cassandra schloß die Augen und holte tief Luft, um sich innerlich zu beruhigen. Und dann war es so weit. Es ging los! Die unregelmäßige Reihe von Pferden preschte vor. Die aufmunternden Schreie der Reiter und des Publikums schwollen orkanartig an. Die Steeplechase von Lower Wallop hatte begonnen!

Die Startreihe löste sich auf und begann dann schnell neue Gruppen zu bilden. Die Übereifrigen setzten sich an die Spitze, die Vernünftigeren begnügten sich mit einem gemäßigteren Tempo, während sie beobachteten, wie sich die vorderen um den ersten Platz stritten.

Pegasus strebte voran, unwillig darüber, daß es Pferde gab, die vor ihm galoppierten. Cassandra beherzigte Charles' Ratschläge, hielt ihn zurück, widerstand seinem Drang, die Konkurrenz einzuholen, und gestattete ihm nicht, schneller zu werden.

Sie galoppierten über eine kleine Ebene und dann eine Anhöhe hinauf. Oben angelangt, sah Cassandra ungefähr eine halbe Meile entfernt das erste Hindernis, eine Hecke, hinter der Wasser glitzerte. Als sich die Entfernung immer mehr verringerte, spürte Cassandra, wie ihr ungeachtet aller Versuche, sich selbst Mut einzuflößen, der Mund trokken wurde. Einem der Spitzenreiter gelang der Sprung über die Hecke nicht. Sein Pferd stürzte. Cassandra atmete erleichtert auf, als das Pferd sich schwerfällig erhob und davontrabte, während es dem fluchenden Reiter gelang, sich rechtzeitig in Sicherheit zu bringen, bevor die zweite Gruppe auf ihn zu stürmte.

Die Hecke war Cassandra schon am Tag zuvor hoch vorgekommen, und der Wassergraben breit. Nun schien es der Mount Everest zu sein, seltsamerweise dem Englischen Kanal vorgelagert. ›Behalten Sie die besten Ab- und Aufsprungstellen im Auge.‹ Charles' Anweisungen hatten sich ihr förmlich ins Gedächtnis eingebrannt. ›Zügeln sie ihn leicht in ungefähr zwanzig Metern vor dem Sprung.‹ Und Pegasus flog mit anmutiger Leichtigkeit über Hecke und Wassergraben weg. Cassandra unterdrückte mit Mühe einen Jubelschrei. Warum nur hatte sie solche Angst gehabt? Ein Rennen war etwas Herrliches! Sie hatte das Gefühl, den Höhepunkt ihres Lebens erreicht zu haben.

Hinter ihr sah Charles, wie sicher sie den Sprung gemeistert hatte und atmete auf. Als Trafalgar, verächtlich ob des Mangels an Herausforderung, ebenfalls das Hindernis genommen hatte, riß sich Captain Danforth zusammen. So wird es nicht klappen, mein Lieber. Du mußt dieses Rennen gewinnen. Mit äußerster Anstrengung verbannte er

Cassandra aus seinen Gedanken. Die zierliche Gestalt auf dem Kastanienbraunen war nichts weiter als einer des halben Dutzends anderer Reiter, die er schließlich überholen mußte. Nachdem die vierundzwanzig scharlachrot gewandeten Zentauren hinter der ersten Anhöhe verschwunden waren, hatten die Zuschauer im Pavillon begonnen, umherzuschlendern und sich miteinander zu unterhalten, während Champagnerpfropfen knallten und Picknickkörbe ausgepackt wurden.

»Ich kann mir einfach nicht vorstellen, wo sich Cassandra herumtreibt«, bemerkte Seine Lordschaft nunmehr zum zwölftenmal.

»Vielleicht hat sie sich zu jemand anderen in einen Wagen gesetzt und ist zu einem anderen Punkt des Parcours gefahren«, beruhigte ihn Mrs. Alden. »Du weißt doch, wie sportbegeistert sie ist.«

»Nur zu gut.« Die Stimme Seiner Lordschaft klang alles andere als begeistert. Er versuchte, es mit einer weiteren, ebenfalls schon recht abgenutzten Frage. »Bist du sicher, Gwenny, daß das auf dem großen Schimmel Charles Danforth war?«

»Ganz sicher.« Sie konnte sich nicht vorstellen, was da schiefgegangen war. Nun, das war jetzt Plumbs Problem. Sie hatte ihre Aufgabe erledigt.

»Na, ich verstehe diesen ganzen Wirbel um ihn wirklich nicht«, brummte er und dachte an seine Zehn-Pfund-Wette. »Sein Start war nicht gerade hervorragend.«

»Vielleicht war das reine Strategie. Charlie ist gerissen.«

»Meinst du?« Seine Stimme klang zweifelnd. »Nun ja, die Schnellen gewinnen nicht immer, sagt man. Übrigens, Gwenny, wie bist du dahintergekommen, daß Danforth reitet? Es wird doch nach ihm gefahndet?«

»Oh...«, sie zeigte über den Rand eines ihr von einem Diener soeben gebrachten Weinglases weg ihre Grübchen, »...aus allererster Quelle habe ich das erfahren. Weißt du, zufällig wußte ich, wo sich Charlie all die Zeit über verborgen gehalten hat.«

»Nein – wirklich, zum Donnerwetter? Wo denn?«
»In Devenham Hall.«
Seine Lordschaft sah aus wie vom Donner gerührt. »Hör mal, Gwenny«, platzte er heraus, nachdem er sich einigermaßen gefaßt hatte, »mach dich nicht über mich lustig.«
»Das tue ich ja nicht. Er war wirklich in Devenham Hall.«
»Willst du damit behaupten, daß wir, als der Polizeifahnder kam, einen Flüchtling versteckt hatten?«
Sie nickte.
»Mein Gott.« Er setzte sich plötzlich nieder. »Sag mal – wußte Cassandra davon?«
»Hm, ja.« Sie zog einen weiteren der vergoldeten Stühle neben ihn und ließ sich ebenfalls nieder. »Nun, ›wissen‹ ist vielleicht nicht ganz die richtige Bezeichnung. Obwohl ich annehme, daß sie doch einen Verdacht gehegt haben muß. Und weißt du, Devenham«, fügte sie nachdenklich hinzu, »sofern ich mich nicht völlig irre, hat sich deine Tochter ein bißchen in Charles Danforth verliebt.«
»Cassie soll sich in einen Kriminellen verliebt haben? Das würde ich niemals dulden!«
»Oh, ich würde Charlie nicht gerade als Kriminellen bezeichnen«, sagte sie und tätschelte beschwichtigend seine Hand. »Das einzige, dessen er sich schuldig gemacht hat, ist eine falsche Beurteilung und übermäßige Loyalität.« Sie begann ihm die Situation zu erklären. Am Ende angelangt, bestand Lord Devenhams Kommentar aus einem gedankenvollen, in die Länge gezogenen »Hmmm«.

19

Selbst während er sich darauf konzentrierte, Thunderer über ein heimtückischerweise erst vor kurzem gepflügtes Feld zu lenken, fuhr Plumb Davies fort, seine Chancen abzuschätzen. Genau wie Captain Danforth wußte er um die Notwendigkeit, die Kräfte seines Pferdes für den Endspurt zu schonen. Er achtete nur wenig auf die paar Spitzenreiter vorne. Carnaby zum Beispiel war für sein schlechtes Abschneiden beim Endspurt berüchtigt. O'Hara ließ bereits jetzt nach. Diese Versager nach einem hervorragenden Start waren keine Gegner für ihn. Er wußte, daß sich Danforth hinter ihm befand, anonym im Schutz der Gruppe. Derzeit schien Charlie sich mit einem gemäßigten Galopp zufriedenzugeben. Noch brauchte er, Davies, sich seinetwegen keine Sorgen zu machen. Er wandte seine Aufmerksamkeit dem Unbekannten zu, der ihm um zwei Pferdelängen voraus war, praktisch auf gleicher Höhe mit drei weiteren Reitern.

Mr. Davies hatte den Kastanienbraunen nun schon seit einiger Zeit beobachtet. Irgendwie kam ihm das Tier bekannt vor, aber so weit er wußte, hatte er den Reiter noch nie zuvor zu Gesicht bekommen. Im Geist nahm er die Eintragungen in der Anmeldeliste durch, mit den meisten der dort Aufgeführten hatte er schon zahllose Rennen bestritten. Severns jüngerer Bruder hatte auf dieser Liste gestanden. Davies erinnerte sich, daß er den Jungen als belanglos abqualifiziert hatte. Nun sah er, wie der Kastanienbraune mit Leichtigkeit einen Zaun nahm. Bemerkenswert, daß ein naher Verwandter George Severns so hervorragend reiten konnte. Mit diesem Burschen mußte er als erster fertig werden, entschied Plumb, als er ebenfalls das Hindernis übersprang, bevor er an die schweißtreibende Arbeit ging, Charles Danforth zu schlagen.

Cassandra war bemüht, nicht an die Unfälle zu denken, die sich ereigneten, während Meile um Meile zurückgelegt wurde und immer mehr Reiter an den Hindernissen ausschieden. Aber selbst das wilde Getrappel der Hufe konnte nicht die qualvollen Laute übertönen, wenn Pferd und Reiter ihre Sprünge nicht schafften. Sie biß die Zähne zusammen und ritt weiter. Ein vor ihr liegendes Brachfeld gab ihr die Möglichkeit, einen flüchtigen Blick nach hinten zu werfen. Die Gruppe der Teilnehmer am Rennen hatte sich schon ziemlich ausgedünnt. Ja, Charlie war noch dort hinten, kühl und gelassen. Es schien, als befände er sich auf einem gemütlichen Sonntagmorgenausritt. Salutierend hob er die Peitsche, als er sah, wie sie den Kopf wandte. Schnell richtete sie ihre Aufmerksamkeit wieder dorthin, wohin sie gehörte – auf die Strecke, die vor ihr lag.

Plumb Davies ritt eine halbe Pferdelänge hinter ihr. Seit einiger Zeit spürte sie nun schon seinen abschätzenden Blick. Er schien das Tempo seines Pferdes dem ihren anzupassen und Pegasus genau zu studieren, um zu wissen, worauf er sich da einzustellen hatte. Cassandras Nackenhaare begannen unter dieser ständigen Beobachtung zu prickeln. Cassandra verspürte so etwas wie Panik. Plumb Davies klebte an ihr wie ein Klette; Charles wartete nur darauf, sie überholen zu können. Sie war nahe daran, die Sporen einzusetzen und das entnervende Paar weit hinter sich zu lassen, als ihr wie eine Flammenschrift die Worte: ›Auf die letzte halbe Meile kommt es an!‹ in ihrem Inneren auftauchte.

Fuß um Fuß, Meter um Meter ging das Rennen weiter. Ein Grauer überholte Danforth und Plumb Davies, näherte sich Cassandra. Sie hielt Pegasus nach wie vor unter Kontrolle, kämpfte gegen seinen Wunsch an, die Herausforderung der anderen Pferde anzunehmen. Der Graue schnaufte heftig, als er an ihr vorüberzog. Cassandra duckte sich noch tiefer über Pegasus' Mähne, um sich vor den von den Hufen empor geschleuderten Erdklumpen zu schützen.

Als sie sich einem Graben näherten, war Davies' Rotbrauner noch immer im gleichmäßigen Abstand hinter ihr. Der ausgepumpte Graue vorne zögerte vor dem Hindernis und schaffte es nicht. Pegasus übersprang den Graben, während der Graue sich abmühte, trotz seines gebrochenen Beins aufzustehen. Cassandra kämpfte gegen ein Gefühl aufsteigender Übelkeit an und versuchte, den Anblick aus ihren Gedanken zu verbannen. Plumb Davies nutzte den Augenblick, um sie einzuholen.

»Was für eine freudige Überraschung, Euer Ladyschaft!« schrie er und hob spöttisch salutierend die Gerte. Erst jetzt bemerkte Cassandra, daß sie ihre Mütze verloren hatte. Ihr Haar hatte sich gelöst und flatterte im Wind.

»Sie reiten gut, meine Liebe«, fuhr die ironische Stimme fort, »aber Sie sind sich wohl im klaren, daß bei einer Steeplechase Ritterlichkeit fehl am Platz ist. Hier unterscheiden sich die Männer von den, äh, ›Knaben‹.« Und mit einem triumphierenden Schrei und einem kurzen Gertenschlag übernahm er die Führung.

»Jetzt!« befahl Cassandra und machte sich an die Verfolgung. Sie übersprangen einen weiteren Graben, wobei Pegasus dem Rotbraunen auf den Fersen folgte. Dann rasten sie einen Abhang hinab, beide Reiter mit angezogenen Knien und tief gesenkten Köpfen. Unten angelangt, holte Cassandra auf, und beide galoppierten auf gleicher Höhe weiter. Es war, als ob sie beiden die einzigen Rennteilnehmer wären. Als sie erst am einen und dann am zweiten der drei Spitzenreiter vorbeizogen, dachten sie beide an niemand anderen mehr. Das Rennen war nun auf die beiden schaumbedeckten Tiere beschränkt, die angestrengt bemüht waren, den jeweils anderen auszustechen.

Hinter ihnen hatte Charles beobachtet, wie Davies den Fehdehandschuh hinwarf. Er beschleunigte Trafalgars Tempo und holte die beiden bis auf wenige Längen auf. Seine vorherige Konzentration war gestört. Mit einer Aufwallung von Furcht behielt er den Kampf der unerfahrenen Rennreiterin mit dem trickreichen Veteranen im Auge. Du lieber Himmel – die Mauer! Der kalte Schweiß brach ihm aus.

Auch Cassandra war sich der vor ihr liegenden Gefahr bewußt, als die beiden Pferde nebeneinander auf das schwerste Hindernis des Parcours zu galoppierten. Vor ihnen ragte eine hohe Backsteinmauer auf – an sich zu hoch, als daß sie hätte übersprungen werden können, aber an einer Stelle waren die Steine herabgebröckelt und so war eine Lücke entstanden, die eben breit genug war, um von *einem* Pferd und seinem Reiter bewältigt zu werden.

»Zurückbleiben!« schrie Davies, während sie darauf zu rasten.

»Bleiben *Sie* zurück! Ich bin um eine halbe Kopflänge voraus!«

»Niemals!« kam die Antwort zurück, und Cassandra, die wußte, daß es ihm ernst damit war, erwog kurz ihre Chancen und hielt im letzten Augenblick Pegasus zurück, so daß Davies vor ihr die Mauer überspringen konnte. Pegasus, aus dem Rhythmus gebracht, wischte mit einem Huf einen Backstein herunter, taumelte beim Aufsprung, schaffte es jedoch, sein Gleichgewicht wiederzuerlangen und stürmte davon, entschlossen, den Vorsprung aufzuholen, den sein verhaßter Rivale nun hatte.

»Gott sei Dank«, flüsterte Charles, als er seinerseits die Mauer übersprang und sah, wie Pegasus die Balance und seine Schnelligkeit wieder zurück gewann.

Das Rennen begann eigentlich erst jetzt. Cassandra erinnerte sich grimmig an Charles' letzte Instruktion. Die Endphase begann. Davies hatte sie gezwungen, ihrem Pferd eine Spur zu früh freien Lauf zu lassen. Und sie wußte, daß Trafalgar ihnen auf den Fersen war. Aber das spielte keine Rolle. Pegasus war kein gewöhnliches Pferd. Sie spürte, daß er in keiner Weise ermüdet war, nur Triumph empfand, als er seinen Rivalen einholte. Brust an Brust rasten sie weiter.

Davies fluchte und bearbeitete Thunderer mit der Gerte. Der Rotbraune reagierte. Aber Pegasus hing an ihm wie eine Klette und fiel um keinen Schritt zurück. Vor ihnen glitzerte ein Wassergraben, gleich dahinter stand eine Hecke. Und dann erstreckte sich eine Grasfläche hügelaufwärts und dahinter senkte sich der Boden ab zum Ziel.

Genau wie Cassandra war sich Davies bewußt, daß Trafalgar ihnen dicht auf den Fersen war. Und er zweifelte keine Sekunde daran, daß hier die eigentliche Bedrohung für ihn lag. Danforth hält sich zurück, dachte er, und wartet ab, wer von uns beiden hier die Oberhand behält. Na schön, den Gefallen werde ich ihm tun.

Sie stürmten auf den Wassergraben zu, noch immer Brust an Brust, einen knappen Meter Abstand zwischen sich. Als Cassandra eben die Absprungstelle ins Auge faßte und Pegasus vorbereitete, gab Davies Thunderer heftig die Sporen, stieß einen Schrei aus und drückte das Pferd gegen seinen Rivalen.

»Vorsicht!« brüllte Charles hinter ihnen, aber seine Warnung konnte über dem Donnern der Hufe nicht gehört werden. Cassandra erkannte jedoch die Gefahr, und es gelang ihr, Pegasus gerade noch rechtzeitig seitlich wegzulenken, um zu vermeiden, daß sie niedergeritten wurde. Das Pferd stutzte, unternahm noch einen tapferen Versuch, konnte den Sprung jedoch nicht vollenden, erreichte den trockenen Boden nicht und landete mit gewaltigem Aufplatschen im Wasser. Charles, der dicht hinter ihnen den Graben übersprang, sah, daß Cassandra abgeworfen worden war. Er überquerte noch die kurze Fläche zwischen Wasser und Hecke und sprang darüber. Nun waren nur noch Davies und der andere Reiter zwischen ihm und dem Ziel. Charles starrte wie durch einen roten Nebel auf Thunderer und seinen Reiter, erfüllt von Haß.

Benommen, naß und halb blind vor Schlamm und Schlick, kam Cassandra auf die Füße, wobei ihr schwach zu Bewußtsein kam, daß andere Pferde auf Haaresbreite an ihr vorbei galoppierten. Ihre ganze Aufmerksamkeit galt Pegasus, der aus dem Schlamm herauskletterte und danach trachtete, festen Boden unter die Hufe zu bekommen.

Es gelang Cassandra, ihn am Zügel zu ergreifen und ihn aus der Sprunglinie eines Braunen zu ziehen. Pegasus wieherte ungeduldig, verärgert über die Verzögerung und bereit, das Rennen erneut aufzunehmen. Aber einmal aus der Gefahrenzone entkommen, vergrub Cassandra das Gesicht in der Flanke ihres Pferdes und brach in Tränen aus.

Der Reiter des Braunen, der den Wassergraben sicher hinter sich gebracht hatte, richtete seine gesamte Aufmerksamkeit soeben auf die Hecke, als ihm ein großer, weißer Hengst von der anderen Seite her entgegengesprungen kam. »Sie verdammter Idiot!« brüllte der Reiter des Braunen Charles Danforth an. »Sie springen in falscher Richtung! Sind Sie total verrückt geworden?«

»Ja!« schrie der andere als Antwort zurück, während er auf den mit Schlamm verschmierten Pegasus und seine seelisch völlig gebrochene Reiterin zu schwankte.

Charles sprang ab, ergriff Cassandra bei den Schultern und drehte sie sanft zu sich um. »Ist alles in Ordnung?«

Die Tränen strömten ihr übers verschmutzte Gesicht, deren Rinnsale dort komplizierte Muster bildeten. Sie schluckte und nickte, brachte aber kein Wort heraus.

»Na schön, das ist das einzig Wichtige.« Er schloß sie, schmutzig und naß wie sie war, in die Arme und tätschelte ihr tröstend den Rücken, während sie einen Schluckauf bekam und an seiner Schulter schluchzte. »Na, na, schon gut. Teilnehmer an der Steeplechase weinen nicht. Das ist eine weitere Regel, die ich vergaß, Ihnen einzuprägen. Es besteht kein Grund, die Sache so schwer zu nehmen. Sie sind eine verdammt gute Reiterin. Ich war stolz auf Sie.«

Sie hob den Kopf von seiner Schulter und sah ihn mit weit aufgerissenen Augen an. »Sie sagen das doch nicht nur, damit ich mich besser fühle, oder? Meinen Sie das wirklich im Ernst, Godfrey?«

»Absolut.« Er wischte ihr mit den Fingerspitzen sachte den Schlamm von den Lippen. »Ich hätte es selbst nicht besser machen können. Habe ich ja auch nicht«, fügte er kläglich hinzu.

In diesem Augenblick kam Cassandra wirklich wieder zu sich. Während sie sich benommen und all ihrer Hoffnungen beraubt gegen Pegasus gelehnt hatte, war er ihr nur natürlich erschienen, daß Godfrey – Charles – da war, um sie zu trösten. Nun war sie entsetzt. »Was tun Sie überhaupt hier? Sie waren doch kurz hinter mir. Sie sind über den Wassergraben gesprungen, das habe ich gesehen.«

»Nun ja, ich mußte doch nachsehen, ob mit Ihnen alles in Ordnung ist, oder nicht?«

»Nein! Nein!« Sie war wütend auf ihn, trommelte mit den Fäusten auf seine Brust. »Sie hätten weiterreiten sollen. Sie hätten ihn schlagen können, diesen – diesen...«

»Drecksack?« fragte er hilfsbereit.

»Das ist das Mindeste. Haben Sie gesehen, was dieser – dieser – ja, Sie haben recht mit dem, was Sie gesagt haben... Was er mir angetan hat?«

»Ich habe es gesehen«, erwiderte er grimmig. »Das ist ja einer der Gründe, weshalb ich zurückgekehrt bin. Ich habe mich dafür verantwortlich gefühlt. Denn als ich Ihnen meine weisen Maßregeln zukommen ließ, vergaß ich das Wichtigste: Es reicht nicht aus, wenn man gut reitet. Man muß sich im Klaren darüber sein, daß die anderen Reiter zugleich *Feinde* sind.«

»Auf faire Art hätte er mich nicht schlagen können, nicht in tausend Jahren. Mein Pferd war besser, und das wußte er auch. O Charles«, sagte sie mit gequälter Stimme, »ist Ihnen klar, daß dieser – dieser – wie Sie ihn nannten, nun wahrscheinlich gewonnen hat?«

»Zweifellos. Aber so ist das Leben nun einmal. Fast nie fährt ein wohlgezielter Blitzschlag hernieder, wenn man ihn am meisten braucht.« Er war zu Pegasus gegangen und betastete nun geschickt Beine und Widerrist des Pferdes.

»Nun«, sagte er munter, »es hätte wesentlich schlimmer ausfallen können. Es sieht ganz so aus, als ob sowohl Pegasus als auch Sie unversehrt aus dem Krieg zurückkehren werden. Aber ich glaube, wir machen uns jetzt am besten aus dem Staub. Diese Leute dort drüben...«, er wies mit dem Kopf auf eine Gruppe von Zuschauern, die neugierig zu ihnen herüberspähte, »...werden einen Suchtrupp nach Nachzüglern ausschicken. Hier, setzen Sie das auf.« Er nahm seine schmutzbespritzte Mütze und reichte sie Cassandra. »Stopfen Sie die Haare hinein und machen Sie, daß sie zu den Ställen kommen. Es müßte Ihnen eigentlich gelingen, in den Gasthof zurückzukehren, während Davies seinen Lorbeerkranz entgegennimmt. Denn es braucht keiner zu wissen, daß die so überaus angesehene Lady Cassandra Devenham bei der Steeplechase der Gentlemen mitgeritten ist.«

Er half ihr in den Sattel. »Kommen Sie nicht mit?« fragte sie, als er Anstalten traf, mit Trafalgar die entgegengesetzte Richtung einzuschlagen.

»Leider nicht. Am Zielpfosten wartet ein Empfangskomitee aus der Bow Street auf mich.«

»Wie schrecklich! Daran hatte ich gar nicht gedacht. Da bin ich nun und tue mir selbst leid, und dabei ist alles für Sie viel, viel schlimmer. O Charles, was habe ich Ihnen da bloß angetan!«

»Das weiß nur der Himmel.« Er grinste etwas mühsam. »Es wird noch genügend Zeit sein, den Schaden abzuschätzen, wenn ich einmal von hier weg bin. Im Augenblick mache ich mich jedenfalls am besten auf den Weg.«

»Aber wohin wollen Sie denn verschwinden?«

»O Gott.« Das war eine weitere Frage, mit der sich Charles Danforth nur mit äußerstem Widerwillen befaßte. »Nach Frankreich.« Er seufzte. »Ich habe unendliche Probleme auf mich genommen, um das zu vermeiden, aber nun sieht es so aus, als hätte ich keine andere Wahl. Na, vielleicht ist es gut so.« Er kniff die Augen zusammen. »So lange ich noch hier bin, werde ich einen alten Regimentskameraden aufsuchen. Alles Gute,

M'lady.« Er hob grüßend die Gerte und galoppierte davon.

Cassandra sah ihm nach, bis Roß und Reiter hinter dem Hügel verschwunden waren. Dann wischte sie sich mit dem schmutzigen Handrücken die Augen, wendete Pegasus und ritt schnell in Richtung der Stallungen davon.

20

Hochrufe ertönten, als Plumb Davies die Gerade heruntergaloppiert kam. Sein keuchendes Pferd war mit Schweiß überzogen und auf seinem Fell waren Striemen und blutige Stellen von den Sporen. Die Hochrufe wurden sofort von einem allgemeinen Stöhnen abgelöst, als ein Zuschauer mit offenbar scharfen Augen lauthals schrie: »Das ist doch Mr. Davies auf Thunderer! Thunderer hat gewonnen!«

»Wo, zum Teufel, steckt Trafalgar?« Lord Devenham, der im Pavillon auf Zehenspitzen stand, konnte für die Mehrheit der Zuschauer sprechen, die auf Captain Danforth gesetzt hatte. Aber sofern die Frage an Mrs. Alden gerichtet sein sollte, so verfehlte sie ihr Ziel. Denn die Lady hatte sich von seiner Seite weggestohlen, sich einen Weg durch die Menge gebahnt, die den Sieger umringte, und sich anschließend in Plumb Davies' Arme geworfen. Die Menge kicherte nervös, als der Sieger die Dame ausgiebig und leidenschaftlich küßte. Erst als sich der Herzog von York im Hintergrund höflich räusperte, löste sich das Paar voneinander und Davies konnte die Gratulation des Königshauses entgegennehmen.

Devenham beobachtete die Szene mit steinernem Gesicht. Ganz entschieden mußte er mit Gwendolen ein ernstes Wort über ihr Verhalten reden. Sich derart in der Öffentlichkeit bloßzustellen! Das war ungehörig. Schließlich gab er selbst seinen Empfindungen nach, drehte sich auf dem Absatz um und verließ den Pavillon, einigermaßen ernüchtert, was den Sport der Könige betraf. Und wo steckte eigentlich Cassandra? Ach, zum Teufel, sie konnte ihren Weg zurück in den Gasthof auf eigene Faust finden. Vorausgesetzt, sie war überhaupt beim Rennen aufgetaucht. Und was das betraf, so konnte Gwendolen ebenso allein in den Gasthof zurückkehren. An Begleitung würde es ihr ohnehin nicht fehlen, so viel war sicher. Irgendwie war Lord Devenham über die Beliebtheit seiner Herzensdame nicht mehr so erfreut wie früher.

Nachdem er sich schließlich behaglich in seinem Zimmer im ›Kämpfenden Hahn‹ niedergelassen hatte, unternahm Lord Devenham, dieser Mann der Tat, einen ungemütlichen Ausflug ins Nachdenken. Er fand dieses Terrain keineswegs amüsant, sondern ausgesprochen ernüchternd. Zu viele Dinge hatte er seit zu langer Zeit in seinem Inneren verdrängt. Und gewisse neuerliche Erkenntnisse trugen noch erheblich zu seinem Unbehagen bei.

Ein Klopfen an der Tür bildete eine willkommene Unterbrechung seiner unangenehmen Betrachtungen. Ein Angestellter des Gasthofs überbrachte ihm einen Brief. Lord Devenham gab dem Mann ein Trinkgeld und ließ sich anschließend auf seinem Bett nieder, um das zusammengefaltete Papier zu glätten. Der Inhalt des Briefes bewirkte einen weiteren Ansturm des Nachdenkens bei ihm, wenn diesmal auch von kürzerer Dauer. »Ach, der Teufel soll sie holen!« rief er. Aber seine Stimme klang eher erleichtert als zornig, während er aufsprang und zielstrebig das Zimmer verließ.

Das Klopfen an Cassandras Tür ließ ans Jüngste Gericht denken. »Einen Augenblick!« rief Cassandra, die soeben triefend dem Bad entstiegen war. Eilig schaffte sie die beschmutzte Reitkleidung außer Sichtweite, und griff nach ihrem Morgenrock. Ihr Gesicht wirkte im nachmittäglichen Sonnenschein blaß – es war eine Blässe, die nicht nur durch die Entfernung aller Spuren ihrer Niederlage verursacht war. Das frisch gewaschene Haar hing ihr noch feucht über die Schultern, und ihre Füße waren nackt, als sie die Zimmertür öffnete.

»Wir fahren heim, Cassandra«, bellte ihr Vater. »Es gibt keinen Grund, noch hierzubleiben. Natürlich«, fügte er dann nach kurzer Überlegung hinzu, »kannst du auch mit George zurückfahren. Daran ist nichts auszusetzen. Schließlich seid ihr so gut wie verlobt.«

Wäre es möglich gewesen, so wäre noch mehr Farbe aus Cassandras Gesicht gewichen. »Nein, ich fahre lieber mit Ihnen, Sir.«

»Gut. In einer halben Stunde geht's los.«

Cassandra ließ ihn nicht warten. Sie wirkte adrett in ihrem grauen Kleid, das feuchte Haar unter einem Samthut verborgen, als die wappengeschmückte Devenhamsche Kutsche gerade um die Hausecke des ›Kämpfenden Hahn‹ bog. Als ihr Vater ihr hineinhalf, sah sie sich um. Sie waren nicht die einzigen, die es mit ihrer Abreise eilig hatten. Andere Wagen füllten sich mit verstimmten Fahrgästen, die gezwungen waren, infolge ihrer geleerten Taschen den Gasthof vorzeitig zu verlassen. Umgekehrt drang aus dessen Speiseraum der fröhliche Lärm derjenigen heraus, die auf Thunderer gesetzt hatten und dies nun feierten.

»Wo ist Mrs. Alden?« erkundigte sich Cassandra, als ihr Vater dem Kutscher ein Zeichen gab, abzufahren.

»Sie bleibt hier.« Etwas in der Stimme ihres Vaters entmutigte sie, weiterzufragen. Außerdem war sie zu melancholisch gestimmt, um neugierig zu sein, und zudem dankbar, dem allgemeinen Gesellschaftsgeplauder entkommen zu können.

Aber als sie das Dorf schon einige Zeit hinter sich gelassen hatten, brach Lord Devenham das Schweigen. »Ich kann es dir vermutlich auch gleich sagen. Gwenny kommt nicht mit. Gar nicht mehr. Sie ist mit diesem Kerl, Davies, weggerannt.«

»Mrs. Alden und Plumb Davies! Papa, ist das Ihr Ernst?«

»Natürlich ist das mein Ernst!« fauchte er. »Blöde Frage. Für einen Spaß ist das kein geeignetes Thema. Ich hätte gleich so was vermuten können, als sie sich so auf ihn stürzte, nachdem er das verdammte Rennen gewonnen hatte.« Er machte eine Pause und runzelte die Stirn. »Wenn ich es mir recht überlege, hätte ich sogar schon viel früher auf die Idee kommen können.«

Er schwieg kurz und fuhr dann in seinen Erklärungen fort. »Jedenfalls hat sie eine Nachricht hinterlassen, in der stand, sie und er hätten sich von jeher geliebt, hätten aber nichts unternehmen können, da sie beide keinen Penny besessen hätten. Und nun, nachdem er so dick gewonnen habe«, er stöhnte beim Gedanken an seine eigenen Verluste, »sind sie nach Frankreich gereist.«

Cassandra legte angesichts dieses neuen Stroms von Reisenden nach Frankreich eine gedankenvolle Pause ein. Würden das entflohene Paar und Charles Danforth vielleicht auf dem gleichen Schiff den Kanal überqueren? Dann raffte sie sich auf und sagte: »O Papa, das tut mir so leid.«

»Na, mir nicht.« Lord Devenham sprach mit fester Überzeugung. »Ich habe schon seit einiger Zeit gedacht, daß wir nicht recht zusammenpassen. Kannst du dir vorstellen, daß Gwenny tatsächlich während der Jagdsaison hier in London sein wollte?«

»Nein! Wie schrecklich!« Trotz allem konnte Cassandra nur mühsam ein Lächeln unterdrücken.

»Ehrlich gesagt, ich bin froh, sie los zu sein.«

»Nun, dann freue ich mich für Sie.«

Vater und Tochter fielen erneut in Schweigen. Cassandra schien von der Landschaft außerhalb des Wagenfensters fasziniert zu sein, aber in Wirklichkeit nahm sie die hübschen, strohgedeckten Häuschen und die schwarzweiß gefleckten Kühe draußen gar nicht wahr. Sie versuchte sich eine taktvolle Methode auszudenken, um ihre schlechte Nachricht zu übermitteln, aber es gelang ihr nicht. Sie gab es schließlich auf, schluckte krampfhaft, nahm all ihren Mut zusammen und kam unmittelbar zur Sache. »Ich werde George ebensowenig heiraten, Papa. Das Ganze war ein großes Mißverständnis. Es tut mir leid.« Sie wappnete sich innerlich gegen die Explosion, die nun unvermeidlich folgen würde. Sie kam nicht. Ein relativ mildes »Hmmm« war der einzige Kommentar.

Und zudem schien das ›Hm‹ ein erstaunliches Maß an Toleranz und Verständnis zu enthalten. Beide Devenhams versanken wieder in ihr meditatives Schweigen. Aber nun schien Seine Lordschaft von seinen eigenen Kümmernissen abgelenkt zu sein. »Sag mal«, erkundigte er sich nach einer Weile, »dieser Bursche, Captain Danforth – Gwendolen sagte, du hättest die ganze Zeit über gewußt, daß er sich in der Hall aufhielt.«

Devenham war kein Meister subtilen Vorgehens. Er wollte ein Geständnis hören, so viel war Cassandra klar. Unglücklicherweise verstand sie die Art von Eingeständnis, die er erwartete, falsch.

»Nun ja, ich wußte es.« Cassandra blickte unglücklich drein. »Ich meine, ich wußte nicht, wer er wirklich war, bis der Polizeifahnder kam und nach ihm suchte. Ich fand einfach, er sei ein sehr merkwürdiger Kammerdiener. Und ich hielt es für außerordentlich seltsam, daß er sein Pferd auf so eigentümliche Weise trainierte. Schließlich kam alles zusammen – die Tatsache, daß er sich versteckte und darauf wartete, bei der Steeplechase mitreiten zu können. Und dann, Papa, habe ich etwas Schreckliches gemacht.« Und nun kam alles heraus, wie sie ihr Wissen benutzt hatte, um Captain Danforth und ihren Cousin George zu erpressen, damit sie ihr halfen, am Rennen teilzunehmen.

Am Ende ihres Berichts blieb Lord Devenham erst einmal stumm sitzen. Es fehlten ihm einfach die Worte, um sein Entsetzen auszudrücken. Cassandra beobachtete ihn angstvoll. Aber schließlich trieb sie doch eine Art Stolz dazu hinzuzufügen: »Papa, ich hätte gewonnen, wenn dieser – dieser – Schuft Davies nicht Pegasus in den Wassergraben gedrängt hätte.«

»Gott sei Dank hat er das getan!«

»Gott sei Dank? Daß Pegasus hätte lahm werden können? Oder daß ich mir das Genick hätte brechen können?« Die Entrüstung überwältigte jede Vernunft. »Dafür bist du *dankbar*?«

»Zum Kuckuck, ja! Das ist die zweite gute Tat, die dieser Schuft Davies mir hat angedeihen lassen. Er hat mir Gwenny gestohlen, und er hat dich davor bewahrt, den Namen Devenham in den Schmutz zu ziehen. Wenn ich daran denke, daß du vor den Augen des Herzogs von York dahergaloppiert wärst...« Er schauderte. »Ich sage dir, ich darf gar nicht daran denken. Ich schulde diesem Davies mehr, als ich sagen kann. Verdammt will ich sein, wenn mir ein Penny von der Wette, die ich verloren habe, leid tut!«

»Ich dachte, Sie wären vielleicht stolz auf mich gewesen, Papa. Schließlich waren Sie es, der mir das Reiten beigebracht hat.«

»Ja, aber ich hätte im Traum nicht daran gedacht, daß du etwas so Verrücktes tun und an einer Steeplechase für Gentlemen teilnehmen würdest, oder? Wenn das je herauskommt... Bist du ganz sicher, daß dich niemand erkannt hat?«

»Ich glaube nicht.« Eigentlich war es ihr gleichgültig.

»Nun ja, wenn selbst ich geglaubt habe, du wärst Eustace, als sich die Pferde am Start versammelt haben, kann man wohl annehmen, daß dich auch keiner der Zuschauer erkannt hat. Aber ich sage dir eines, Cassandra, wenn du jemals wieder etwas so Skandalöses unternimmst... Verdammt noch mal, deine Tante Amelia hatte doch recht. Ich hätte dich nie an den Jagden teilnehmen lassen sollen, die ich veranstaltet habe. ›Kein weibliches Wesen tut so etwas‹, sagte sie damals zu mir – sicher hundertmal, das schwöre ich dir – ›abgesehen von der Marquise von Salisbury, die mehr Mann als Frau ist.‹ Also muß ich vermutlich einen Teil der Verantwortung auf mich nehmen«, schloß er großzügig. »Das alles beweist nur eines – je früher du unter die Haube kommst, desto besser für alle Beteiligten.«

Damit schloß Lord Devenham die Augen, um das Problem zu überdenken. Aber bald schläferte ihn das Schwanken der Kutsche und das melodische Quietschen des linken Hinterrads ein. Er döste vor sich hin, um plötzlich mit einem Ruck wach zu werden, als der Kutscher zur Seite schwenkte, um einem schnellfahrenden Wagen Platz zu machen, der sie überholte.

»Wer waren denn diese Idioten?« brüllte Lord Devenham, als der zweirädrige Wagen geschickt an ihnen vorübergelenkt wurde, was auf der schmalen Straße nicht ungefährlich war. »Verdammte Trottel!« Er schüttelte die Faust hinter den schnell verschwindenden Rücken zweier Gentlemen her, von denen der eine mit der Peitsche knallte, um die beiden perfekt zusammenpassenden Grauen zu noch eiligerem Tempo zu veranlassen. »Sollen Sie sich doch das Genick brechen, wenn sie Lust dazu haben. Aber es ist völlig unnötig, unschuldige Reisende in den Graben zu befördern!«

Cassandra äußerte sich nicht. Sie hätte es auch gar nicht gekonnt. Denn im Gegensatz zu ihrem dösenden Vater hatte sie einen deutlichen Blick auf die beiden jungen Männer werfen können, die da so eilig ihrem Ziel zustrebten. Sie war immens erleichtert, als Devenham sich wieder zurücklehnte und die Augen schloß.

Was sie nicht wissen konnte, war, daß ihr Vater gar keine weiteren Spekulationen über die Identität der allzu schnell fahrenden jungen Männer anzustellen brauchte. Wie so oft in Augenblicken plötzlichen Aufschreckens, hatte er mehr gesehen, als ihm im ersten Moment bewußt geworden war. Das Bild der hellroten Speichen und des dazu passenden Lederbezugs im Wagen seines Neffen George war in seinem Gedächtnis gespeichert, und zugleich wurde in seinem Gehirn ein macchiavellistischer Plan geboren – kurz bevor sich Devenham erneut Morpheus' Armen überließ.

Als die Kutsche vor dem Eingang zur Hall hielt, hegten Lord Devenham und Cassandra beide unabhängig voneinander einen dringenden Wunsch: mit Charles Danforth zu reden. Aber da Seine Lordschaft keine Notwendigkeit empfand, unauffällig vorzugehen und sofort in Richtung von Viscount Severns Zimmer marschierte, stellte Cassandra, die kurze Zeit später auf dem Korridor eintraf, fest, daß man ihr zuvorgekommen war. Als sie hörte, wie ihr Vater George gebieterisch aus dessen Zimmer schickte – er war damit beschäftigt gewesen, seine Habseligkeiten nach Geld und Wertgegenständen zu durchsuchen, mit denen er die Reise seines Freundes finanzieren wollte – huschte

Cassandra in ihr Zimmer, um von ihrem Cousin nicht gesehen zu werden. Nachdem er verschwunden war, kehrte sie zur Zimmertür ihres Cousins zurück, um zu lauschen.

Es war nicht einfach. Die massiven Türen in Devenham Hall waren dafür geschaffen, Diskretion sicherzustellen. Cassandra hielt den Atem an und öffnete die Tür einen Spalt breit. Die beiden Männer innen waren zu sehr in ihre Unterhaltung vertieft, um das zu bemerken.

»Ich muß Sie für meinen Mißbrauch Ihrer Gastfreundschaft um Verzeihung bitten, Sir«, sagte Charles soeben. »Aber offen gestanden reicht die Zeit nicht, um dies in gebührender Form zu tun. Ein Polizeifahnder aus der Bow Street ist mir auf den Fersen.«

»Das weiß ich«, erwiderte Seine Lordschaft ungeduldig. »Und wie Sie so einfältig sein konnten, eine Bürgschaft bei diesem Kredithai Grimes zu unterschreiben, ist mir schleierhaft. Der Mann ist doch ein Blutsauger.«

»Das ist mir völlig klar, Sir. Ich hielt es nur nicht für möglich, daß Lewison mich ihm ausliefern würde. Außerdem habe ich auf einen Glücksfall gehofft.«

»Sie meinen das Rennen. Nun ja – das war Pech.« Seine Lordschaft räusperte sich verlegen. »So viel ich weiß, hätten Sie eigentlich gewinnen müssen. Und eben darüber will ich mit Ihnen reden. Und ich würde sagen, mein Junge, es ist nicht gerade einfach für mich. Könnten Sie einmal eine Minute lang aufhören und mir zuhören?« Die Unterhaltung war von Schrittgeräuschen und dem dumpfen Aufschlag irgendwelcher Gegenstände, die in oder neben einem Portmenteau landeten, begleitet gewesen.

»Tut mir leid, Euer Lordschaft. Aber die Zeit spielt eine wichtige Rolle.«

»Nein, keineswegs. Nicht unbedingt. Darum handelt es sich ja gerade. Wissen Sie, ich weiß, daß meine Tochter der Grund war, weshalb sie die Steeplechase verloren haben. Zumindest behaupteten alle, der Sieg sei Ihnen sicher. Ich habe selbst ein paar Pfund durch Sie verloren.« In seiner Stimme lag ein Unterton des Bedauerns.

»Tut mir leid, Sir.«

»Aber das ist jetzt unwichtig. Hören Sie, ich bin bereit, Ihre Schuld zu bezahlen. Unter einer Bedingung.« Innen herrschte Stille, während Cassandra den Atem anhielt.

»Und die wäre, Sir?« Die Stimme des Captain war ausdruckslos.

»Daß Sie meine Cassandra heiraten.«

Sie spürte, wie ihr das Blut in den Kopf schoß. Sie mußte sich am Türrahmen festhalten. Am liebsten hätte sie einen Protestschrei ausgestoßen, aber sie hätte keinen Ton herausgebracht.

Diesmal schien die Stille endlos zu dauern. Schließlich: »Verstehe ich Sie recht, Sir? Sie bieten mir tausend Pfund an, wenn ich Cassandra heirate?«

»Ja. Und zwar sofort. Über die Einzelheiten der Abmachung können wir später sprechen. Ich weiß, ich habe Sie überrumpelt, aber wenn Sie nachdenken, ergibt das ganze einen guten Sinn. Sie stecken in der Klemme. Und es wird Zeit, daß sich das Mädchen verheiratet. Mehr als höchste Zeit, genau genommen.« Lord Devenhams Stimme bekam etwas leicht Ersticktes. »Mein Gott – bei einer Steeplechase mitzureiten! Von all diesen Verrücktheiten – na ja, schon gut.« Er faßte sich wieder. »Eine Heirat mit dem richtigen Mann würde all diesem Zeug ein Ende machen. George möchte sie haben, wie Sie wahrscheinlich wissen, aber offen gestanden glaube ich nicht, daß der Junge mit ihr fertig wird. Cassie ist eigensinnig, da will ich Ihnen nichts vormachen. Aber nach allem, was ich von Ihnen gehört habe, müßten Sie eigentlich in der Lage sein, die Zügel bei ihr anzuziehen. Außerdem ist Mrs. Alden der Meinung, sie sei in Sie verliebt.«

Cassandra hatte es nicht für möglich gehalten, daß sie sich noch elender fühlen könnte als vor ein paar Minuten. Aber da hatte sie sich getäuscht. Sie lehnte den Kopf gegen den Türrahmen und flehte ihren Tod herbei.

Wieder ließ die Antwort auf sich warten. »Gwenny hat das gesagt, ja?«

»Ja. Und sie müßte eigentlich Bescheid wissen.« In der Stimme seiner Lordschaft lag ein deutlicher Unterton von Bitterkeit. »Sie ist Expertin in solchen Dingen. Also, wie stehts, mein Junge? Es ist alles ganz einfach. Ich bezahle Ihre Schulden. Sie heiraten Cassie. Wollen Sie?«

»Nein.«

Das simple Wort schien in der Luft hängen zu bleiben. Die Geräusche hastigen Packens waren erneut zu hören.

Cassandra wollte nichts mehr hören und floh lautlos in ihr Zimmer zurück, wo sie sich aufs Bett warf. Erst als sie den vertrauten Laut von Stiefeln hörte, der sich den Korridor entlang und die Treppe hinunter entfernte, ließ sie ihren Tränen freien Lauf.

Am nächsten Morgen stand Lady Cassandra früh auf – gefaßt, wenn auch blaß. Sie traf ihren Vater im Frühstückszimmer an, wo er soeben eine große Portion Pflaumenmarmelade auf ein üppig mit Butter bestrichenes Brot häufte. »Oh, gut«, sagte er dann undeutlich, »du bist's. Ich brauche dich. Kannst du unseren Gästen hier mitteilen, daß die Hochzeit abgeblasen wird, und dafür sorgen, daß sie verschwinden? Ich sehne mich bei Gott danach, wieder ein normales Leben zu führen.«

Normal! Dieses Wort schien sich von den anderen zu trennen und über sie lustig zu machen. Cassandra fragte sich, ob ihre eigene verrottete Welt jemals wieder ›normal‹ sein würde.

»Ja, Papa.« Ihre Stimme klang eigentlich ganz normal, fand sie. »Sobald alle auf sind, werde ich mich darum kümmern. Aber zuerst muß ich Sie um einen Gefallen bitten. Ich brauche tausend Pfund.«

»Im Himmels willen, Cassie«, stöhnte er. »Du wirst doch wohl nicht schon wieder mit deiner Idee vom eigenen Hausstand anfangen. Das ist doch jetzt gar nicht mehr nötig. Wir beide können uns doch durchschlagen wie bisher auch! Oh – tausend Pfund, sagst du?« Ihm ging plötzlich die Bedeutung der Summe auf.

»Ja, Papa. Ich möchte Captain Danforths Schulden bezahlen. Verstehen Sie, ich fühle mich verantwortlich für die Klemme, in der er nun steckt. Wenn ich nicht gewesen wäre...« Sie verlor fast die Selbstbeherrschung, aber mit beträchtlicher Willensanstrengung gelang es ihr weiterzureden. »Wenn ich nicht gewesen wäre, so hätte er das Rennen gewonnen und alles bezahlen können. Und der Gedanke an Frankreich ist ihm zuwider.«

Ihr Vater sah verwirrt drein. »Ich verstehe dich überhaupt nicht, Mädchen. Du sagtest, du hättest damit gerechnet, das Rennen zu gewinnen. Ich persönlich glaube ja nicht, daß du das geschafft hättest – nie und nimmer. Oh, du bist eine verdammt gute Reiterin, wirklich, aber trotz allem nur eine Frau, das mußt du doch wissen. Aber nehmen wir mal an, du hättest gewonnen. Dann hätte sich doch überhaupt nichts dadurch geändert. Danforth könnte nach wie vor nicht bezahlen und müßte sich aus dem Staub machen.«

»Ja, aber verstehst du, ich wußte neulich nicht, warum der Polizeifahnder hinter Captain Danforth her war. Wenn ich es gewußt hätte, so hätte ich niemals an der Steeplechase teilgenommen und versucht, ihn zu schlagen.«

»Was, glaubtest du, sollte er denn angestellt haben?« Lord Devenham hätte zu gern gewußt, in welchen Typ eines Kriminellen sich seine Tochter verlieben konnte.

Sie wurde rot. »Ich glaube, ich nahm an, es habe mit einer Frau zu tun gehabt. Mir schien es sehr wahrscheinlich, daß er von einem wütenden Ehemann im Bett mit dessen Ehefrau erwischt wurde, und daß es dann ein illegales Duell gegeben hat. Irgend so etwas. Der Captain hat einen gewissen Ruf als – als...« Sie suchte nach einer salonfähigen Bezeichnung.

»Lüstling?«

»Ich wollte eher ›Beau‹ sagen. Vielleicht ist Lüstling der treffendere Ausdruck. Aber meine Mutmaßungen spielen jetzt keine Rolle, Papa. Der springende Punkt ist der – als ich mich am Rennen beteiligte, wußte ich nicht, daß Captain Danforth ein unschuldiges Opfer war und für die Schulden eines anderen geradestehen mußte. Ich *habe* ihn von seinem Sieg abgehalten und verhindert, daß er den Geldverleiher auszahlen kann. Also möchte ich das nun in Ordnung bringen.«

»Hmmm.« Lord Devenham betrachtete prüfend das Gesicht seiner Tochter, konnte jedoch wenig daraus ablesen. »Ich habe gar nicht so viel gegen die Idee, wie du vielleicht annimmst, Cassie. Ich stehe nicht an, es noch einmal zu sagen: Ich bin verdammt froh, daß Davies es sich nun leisten konnte, zusammen mit Gwenny zu verduften. Aber die Sache ist die, verstehst du...«, er sah unbehaglich drein, »...ich habe Danforth selbst das Geld angeboten, und er hat es abgelehnt. Zu stolz, um Wohltaten anzunehmen, vermute ich.«

»Aber diesmal, Papa, wird keine Bedingung daran geknüpft werden.«

»Wie bitte?«

»Diesmal wird an Captain Danforth nicht die Anforderung gestellt, mich zu heiraten.«

Das Gesicht ihres Vaters rötete sich zusehends. »Wie, zum Teufel, hast du das erfahren?«

»Ich habe gelauscht.«

»Na, ich muß schon sagen!« platzte er heraus, »von allen schäbigen – unehrenhaften...«

»Es ist nicht so unehrenhaft, wie wenn man seine Tochter verkauft, Papa. Abgesehen davon, daß ich finde, tausend Pfund sind kein zu hoher Preis für die Demütigung, die Sie mir zugefügt haben. Außerdem nehme ich nicht an, daß Sie mit dem Geld ein Geschenk machen. So weit ich gehört habe, sind Captain Danforths Zukunftsaussichten recht gut. Ganz bestimmt werden Sie Ihr Geld zurückbekommen. Werden Sie es also tun?«

Ein listiger Funke tauchte in den Augen ihres Vaters auf. »Hmmm. Und wenn ich es nun tue, wirst du dann versprechen, nie mehr die Gründung eines eigenen Hausstands zu verlangen?«

»Ja, Papa. Ich verspreche es.«

»Gut.« Er klatschte Butter auf ein weiteres Brot. »Nun mach schon, Cassie, und vertreibe dieses Volk aus unserem Haus. Ich möchte mich endlich wieder behaglich fühlen.«

21

Im Büro des Geldverleihers Grimes an der Clarges Street herrschte Hochbetrieb. Als erster war Viscount Severn eingetroffen. Nun stritt er sich mit dem Inhaber herum, einem rundlichen, fast glatzköpfigen Mann, dessen wohlwollender Gesichtsausdruck in krassem Mißverhältnis zu seinem Ruf stand.

»Was soll das heißen, Sie nehmen kein Geld von mir an? Das ist gute englische Währung! Mein Gott!« Der Viscount sah entsetzt drein. »Sie werden ihn doch nicht den Haien zum Fraß vorwerfen wollen?«

Der Geldverleiher war allzu sehr an den Umgang mit dem Adel gewöhnt, um gekränkt zu sein. »Nichts dergleichen, M'lord«, erwiderte er geduldig. »Tatsache ist, daß ich eine Nachricht von Captain Danforth bekommen habe. Er bringt das Geld selbst auf, und ich darf es unter keinen Umständen von irgend jemand anderem annehmen.«

»Aber verdammt noch mal, Mann, er ist in Frankreich.«

In diesem Augenblick betrat Lord Devenham, gegen ihren Willen begleitet von seiner Tochter, das Etablissement und erkannte schon im Vorzimmer die Stimme seines Neffen innen im Büro. Ohne auf die Proteste eines tintenbefleckten jungen Schreibers zu achten, platzte er dort herein, Cassandra im Kielwasser.

»Was, zum Teufel, hast du hier zu suchen, George?« donnerte Devenham. »Sag bloß nicht, daß du in die Klauen dieses Blutsaugers gefallen bist!«

»Natürlich nicht.« George sah gekränkt drein. »Eigentlich wollte ich gerade dieselbe Frage an Sie richten.« Angesichts der aufsteigenden Röte im Antlitz Seiner Lordschaft fuhr er hastig fort: »Ich bin hier, um Charlies Schulden zu bezahlen. Aber Grimes behauptet«, er wies mit dem Daumen auf den Geldverleiher, der sich bei Devenhams und

Cassandras Eintritt höflich erhoben hatte, »er wolle mein Geld nicht nehmen. Charlie habe ihm geschrieben, daß er es selbst aufbringt. Er hat doch wohl nicht Sie angepumpt, oder? Nein, kaum. Ich kenne ihn länger als Sie. Er ist nicht einmal bereit, sich von seinen Freunden etwas zu leihen, und Sie sind nicht sein Freund.«

»Ach, sei still, George.« Devenham wandte sich Grimes zu. »Ich bin bereit, Captain Danforths Schulden an Ort und Stelle zu begleichen.«

»Das kann ich nicht akzeptieren.«

Das Quartett im Büro drehte sich schlagartig um, als von der offenen Tür her eine weitere Stimme zu hören war. Sie war eindeutig aristokratisch, autoritär und voller Kühle. »Ich kenne den Grund für Ihre Großzügigkeit nicht, Sir«, fuhr der Neuankömmling fort, »und ich möchte mich auch nicht danach erkundigen. Aber ich werde nicht zulassen, daß Sie meines Sohnes wegen ein solches Opfer bringen. Captain Danforths Verschwendungssucht ist eine Familienangelegenheit.« Er trat in den Kreis derer, die sich um den Schreibtisch des Geldverleihers versammelt hatten.

Es konnte kein Zweifel bestehen, daß es sich hier um Charles Danforths Vater handelte. Die Größe, die Gesichtszüge glichen sich unverkennbar. Sein Haar war mit dem Alter silbern geworden. Ein Zug von Strenge, der seinem Sprößling fehlte, konnte als Hochmut ausgelegt werden. Trotzdem, Cassandra hatte das Gefühl, wie in einer Kristallkugel Charlie – nur dreißig Jahre älter – vor sich zu sehen. »Wenn Sie mir die Höhe der Schulden meines Sohnes mitteilen wollen, Sir...«, der gebieterische Blick war nunmehr auf Grimes gerichtet, »... dann werde ich das regeln.«

Zum erstenmal schien Grimes unschlüssig. Mit den anderen hochgestochenen Gestalten wäre er fertig geworden, aber der hier war völlig anders. »Ich bitte Ihre Lordschaft um Verzeihung, aber ich habe strikte Anweisung vom Captain, von niemand anderem als von ihm das Geld entgegenzunehmen. Er selbst will es mir bezahlen.«

Lord Merediths Stimme klang trocken. »Für jemand, der seinen Lebensunterhalt mit Wucher bestreitet, scheinen Sie es mit der Quelle, aus der das Geld stammt, sehr genau zu nehmen, Sir. Mein Sohn scheint die Großzügigkeit seiner Freunde vorausgeahnt zu haben.« Sein kühler Blick wanderte von einem zum anderen im Raum, verharrte erkennbar länger auf Cassandra, und wandte sich dann wieder Grimes zu. »Auch wenn es ihm zur Ehre gereicht, daß er die Last seiner Schulden nicht auf andere Schultern abwälzen will, bleibt doch die Möglichkeit, daß Sie, wenn Sie darauf warten, daß mein Sohn Sie bezahlt, das Nachsehen haben werden.«

»Das ist ungerecht, M'lord.« Es war der Schuldner selbst, der auf der Schwelle stand und seinen Erzeuger vorwurfsvoll ansah. »Ein Mangel an angemessenen väterlichen Gefühlen, wenn ich so sagen darf. Ganz zu schweigen von einem völligen Mangel an Vertrauen.«

Cassandra, deren Knie plötzlich weich geworden waren – ein schon nahezu chronischer Zustand beim Anblick Captain Danforths, so weit es sie betraf –, ließ sich auf dem einzigen Besucherstuhl nieder, den das Büro zu bieten hatte. Charles, zu diesem Schluß kam sie immerhin, hatte noch nie so vorteilhaft ausgesehen. Offensichtlich war er wieder an seine ursprüngliche Garderobe gelangt, denn der dunkelblaue Rock aus feinem Stoff paßte sich perfekt seinen breiten Schultern an. Seine perlgrauen Hosen schmiegten sich mit einer Innigkeit an die wohlgeformten Beine, die es seinen Knien unmöglich zu machen schien, sich zu bewegen.

Dies schien jedoch trotzdem möglich zu sein, denn Captain Danforth war mit drei schnellen Schritten am Schreibtisch Grimes. »Da ist es. Zählen Sie nach.« Die Worte, wenngleich an Grimes gerichtet, galten im Grund seinem Vater. »Ich brauche natürlich eine Quittung.«

»Oh, einen Augenblick – das ist nicht in Ordnung!« Nunmehr sechs Paar Augen richteten sich gleichzeitig auf den letzten Ankömmling, der auf der Schwelle stand.

»Du meine Güte. Lewison!« Viscount Severn schnappte nach Luft.

Ein eher schmächtig gebauter junger Mann in der Uniform der Gardetruppen betrachtete die Versammlung mit arglosem Blick. Sein lockiges, senffarbenes Haar und der Backenbart verliehen ihm entschieden Eleganz, und sein Lächeln war äußerst herzlich. Aber dies rief bei der kleinen Gruppe, die ihn kannte, keinerlei entsprechende Reaktion hervor. Captain Danforth zum Beispiel betrachtete den Neuankömmling mit einem frostigen Blick, der seines Vaters würdig gewesen wäre.

»Wo, zum Teufel, hast du gesteckt?« brüllte Severn.

»In Paris. Auf Hochzeitsreise.«

»Auf Hochzeitsreise!« rief George. Sein Onkel dachte flüchtig an seine eigene Erlösung aus einer derartigen Verpflichtung.

»Ganz recht. Es hat sich um eine Entführung gehandelt, wißt ihr.«

»Du meinst, du hast dich aus dem Staub gemacht.« Die Mißbilligung des Viscount blieb unvermindert erhalten.

»Keineswegs. Ich konnte Sir Wilfred Coxes Erlaubnis für die Heirat mit seiner Tochter nicht erhalten, versteht ihr.« (Die Augen des Geldverleihers weiteten sich bei der Erwähnung eines der reichsten Männer der Nation beträchtlich.) »Also blieb mir keine andere Wahl. Ich wollte eigentlich ein bißchen früher zurückkommen, mein Alter...«, er wandte sich entschuldigend an Charles, »aber du weißt doch, wie das bei einer Hochzeitsreise so ist. Oder kannst es dir zumindest vorstellen. Man verliert leicht jeden Sinn für Zeit. Ich habe dir hoffentlich keine Unannehmlichkeiten bereitet, mein Lieber.«

»Mir Unannehmlichkeiten bereitet?« Charles neuerworbene Attitüde adligen Hochmuts schien Risse zu bekommen. »Mir Unannehmlichkeiten bereitet?« Er grinste plötzlich. »Aber nicht im geringsten, Lewison, alter Freund.« Er lehnte sich gegen die Wand und begann schallend zu lachen.

»Nun, hier ist Ihr Geld, Grimes.« Der Offizier legte das Bündel auf den Schreibtisch des Geldverleihers und wandte dann seinen besorgten Blick wieder Charles zu. Er schien um die geistige Gesundheit seines langjährigen Kameraden zu fürchten. »Hier, fang auf!« Er warf Captain Danforth dessen eigene Börse wieder zu, der sie auffing. »Ich muß jetzt weg. Christobel hält die Pferde. Zueinander passende Braune. Erstklassige Traber. Willst du sie dir nicht ansehen, Charlie?«

Captain Danforth, dessen Schultern noch immer leicht zitterten, schüttelte nur den Kopf.

»Na schön, dann vielleicht ein andermal. Ich kann dir gar nicht genug danken, Charlie, mein Alter. Also, ich muß jetzt weg. Guten Tag allerseits.« Und mit einer Rundumverbeugung verschwand Captain Lewison aus dem Raum.

»Wir wollen auch gehen, Papa«, murmelte Cassandra, die sich nicht getraute, einen Blick auf Charles zu werfen, der einen Schritt weit auf sie zu getreten war, dessen Weg dann jedoch von seinem Vater blockiert wurde.

»Ich glaube, du und ich sollten miteinander reden, mein Junge.« Lord Meredith war zwar unfähig, irgendwie schamerfüllt dreinzublicken, aber er wirkte eindeutig weniger dominierend. »Würde es dir bei White's passen?«

Viscount Severn seinerseits nickte dem Geldverleiher kühl zu und eilte dann hinter seinem Onkel und Cassandra her. Aber er wurde von Lewison aufgehalten, der dringend jemanden brauchte, der sein Gespann bewunderte und dem er seine Frau vorstellen konnte. Und bevor sich George von ihm zu befreien wußte, fuhr der zweirädrige Wagen seines Onkels an ihm vorüber und verschwand um die Ecke. Cassandra hatte die Zügel in der Hand gehalten.

Als George die Straße entlangschritt, dorthin, wo sein Lakai seinen Phaeton bewachte, grübelte er über die Ironie des Schicksals nach. Wenn man sich Lewison vorstellte, dessen Taschen immer chronisch leer gewesen waren, und der nun eine reiche Erbin entführt hatte! Seine neue Equipage stank förmlich nach Geld. Und ebenso seine Pferde.

Und ebenso seine Angetraute. Na schön, der alte Lewison hatte nun ausgesorgt. Aber um welchen Preis? Um den des Ehestands! Allein das Wort jagte dem eingefleischten Junggesellen einen Schauder über den Rücken, als er, dankbar für sein Ledigendasein, den mit Leder bezogenen Sitz erklomm.

Während der vergangenen Tage hatte Lady Cassandra ihre langjährigen Gewohnheiten geändert. Sie pflegte nun in den Abendstunden zu reiten, in der Annahme, daß ein anderer Tagesablauf ihre Gedanken leichter davon abhalten könnte, zu den gemeinsamen Ausritten mit Charles abzuschweifen. Der Erfolg war unterschiedlich.

Nun hing ein leichter Dunst über dem Tal zwischen den Hügeln, während die Natur im letzten Abendsonnenschein vor sich hin döste. Das schwarzweiße Vieh schien zu lethargisch, um aus dem Weg zu gehen, während sich Pegasus zwischen den Herden hindurchschlängelte. Sie kauten gemächlich und beäugten uninteressiert Pferd und Reiterin. Die gesamte Umgebung, einschließlich Pegasus, schien Cassandras melancholische Stimmung widerzuspiegeln. Ausnahmsweise war auch das Pferd völlig damit zufrieden, langsam im Schritt zu gehen, ebenso wenig begeistert über den Ausflug wie seine Herrin.

Aber er spitzte die Ohren, als er Hufgetrappel hörte, schüttelte die Mähne und wieherte seine eigene Apathie hinweg. Cassandra drehte sich um und sah ein großes weißes Pferd schnell auf sich zugaloppieren. Ein Glück, daß ich schon sitze, dachte sie, eingedenk der gewohnten Reaktion ihrer Knie bei diesem Anblick. Es war der letzte klare Gedanke, der ihr für einige Zeit beschert sein sollte.

Pegasus, stets auf eine Herausforderung reagierend, befand sich plötzlich wieder in früheren glorreichen Zeiten. Dies war wieder die Steeplechase in Lower Wallop. Er streckte die Beine und flog davon wie der Wind, als er Trafalgars heißen Atem auf seinen Flanken spürte.

Der Schimmel holte auf, und nebeneinander stürmten

sie den Hügel hinunter; dann schwenkte Pegasus ab und stob durch das mit Gras bewachsene Tal, Trafalgar immer an seiner Seite. Was bei dem Wettrennen herausgekommen wäre, blieb unklar. Denn der Ex-Kavallerieoffizier beugte sich vor, erwischte die Zügel des Rivalen und brachte beide Pferde zum Stillstand.

Cassandra starrte Charles an, an sich keineswegs sprachlos, aber alles, was ihr einfiel, kam ihr schlicht unakzeptabel vor. »Ich liebe dich«, war zum Beispiel unmöglich, schon gar, wenn es laut geäußert wurde.

Das Problem war, daß Captain Danforth sie dadurch verwirrte, daß er ebenfalls nichts sagte, sondern sie lediglich anstarrte, als wäre sie eines der sieben Weltwunder. Sie hob die Hand, um eine Haarsträhne unter den Hut zu schieben.

Er grinste plötzlich. »Das ist unnötig. Es hat sich herumgesprochen, daß Sie eine Frau sind.«

Sie errötete eine Spur. »Was tun Sie hier, Captain Danforth?« Ihre Stimme klang einigermaßen normal.

»Oh, ich wäre schon viel früher hiergewesen, aber erst mußte ich einige Zeit mit meinem Vater in London zubringen. Übrigens ist der alte Gentleman gar nicht so schlimm, wenn man ihn einmal richtig kennenlernt. Er möchte, daß ich unseren Besitz übernehme, sobald ich heirate. Er behauptet, er zöge das Altenteil bei weitem vor.

Und danach kostete es mich zwei Tage, um Trafalgar zurückzubekommen. Der elende Kerl, dem ich ihn verkauft hatte, wollte sich nicht mehr von ihm trennen.«

»Sie hatten Trafalgar verkauft?« Cassandra verlor plötzlich alle Befangenheit und starrte ihn entsetzt an.

»Ich wußte, das würde Ihnen nicht gefallen. Aber was sollte ich sonst tun? Nach Frankreich konnte ich nicht gehen. Nicht jetzt.«

»Aber Trafalgar verkaufen!«

»Sie brauchen mir nicht einzureden, ich sei ein Verbrecher. Ich sagte Ihnen doch, mir blieb keine andere Wahl.«

»O doch, die hatten Sie«, sagte sie verbittert. »Mein Vater

hat Ihnen eine Möglichkeit angeboten. Ich habe es mit angehört.«

»Ach, zum Teufel«, stöhnte er. »So ein verdammtes Pech. Ihr Vater, ich bitte um Verzeihung, ist ein Dummkopf, Cassie. Er dachte wirklich, er könnte mich dazu erpressen zu heiraten.«

»Er hat es vermutlich gut gemeint.« Sie konnte ihn nicht ansehen.

»Vielleicht. Aber er hätte keine größere Pfuscharbeit leisten können, auch wenn er's versucht hätte. Können Sie sich vorstellen, wie unsere Ehe verlaufen wäre, wenn Sie gedacht hätten, ich hätte mich kaufen lassen?«

Cassandra verharrte in Schweigen, bemüht, sich mit solchen Gedanken gar nicht erst zu belasten.

»Die reine Hölle«, beantwortete er die Frage selbst. »Deshalb mußte ich das Geld für Grimes selbst auftreiben. Und da Trafalgar das einzig wirklich Wertvolle war, das ich besaß, verkaufte ich ihn. Allerdings mit der Option, ihn zurückkaufen zu können. Und dann wollte der Schuft ihn mir nicht wiedergeben! Ich sage Ihnen eines, Cassie, mein Glaube an die Menschheit ist in letzter Zeit auf eine harte Probe gestellt worden. Ich erklärte dem Kerl sogar, das Pferd sei sozusagen meine Mitgift. Ich erzählte ihm, die Frau, die ich zu heiraten beabsichtige, wolle ein Gestüt gründen und zöge Trafalgar sogar mir vor. Und er fand das nicht einmal so unglaubhaft, wie ich gehofft hatte.« Er grinste, als sie ihn anstarrte. »Aber schließlich, nachdem alle Überredungskünste nichts brachten, erklärte er sich bereit, das Pferd beim Kartenspiel einzusetzen. Und, du lieber Himmel, war das ein ausgekochter Fuchs? Es dauerte sechsunddreißig Stunden, bis ich Trafalgar zurück hatte. Trotzdem, hier sind wir nun endlich. Übrigens, Ihr Vater sagte, Sie seien in mich verliebt. Stimmt das?«

Sie errötete, brachte es jedoch fertig, ihn gelassen anzusehen. »Warum sollte ich mich da von irgendeinem anderen weiblichen Wesen, das Sie kennen, unterscheiden?«

»Nun ja«, sagte er, während er vom Pferd stieg, »da Sie

sich in vieler Hinsicht von jedem anderen weiblichen Wesen unterscheiden, das ich je kennengelernt habe, kam mir der Gedanke, es könnte auch in diesem Fall so sein.«

Er hob die Arme, half ihr vom Pferd herunter und hielt sie fest. Er blickte ihr in die Augen. Seine Lippen berührten die ihren, zuerst nur leicht, dann mit heftiger Intensität. Der Kuß dauerte an, während Trafalgar und Pegasus ungeduldig die Mähnen schüttelten, begierig darauf, ihren Galopp fortzusetzen. Schließlich, befremdet über ein solch seltsames menschliches Verhalten, wanderten sie einträchtig einem in der Nähe vorbeifließenden Bach zu. Bald darauf sanken Charles und Cassandra auf das Gras unterhalb eines Baumes nieder, wo er den Arm um sie legte und sie den Kopf an seine Schulter schmiegte.

»Nun, diesen Punkt haben wir endlich geklärt«, murmelte er befriedigt.

»Welchen Punkt?«

»Den, ob du mich liebst oder nicht.«

Sie blickte entrüstet zu ihm empor. »Das war zu keinem Zeitpunkt das Thema, du Trottel. Die eigentliche Frage, Casanova, lautet, ob du mich liebst.«

»Dich lieben!« Er sah sie finster an. »Habe ich vielleicht nicht Trafalgar verkauft? Was für einen besseren Beweis kannst du noch von mir verlangen?«

Das Argument war stichhaltig. Cassandra küßte ihn.

»Was hältst du von Irland für unsere Hochzeitsreise?« fragte er, als die nächste Atempause eintrat.

»Irland?« Ihre Stimme klang überrascht.

»Ja. Eigentlich war es der Einfall meines Vaters. Aber ich muß zugeben, die Idee ist nicht schlecht. Es ist das beste Land der Welt, um dort Zuchtpferde zu kaufen.«

»Hm«, erwiderte sie nachdenklich, »ich weiß nicht recht. Ich habe eigentlich eher an Frankreich gedacht.«

»Frankreich!«

»Es macht mehr Spaß, Liebster.«

Und Lady Cassandra Devenham erstickte den Protestschrei des Honorable Charles Danforth mit ihren Lippen.